经·典·新·读

专家音频解读

"我存在着,我在生活,我将生活下去;因为"无穷的远方,无数的人们,都和我有关"。

——四百万人的悲欢解读者 姚孟泽

The Selected Stories of O. Henry

《最后一片叶子》
欧·亨利短篇小说选

[美] 欧·亨利／著　张经浩／译

名家全译本
国际大师插图

中央编译出版社
Central Compilation & Translation Press

图书在版编目(CIP)数据

最后一片叶子：欧·亨利短篇小说选/（美）亨利著；
张经浩译.—北京：中央编译出版社，2015.6（2024.2重印）

ISBN 978-7-5117-2714-5

Ⅰ.①最… Ⅱ.①亨… ②张… Ⅲ.①短篇小说－小说
集－美国－近代 Ⅳ.①I712.44

中国版本图书馆 CIP 数据核字（2015）第 138338 号

最后一片叶子：欧·亨利短篇小说选

策划编辑：	苗永姝
责任编辑：	曲建文
文字校对：	翟　桐
特约编辑：	陈万亭　郑丽萍　孙敬艳
责任印制：	李　颖
出版发行：	中央编译出版社
地　　址：	北京市海淀区北四环西路69号（100080）
电　　话：	（010）55627391（总编室）　（010）55625179（编辑室）
	（010）55627320（发行部）　（010）55627377（新技术部）
经　　销：	全国新华书店
印　　刷：	北京盛通印刷股份有限公司
开　　本：	880毫米×1230毫米　1/32
字　　数：	240千字
印　　张：	9
版　　次：	2015年6月第1版
印　　次：	2024年2月第5次印刷
定　　价：	26.80元

新浪微博：@中央编译出版社　　微　信：中央编译出版社（ID：cctphome）
淘宝店铺：中央编译出版社直销店（http://shop108367160.taobao.com）（010）55627331

本社常年法律顾问：北京市吴栾赵阎律师事务所律师　　闫军　　梁勤
凡有印装质量问题，本社负责调换，电话：（010）55627320

欧·亨利

译　序

　　法国最杰出的短篇小说家要数莫泊桑，俄国的当推契诃夫，美国独树一帜的则是欧·亨利。

　　欧·亨利（O. Henry），真名威廉·西德尼·波特（William Sydney Porter）。据说，"欧·亨利"是法国药剂大师艾蒂安·欧西安·亨利（Etienne-Ossian Henry）名字的节略。

　　1862年9月11日，欧·亨利生于美国北卡罗来纳州格林斯伯格的一个医生家。3岁丧母，幼时在堂亲办的一所私立学校读书。15岁开始在本地一家药房当学徒，前后干了5年。少年时的欧·亨利喜爱画画，且颇具天分。北卡罗来纳州一所男子学校曾表示，只要欧·亨利为其作画，学费与膳食费可免，但被谢绝，因为他的置装费与书费仍无着落。19岁那年，格林斯伯格一位医生见他身体不好，带他到西部得克萨斯州拉萨尔县一个牧场做客，医生去那儿是为看望儿子。欧·亨利很喜爱西部牧场的生活，在那儿竟住了两年。

　　两年后，欧·亨利来到得克萨斯州首府奥斯汀，住在一位同乡家里。这位21岁的青年像姑娘一样文静，但能入乡随俗，而且表现出了对人的敏锐观察力。他干过不少行当，招人喜欢，拿的工资也较高。

　　1885年，欧·亨利认识了17岁的姑娘阿索尔·埃斯蒂斯（Athol Estes），当时姑娘还在中学读书，欧·亨利追求了她两年。到1887年7月5日夜，姑娘刚念完中学，便瞒着父母与欧·亨利双双跑到牧师家。在美国，婚姻经牧师认可便算合法。这位牧师没料到两位年轻人夜里跑来结婚，但见他们已经成人，便顺水推舟，让欧·亨利与阿索尔·埃斯蒂斯结为伉俪。姑娘的母亲本希望女儿嫁个有钱人，得知牧师将生米煮成熟饭后气得不可开交，竟然数月不肯上教堂，更不理那位牧师。

但欧·亨利和妻子琴瑟和谐。新婚妻子鼓动丈夫写作，而欧·亨利果然当年就在《底特律自由报刊与真实》上发表了作品。次年阿索尔生一子，可惜在襁褓中便夭亡。第二年又生一女，取名玛格丽特（Margaret）。

1891年，欧·亨利到奥斯汀的第一国民银行当出纳员。他干这个工作心不在焉，不止一个顾客反映，别人以为他埋头算钱，其实是在作画。但是，就是这个工作对他的一生产生了重大影响。

欧·亨利在一次接受记者采访时说："我小时候一心想当画家。到21岁，改变了主意，想想还是进行写作好。"所以，1887年欧·亨利发表作品并非全因受新婚妻子鼓动，其实早存在内在原因。1894年，欧·亨利花250元买下奥斯汀的一家周刊，更名《滚石》，他既当编辑又当出版商，自写文章自作画。英语中有句谚语，叫"滚石不长苔"，但欧·亨利却发现他的《滚石》滚了一年后眼见长了苔，于是作罢，让这家周刊又回归了原主人。

1894年10月，联邦银行检查员发现欧·亨利的账目有问题，欧·亨利只好辞职。1896年2月，欧·亨利受到盗用公款的起诉，被传受审。当时他在休斯顿应聘做《休斯顿邮报》的专栏作家，每星期工资15美元，大约是两个年轻售货员的收入。本来他的案情并不严重，但他逃到了新奥尔良，后又流浪到中美洲的洪都拉斯。1897年，他获悉身患结核的妻子病危，才赶回奥斯汀，回来即被捕，但被保释出狱。出狱不久，妻子病故。第二年，他被判有罪，处5年徒刑，在俄亥俄州首府哥伦市的联邦监狱服刑。

欧·亨利因一技之长当了监狱的药剂师。在服刑期间，他开始认真写作,以"欧·亨利"为笔名发表小说。服刑3年零3个月后,欧·亨利提前获释。

1902年欧·亨利移居纽约,成了专业作家,这年,他正好40岁。尽管他没有忘记早年的快乐,却看到了生活的阴暗面。在纽约,由于大量佳作的出版,他名利双收。他挥霍无度,而且赌博,好酒贪杯,写作的劳累与生活的无节制使他的身体受到严重损伤。1907年,欧·亨利再婚。可惜,第二次婚姻对他来说并没有什么幸福可言。1910年6月3日,他病倒了。两天后,即6月5日,与世长辞,死于肝硬化,年仅48岁。

欧·亨利被誉为多产作家,国外各种书籍多说他的短篇小说数为近300篇,但也有250余篇一说,分别收集在14部短篇小说集里。最早一集《东拉西扯》(*Cabbages and Kings*)出版于1904年,最晚一集《流浪儿》(*Waifs and Strays*)出版于1917年,即作家去世后7年。1937年,《欧·亨利全集》于纽约出版,把14个短篇集的小说全包括了进去,共有280篇。

伟大作家绝不是午夜一现的昙花。欧·亨利的14部短篇集中,1904年至1909年出版的有8部,其他6部为1910年至1917年出版。至1920年,即欧·亨利死后10年,他的小说销售量达到了500万册。1918年,美国设立了欧·亨利纪念奖,奖励每年最优秀的短篇小说,延续至今,欧·亨利的最优秀短篇小说《圣贤的礼物》(*The Gift of the Magi*)经简写后还收入了我国现行的中学英语课本。

欧·亨利的小说最显著、最为人熟知和称道的特点是结尾出人意料。作家在故事情节的发展过程中,将某一方面着力描写。当然,这些描写与主题是密切相关的,但并没有触及最重要的事实,最重要的事实只用一两笔带过,连最细心的读者也难以看出作家埋下的伏笔。到故事收尾时,笔锋一转,写出了一个完全意想不到的结局。这时,读者再一回想整个情节,就会为作家构思的巧妙拍案叫绝。

作家这种意料之外、情理之中的结局并非挖空心思想出的。

欧·亨利不但写作速度快，而且极少修改。他曾说过："一篇小说一旦开了头，我就非得一口气写到底不可，要不然就再也写不下去。"所以，欧·亨利的确是独具匠心的。

欧·亨利的写作不以任何作家为楷模。他常读法国小说家莫泊桑的作品，但并没有以莫泊桑为师。他创作时并不考虑什么创作的规矩，怎样想就怎样写。然而，他的写作始终有一个明确的目的：供读者消遣。也许由于这个原因，还没有哪位评论家说过欧·亨利曾深受某某人的影响，他的小说才有意料之外情理之中的结局，才受到广大读者的喜爱。

为了供读者消遣，欧·亨利的小说常出现极度夸张。如他形容一位黑人年龄之大时，竟说他"与金字塔的年岁一般大"。然而，这种夸张毕竟是一种艺术手法，是允许的。早于欧·亨利1100年的我国诗人李白就有过"白发三千丈"的名句，也是极度夸张。问题在于大作家把极度夸张运用得当，使作品收到更好的艺术效果。

欧·亨利又是有名的幽默大师，可与马克·吐温媲美。在这方面他与美国另一位杰出的小说家爱伦·坡不同。爱伦·坡的小说常使人不寒而栗，欧·亨利的小说却常令读者捧腹，他的幽默与消遣这个目的是分不开的。

尽管欧·亨利写小说时一心想给读者消遣，他的作品却远不全是喜剧和滑稽剧。他也写悲剧，而且数量不少，他最优秀的小说《圣贤的礼物》就是个悲剧。欧·亨利也写男女之情，但不像别的作家，是为歌颂爱情的永恒。他的这类小说总要出现读者意想不到的情况，令读者或者一笑，或者一叹，或者一惊。这些小说当然说明欧·亨利构思的巧妙，具有独创天才，但同时从中也可看出他为供读者消遣而写作的目的。

欧·亨利有很多小说以纽约为背景。纽约高楼林立，富翁众多，热闹繁华。作家却没有写这些，至多只略带几笔。欧·亨利笔下的纽约是个神秘古怪的事情层出不穷的地方。当时有人认为纽约的社会基础是400个上流人物，他们举足轻重。欧·亨利有个短篇集《四百万》（*The Four Million*），其书名与这种说法是针锋相对的。"四百万"是指四百万普通人，他主要写普普通通的小人物。有的作品中也有大富翁，但不是作为社会中坚出现的，而是在滑稽剧中出现的。

欧·亨利在1902年才移居纽约，对纽约人有褒有贬，但他在作品中对美国西部人却明显表露出好感，这大概与他曾长期生活在西部有关。他笔下的西部人善良、淳朴、勤劳、能干、有勇气、富于同情心，特别是重朋友义气。在写西部人时，欧·亨利同样没有忘记让读者消遣的目的，小说也多夸张与幽默，构思巧妙，结局往往出人意料。

看来欧·亨利写作时并没有想到要批判他所处的社会，也没有有意或无意地将人做阶级划分。在他的作品中，社会地位相同的人都有好有坏。但欧·亨利也不像国外有的评论家所说："不要真实性，没有道德意识，没有人生哲理。"其实，他的感情倾向、是非观念在作品中还是非常清楚的。例如，他同情低工资的售货员，但也不客气地勾画出了她们的虚荣心。他揭露了骗子的罪恶勾当，但并不讳言许多受骗的人本身也居心不良，想占便宜。他的小说《命运之路》（*The Road of Destiny*）表现出了人摆脱不了命运控制的思想，《真凶》（*The Guilty Party*）告诫人们不要忽视对子女的教育责任。欧·亨利以他自己的眼光观察生活，判别是非，他的作品表现了他观察到的生活和他的思想，恐怕这样说比较符合实际。

欧·亨利以其众多的作品，以其作品的巧妙构思和幽默赢得了世界范围的赞誉，成为美国独树一帜的杰出短篇小说家，然而，有评论家在欧·亨利生前对其作品提出了批评，认为他的小说写得浅薄。有人说："在欧·亨利的所有小说中，找不出一个写得真实的人物。"欧·亨利自己对其小说并没有沾沾自喜，相反，一次他在给一位朋友的信中倒说过："我是个失败的人。我的小说究竟如何呢？老实说，我并不满意。我就害怕人们说我是什么'名作家'。"评论家的批评是否符合实际,欧·亨利是否过谦,读者看完本集大概会自有所见。

本集共有欧·亨利的小说49篇,国外当代文学类重要工具书介绍的有代表性的作品均已收入。评论家们认为这些作品有代表性当然不乏其理由,但人们毕竟有一个兴趣问题。合西方人口味的不见得合东方人口味,而无论东方西方,都"众口难调"。另外一些作品并未上"正传",可能反而符合中国读者口味。如果确有这种情况,并不为怪。

欧·亨利14部短篇集中的作品均有收入本书的,唯独《东拉西扯》例外,原因是它也可视为长篇。然而它的各章可独立成篇,不像一般长篇那样联系紧密,不可分割。所以,有关工具书又把它列为短篇集。

欧·亨利是位有独特风格的杰出短篇小说家,以巧妙的构思、夸张和幽默的文笔反映了他那个时代的人和事。他的作品与声誉早已超越国界,但要用另一国文字传达作家作品的风貌谈何容易!

鲁迅先生曾说,他"向来总以为翻译比创作容易,因为至少是无须构想",但到认真翻译时,便"遇着难关","弄得头昏眼花"。郭沫若承认,翻译"并不比创作容易"。

翻译在主客观两方面均受到限制。不同民族、不同国家不但使用不同语言,而且文化传统和思维方式都存在很大差异,这是客观限制,同时译者本身还受知识面、理解力、表达力的限制。

苏联翻译理论家费道罗夫曾提出"等值翻译"的说法。美国翻译理论家奈达主张"等同反应",即读译文的反应应与读原文等同。

然而,这两位翻译理论家对翻译的看法远不及我国翻译家傅雷切合实际。傅雷曾说:"真正要和原作铢两悉称,可以说是无法兑现的理想,我只能做到尽量的近似。"

傅雷还说:"以效果而论,翻译应当像临画一样,所求的不在形似而在神似。""不妨假定理想的译文仿佛是原作者的中文写作。"

我国近代著名的翻译家严复提出"信、达、雅"说,"信、达"

被翻译界普遍接受,而"雅"字遭到一些非议。其实,严复本人对"雅"解释为"言之无文,行之不远",就是说译文如果没有文采,就没多少人爱看,这完全是正确的。

笔者进行文学翻译历来一求正确理解原作之意,二求清楚传达原作之意,三求多多保存原作风味。笔者历来也反对"翻译腔"。外译汉时,译文应是流畅的汉语;汉译外时,译文应是流畅的外语。只有在原文不流畅时,译文才会不流畅,但这只是特例。

然而,翻译是一种艺术,翻译毕竟很难,而本人能力又有限,实际效果与主观愿望会存在一段距离,甚至,失误也在所难免。

欧·亨利是美国独树一帜的短篇小说一代大师,最杰出的作家之一。本集出版如能使读者领略到这位大师的独特风采,译者的劳动便算是得到了最大报偿。"知我罪我,唯在读者"!

译 者

目　录

警察与圣歌 …………………………………… 1
真朋友蒂勒默克斯 …………………………… 8
带家具的房间 ………………………………… 16
托宾的手相 …………………………………… 23
圣贤的礼物 …………………………………… 31
二十年后 ……………………………………… 37
最后一片叶子 ………………………………… 41
为麦克花的钱 ………………………………… 48
财神与爱神 …………………………………… 55
失　算 ………………………………………… 62
"姑娘" ………………………………………… 74
没说完的故事 ………………………………… 80
五月是个结婚月 ……………………………… 87
艾基·舍恩斯坦的春药 ……………………… 93
命运之路 ……………………………………… 98
口哨大王迪克的圣诞袜 ……………………… 120

一笔通知放款 ………………………… 135
圣罗萨里奥的两位朋友 ………………………… 141
好汉的妙计 ………………………… 154
剪狼毛 ………………………… 167
决　斗 ………………………… 173
布莱克·比尔藏身记 ………………………… 179
各有所长的结局 ………………………… 191
部长的良策 ………………………… 201
绿色门 ………………………… 212
一千元 ………………………… 220
十月与六月 ………………………… 226
托尼娅的红玫瑰 ………………………… 229
生活的波折 ………………………… 238
多情女的面包 ………………………… 244
忙碌经纪人的婚姻大事 ………………………… 248
在皮明特吃的烙饼 ………………………… 252
杰夫·彼得斯的感应功 ………………………… 262

警察与圣歌

　　索彼在麦迪逊广场①的长凳上总不得安稳。等到夜晚听到雁群拉大嗓门儿叫唤时,等到没有海豹皮大衣的女人对丈夫殷勤起来时,也等到索彼在公园的凳子上总不得安稳时,你就知道,冬天已指日可待。

　　一片落叶飘到索彼的膝上,这是冬先生送的名片。冬先生对麦迪逊广场的常客素来体贴,每年来前总要彬彬有礼地打个招呼。交叉路口处他的名片是叫北风送的,因为风是露天大厦的看门人,这一来睡街头的人就会有所准备。

　　索彼的心里已经有数,知道严冬逼近,他得单枪匹马想办法对付,所以他在凳上不得安稳了。

　　索彼过冬的打算并非什么宏图大略,他既没想去地中海游弋,也没想到南国休眠,或者在维苏威湾②泛舟。他只巴望能到岛上③待三个月。三个月里不愁吃住,有合得来的伙伴,北风吹不着,警察不找麻烦,他就谢天谢地,心满意足。

　　好些年冬天他待在大方好客的布莱克韦尔监狱。比他命好的纽约

---

① 麦迪逊广场是纽约市的街心花园。
② 位于意大利,为避寒胜地。
③ 监狱设在岛上。

人每年冬天买票去棕榈滩和里维埃拉①,而索彼可怜巴巴,年年只能当穆罕默德,逃亡岛上。现在又到这种时候了,昨天夜里,他睡在这个老广场靠近喷泉的长凳上,用三份星期天的报纸②垫着上身,盖住腿、脚,还是挡不住寒气,所以那个避难岛又浮现到索彼的脑海里。市里对无家可归的人本有一些救济,即所谓"施舍",可他瞧不上眼。在索彼看来,"博爱"的慈悲之心还比不过法律。市里办的和慈善团体办的机构比比皆是,只要他肯进,有吃有住,能过规范的简朴生活。但索彼性傲,不肯要别人发善心相助。出自慈善家之手的馈赠,虽说你不破钞即可得,但要以心灵受屈辱为代价,件件如此。恺撒大将尚且没逃过布鲁特斯之手③;哪个要住慈善机构的床,非得先把一身洗干净不可;哪个要吃块面包,就得让人盘问自己的隐秘。因此还不如做一趟牢中客,固然监狱中规矩严格,但毕竟不会瞎干预君子的私事。

　　索彼一旦决定了去那岛上,便着手实现他的打算。要办到办法又多又容易。最惬意的是到哪家高档餐馆美餐一顿,吃完直截了当说钱已用得精光,让人往警察局一送,干干脆脆,没声没响,往下的事自有好说话的法官料理。

　　索彼从凳上起身,走出广场,穿过百老汇与五马路相交处老大一块平坦的柏油路口。他转进百老汇,在一家漂亮的咖啡馆前停了下来,这儿夜夜摆着最上等的美酒佳肴,坐着衣冠华丽的宾客和社会中坚人物。

　　从背心最下一颗纽扣往上看,索彼觉得自己的仪表准没问题。脸刮得干干净净,上衣总算体面,还打了一根干净的黑色活结领带,那是感恩节一位女传教士送的。如果他没引起人怀疑,能走到这家店的

---

① 两处均是避寒胜地,前者在美国的佛罗里达州,后者在意大利。
② 星期天的报纸张数多,作者的这种说法也是种幽默的说法。
③ 恺撒原为古罗马大将,后成为皇帝。布鲁特斯为罗马元老贵族。据史载,恺撒的执政方针侵犯了元老贵族的利益,结果被以布鲁特斯为首的元老派刺死。作者提到这个典故也是一种夸张和幽默。

一张桌子边,那就稳操胜券了,露出桌子的上半身叫服务员看不出破绽。索彼想,要只烤野鸭差不多,外带一瓶法国白葡萄酒和法国名干酪,一杯黑咖啡,一根雪茄。一美元一根的雪茄足够了,几件东西加起来钱不会太多,太多了店老板会狠狠教训他一顿的。吃完了喝完了他也就饱了,高高兴兴地上路,去他过冬的避难所。

没承想索彼一踏进店门,领班服务员一眼就瞧见了他那已经磨破的裤子和不成体统的鞋子。他被一双又有力又利落的手扳转身,没声没响推出来,那只野鸭也就逃脱了遭暗算的厄运。

索彼没再走百老汇路,觉得美餐一顿白食不是个办法,到岛上去此路不通,进那个既非天堂又非地狱的地方得另想办法。

走到六马路的一个路口,只见一家商店的玻璃橱窗电灯通亮,商品琳琅满目,索彼捡起块铺路石把玻璃砸碎了。行人从两边涌过来,跑在前头的正是个警察。索彼站着没动,双手插在衣袋里,望着那衣上有铜纽扣的人①直笑。

"干这事的家伙跑到哪儿去了?"警察气喘吁吁地问。

"难道你就不怀疑我?"索彼反问,声气里听得出带点儿挖苦,然而笑容可掬,像是在迎候好运道。

警察根本没怀疑上索彼。谁砸了橱窗都不会站着等警察抓,会拔腿就跑的。警察发现有人跑过了半条马路,想赶搭一辆车,便拿着警棍追。索彼虽满心瞧不起他,但还是走了,第二次也没达到目的。

马路对过有家餐馆不太气派,是为那些食量大而钱包小的人开的,餐具厚重,空气污浊,汤清,餐巾布稀稀拉拉。索彼进这种地方穿着不像样的鞋和露出穷酸相的裤子是没人阻拦的,他坐到一张桌边,享用了牛排、烙饼、油煎卷还有果馅饼,吃完他对服务员道出了实情:他身无分文。

索彼说:"你去叫警察吧,别让你大爷久等。"

---

① 警察服上的纽扣为铜制。

"用不着叫警察，"服务员说，声气柔和，眼里的火星却直往外冒，"来呀，康！"

两名服务员抓着索彼一推，他的左耳首先着地，哐当摔倒在硬邦邦的人行道上。他一节一节弯动着关节站起来，像是个木匠一段一段地打开曲尺，然后拍干净身上的灰。想叫警察抓起来似乎也是做美梦，到避难岛看来还路漫漫。站在相隔两家的药店门外的一名警察打了两声哈哈，巡马路去了。

索彼走过五个路口才算恢复勇气，又追求起警察来。这一次他异想天开，以为有十拿九稳的机会。一家商店的橱窗前站着位模样端庄可爱的年轻女郎，在津津有味地看里面摆的洗漱杯和墨水瓶架。离橱窗两码处站着位威严的大个子警察，背靠在消防龙头上。

索彼的方案是扮演一次惹人嫌遭人骂的"骚公鸡"。他瞄准的人儿文雅高贵，近在咫尺的警察忠于职守，使他信心十足，肯定会让警察扭住胳膊。这正是他求之不得的，只要一扭他过冬就不用愁，可以上那个小岛，那个有好处又自由的小岛。

索彼把他那女教士送的领带结整平，缩进去了的衣袖扯出来，帽子歪戴得不像话，轻手轻脚朝那姑娘走。他又是向她飞媚眼，又是无缘无故地咳嗽，又是清嗓门儿，一下子微笑，一下子又傻笑，骚公鸡那套可鄙可恶的伎俩，他厚起脸皮耍了个够。索彼斜眼一瞧，果见警察在盯着他看。女郎挪开几步，又聚精会神看着洗漱杯。索彼跟了过去，竟然挨到了她身边，抓起帽子，说：

"是你呀，贝德丽娅①。到我家玩玩，行吗？"

警察还在看着。被纠缠的姑娘只要弯一弯小指头，索彼就可以住到他岛上的避难所了。他想得真美，仿佛警察局的舒舒服服的暖气都能感觉到了。姑娘转过脸来，伸出一只手，抓着索彼的衣袖。

"那当然，迈克。不过，你得请我喝杯啤酒。"她喜气洋洋地

---

① 这是索彼信口叫出的名，非真名。

说,"我本早想对你说话,就怪警察在死盯着。"

索彼大失所望,从警察身边走过时一点事也没有,还被那年轻女郎挽着,就像树上缠了根常春藤,监狱似乎与他无缘。

拐了一个弯后他甩开那女的撒腿就跑,直跑到一个街上灯光最亮的地段。入夜以后,上这里的人有来找称心事的,有来赌咒发誓的,有来看歌剧的。穿长大衣和裘皮衣的男男女女不怕冬天的寒气,来来去去走得欢快。突然,索彼担心起来,怕自己中了什么邪,就不能让警察抓去。他想着想着有点胆寒,但就在这时又遇上了一名警察。那人在家剧院前站着,挺精神,使他立即捞到了根救命稻草,想起有"扰乱治安行为"这一条。

索彼扯开粗嗓门儿,在人行道上醉汉般乱叫起来。他跳着,喊着,胡说八道着,无所不为,搅得连天公也不安宁。

警察甩着警棍,背转身干脆不瞧索彼,还对一个人说:

"那是耶鲁大学的学生,庆祝他们赛球给了哈德福学院一个大鸭蛋。就叫唤叫唤,没事。上头有交代,别理他们。"

索彼泄了气,徒劳无益的事只好作罢。难道不会有警察来逮他吗?他认为那个岛有些可望而不可即。风刮得冷飕飕,他把薄薄的上衣的纽扣扣上了。

他发现一个衣着漂亮的人在烟店里点雪茄烟,点烟的火晃来晃去。他的一把丝绸伞进门时放在门边了。索彼走进店,拿起伞,慢吞吞地走开,点雪茄烟的人忙赶过来。

"是我的伞!"他厉声道。

"这会是你的?"索彼用挖苦的声气反问,既强占他人财产,还污辱他人,"那你干吗不叫警察呀?我就要拿。是你的伞哪!干吗不叫警察呀?街口就站着一个!"

伞的主人放慢了脚步,索彼也放慢脚步,心头有种不祥之感,觉得命运又会与他作对。警察看着他们俩,好生纳闷。

伞主人说:"当——当然,唔——唔,你知道这种误会是怎么回事，就是我——要真是你的伞得请你原谅——我今天上午在餐馆捡到的。现在你认出来了，那——那还请你——"

"当然是我的伞！"索彼恶声恶气地说。

伞的前主人收兵回营。警察呢，发现一位披着在剧场看戏用的大外套的高个金发女郎在横过马路，便赶去帮那女的一把；一辆电车正开来，隔着两个街口。

索彼往东走到一条在翻修的马路，他气得把伞扔进一个坑里，还咒骂那些戴头盔拿棍子的家伙。他有心让他们来抓，可是他们把他当成不可能有过失的圣贤。

最后索彼到了东西向一条没那么明亮和热闹的马路。他打定主意顺这条路回麦迪逊广场，因为他回家的天性并未泯灭，尽管他的家只是广场的一条长凳。

然而，在一个特别幽静的街口索彼站住了。这里有一座山形墙老教堂，盖得很糟，模样古怪。一扇紫罗兰色的窗里还亮着灯，有位琴师反反复复练着琴，当然是为了在安息日唱圣歌时把琴弹得格外出色。索彼被飘来的优美音乐迷住了，靠在铁栏的圆环上出神。

天空挂着轮皎洁的明月，车辆与行人寥寥无几，屋檐下的麻雀睡梦中只会叽叽喳喳叫几声，眼下的景象会使人想起乡间教堂的墓地。琴师弹奏的圣歌把索彼牢牢拴在铁栏上了。以往他也曾享受过温暖、甜蜜，有过朋友，产生过抱负，思想洁白无瑕，衣服干干净净，在那些日子他对圣歌非常熟悉。

索彼的心本就容易受感化，老教堂又有它的神力，所以，他的灵魂豁然醒悟。回想他跌进的泥坑，回想那些不光彩的岁月、卑鄙的欲望、破灭的希望、毁弃的才能以及为谋生计而有过的肮脏动机，心头掠过一阵恐惧。

也是在一瞬间，经过这种反省后，他振作起来了。他感到一阵来得又快又猛的冲动，决心与坎坷的命运搏斗。他要从泥坑中自拔，要洗心革面，要战胜缠住了他的邪气。时间还来得及，他还相当年轻。

他要重振往日的雄心,不屈不挠地实现远大抱负。庄严而优美的琴声激起了他心灵深处的变化,明天他就去闹市区找工作。一位皮货进口商曾说愿雇他当司机,他明天去找他要这份工作,他会在世上有所作为的,他会……

索彼觉得有人抓住了他的手臂,忙一回头,看见了一个大脸盘的警察。

"你在这儿干什么?"警察问。

"没干什么。"索彼说。

"跟我走。"警察说。

第二天上午,警庭的法官宣布道:"在岛上关押三个月。"

真朋友蒂勒默克斯

有一次打猎以后我在新墨西哥州一个叫洛斯皮诺斯的小镇上等南行列车，车子晚点一小时，我坐在顶峰楼的门厅里与旅社主人蒂勒默克斯·希克斯谈起了人生的责任。

看到他性格并不怪僻，我便问，他那只左耳朵是不是在很久以前让什么野兽咬伤了。我爱打猎，自然而然会想到人在追野兽时可能遇到的凶险。

"这只耳朵是真朋友关系的纪念品。"蒂勒默克斯答道。

"那是遇到了意外？"我追问。

"朋友关系拉扯不上意外。"蒂勒默克斯说。我没有再问。

我的旅店主人却接着说了下去："完全够得上朋友的例子我以往只知道一件，是一个康涅狄克州人和一只猴子，他俩真够意思。在巴兰基利亚时①，猴子爬椰子树，摘了椰子丢给人。人把椰子锯成两半，做成大勺子，每个卖两银币，再买回甜酒，猴子喝椰子汁。赃物两人有份，谁也离不了谁，他们成了亲兄弟。

"人与人之间是另一码事，交朋友是玩手腕，顾顾眼前，二话不说就可以不干了。

"原来我有位朋友，大名佩斯利·菲什，我还满以为与我会天

---

① 巴兰基利亚是哥伦比亚北部一城市。

长地久。七年里不论是挖矿、办农场、卖专利产品搅奶器、放羊、照相等等,还有搭铁丝网、采干梅,我们都在一起。瞧着吧,人家会凶杀,瞎吹捧,争钱财,讲歪理,喝酒闹事,我们哥儿俩绝不会闹出这些翻脸事来,我俩那股子要好劲儿叫你猜也猜不出。干正经事我们够味,到玩起来,犯起傻劲儿来,也还是一样哥们儿。白天也好,晚上也好,确确实实我们像一根藤上的两个瓜。

"有年夏天,我跟佩斯利赶着马儿进圣安德烈斯山,我们身穿刚买来的衣服。因为一个月的事完了,想要轻快轻快。我们到了这洛斯皮诺斯镇。这地方称得上世界的屋顶花园①,炼乳、蜂蜜多得四处流。有一两条街,一个馆子,还有鸡,空气好,反正够满足我们的心意。

"我们到镇上时已过了吃晚饭的时候,铁路边只开着那家馆子,我们只好进去有什么能饱肚皮的就吃什么。还没等我们坐下拿起刀把红油布上的盘子挠起来,进来了个人,端着热腾腾的甜面包和炒鸡肝。她叫杰塞普太太,丈夫已死了。

"你看看,这女人叫石头见了也会动心。她的个子不能说小,倒要算大。模样招人喜欢,一看就觉得很好相处,是热心直肠人。脸色发红,是下惯了厨房的结果。一笑起来,12月里也会引得山茱萸②开花。

"杰塞普太太话多,跟我们聊起来,一会儿天气,一会儿历史,又扯到坦尼森③,干梅,还有羊肉难买,临了问我们从哪儿来。

"我答道:'斯普林瓦利。'

"佩斯利嘴里塞满了土豆和火腿的小骨,他插了进来:'大斯普林瓦利。'

"这一下我第一次察到了苗头,我和佩斯利·菲什的八辈子交情

---

① 屋顶花园是将土运到屋顶而建起的花园。说话人认为该镇风景优美,又地处高山区,所以有此一比。故事开头的"顶峰楼"也是作者暗示地势高而取的名。
② 小乔木,早春开花,可供观赏。
③ 坦尼森(1809—1892),英国诗人,1850年被英国王室评为桂冠诗人。

就此完了。他知道我讨厌唠唠叨叨的人,这次却插了进来,把话讲个明白透彻。地图上标的是大斯普林瓦利,可是佩斯利他自己说斯普林瓦利也说过上千次。

"吃过饭,我们话没多说出了店门,往铁路上走。两个人相交了那么长时间,谁的心在想什么谁还不知道?

"佩利斯开口了,说:'我不说你一定知道,我横下一条心要把那寡妇弄到手,家里是我的人,外面是我的人,法律上是我的人,算什么都是我的,除非死了才分开。'

"我答道:'这不假。你只开了一次口,我听话听音。要说呢,你也心里有数,我也有我的打算,这样寡妇就要改姓,叫希克斯太太,那你就得给报纸的社交栏写信问问,男傧相在婚礼上要不要戴日本产的花,穿无缝袜。'

"佩利斯说:'你的算盘别打得太如意。'他把铁路枕木扳下一块,'要是遇上平常什么事情,十有八九我都会让你,不过这一回不同,'他嘴没停,'女人笑起来可抵挡不住,你就像进了大漩涡,朋友关系这条好船会给吞了,摔得粉碎。'佩斯利还是在说着,'要是有只大熊想吃掉你,我跟它拼。你的账我可以替你付,我还可以替你摸肩擦背,什么都像以往一样,可是这件事我顾不得什么交情不交情了。这次要把杰塞普太太抢到手,我们只好顾自己。现在我把话全向你挑明了。'

"听了他的话,我想了想,也亮出了主意和规矩。

"我说:'人与人之间的朋友关系自古就有,古时候抵挡有八十英尺长的蜥蜴和长翅膀的乌龟就靠你帮我我帮你。这个习惯保留到今天,大家一听说有野兽会聚到一堆,非要有人跑来告诉他们其实没野兽才会散开。我常听说,有了女人,一些原来是朋友的男人就散了伙。干吗要那样?跟你说实话,佩斯利,一看到杰塞普太太,一吃到她烤的面包,我们俩心里就都沉不住气了。我们谁有本领谁娶她,我跟你摆开阵势比,不背着你做手脚。我用什么办法追她都当着你的

面,这样就机会均等。将来无论谁得手,我们还会是朋友,船不会在漩涡里翻。'

"佩斯利紧握着我的手说:'真有你的!我也照办。我们同时追这寡妇,别像旁人那样假装正经,到头来又捅刀子。成也好,败也好,我们仍然是朋友。'

"杰塞普太太的馆子旁的树下有条长靠椅,南行火车上完旅客开走以后,她爱坐在靠椅子上乘凉。我跟佩斯利吃过饭聚到这里,找我们俩都看中的人,各显本领。我们真算得上君子,能沉住气,每次去时无论谁先到,都等着另一个来了才开始玩手腕。

"杰塞普太太终于察觉到了我们的安排,那天晚上是我比佩斯利先坐到椅子上。刚刚吃过晚饭,杰塞普太太穿了件新粉红色衣,而且心绪正好。

"我坐到她身边,说了些这儿的风光显得怎么怎么美,环境如何如何好的话。那天晚上说这种话最合适,月亮守着老规矩,升到了该升的地方。落在地上的树影既符合科学原理,又遵守自然规律。树丛中,林子里,小夜莺、金莺、长耳朵兔,还有别的有羽毛的昆虫①闹成一团。山里刮来的风唱着歌,像是犹太人坐在铁路边弹着旧番茄酱做的琴。

"忽然我在左边有了感觉,我像是被放在火炉边上瓦罐里的生面粉团一样发起胀来。原来,是杰塞普太太挨近了我。

"她说:'哎,希克斯先生,世界上的单身人遇上这样好的夜晚,心里会更不是滋味,你说对吗?'

"我马上从椅子上站起了身。

"我说:'太太,对不起,我得等佩斯利来,如果他不来我就回答了你这样重要的问题,不能算正大光明。'

---

① 原文feathered insects按词义确实只能译为"有羽毛的昆虫"。说话人在这里不是用词不当便是信口开河,同类型例子本文还有。

"接着,我向她解释说,我们是形影不离的朋友,有了危难也好,出门也好,串通合谋也好,都拴在一块儿。我们已经有约定,要是遇到更伤脑筋的情况,比方说牵涉到感情和关系的事,谁都不能干对不起人的勾当。杰塞普太太似乎认真想了一会儿我的话,想过以后不停打起哈哈来,笑得树林都震动了。

"没多久,佩斯利来了,头上抹着佛手柑香油。他坐到杰塞普太太的另一侧,讲了一段辛酸而不寻常的经历。1895年圣丽塔山谷连续九个月干旱,他跟皮弗斯·拉姆利比赛剥死牛皮,赌一副镶银马鞍。

"从开始角逐起,比起我来,佩斯利·菲什就处于劣势。我们俩各显神通,想攻破女人心上的薄弱点。佩斯利的办法是往女人耳里灌风,讲那些亲自经历的或大字体①印刷的书上看来的故事。我看过一出莎士比亚的戏剧,叫《奥赛罗》,我想他的主意定是受了那个剧的影响。剧里有个黑皮肤人,把这人那人编出的话搅到一堆,结果把一位公爵的女儿弄到了手,②可是这办法离了舞台追女人就不灵了。

"还是让我把我的奥妙传给你,你可以把一个女人哄骗成你的人。你要巧妙地抓住她的一只手,紧握着不放,③她就归了你。干起来不容易。有些人抓起手来像是要给脱臼的肩膀疗伤,叫你闻到一股碘酒味,还听到撕绷带的声音。有些人抓手像抓发烫的马蹄铁,抓住以后又远远着着,那姿势像是药剂师往瓶子里倒阿魏的酒精溶液。大部分人让女人眼睁睁望着时抓了往身边拖,像是娃娃在草地里捡到了球,没让她忘了手是长在她臂膀上的。他们的法子全错了。

"好办法要我告诉你。你有没有见过有人轻手轻脚进屋后的

---

① 大字体书多为儿童或文化层次低的人用。
② 《奥赛罗》是莎士比亚的四大悲剧之一。剧中主人公奥赛罗向公爵女儿所述全系本人亲身经历。此处蒂勒默克斯所云不过是信口开河。
③ 此处原文是双关语,作者玩了个文字游戏。英语中的hand(手)可用来构成一些含义完全不同于"手"的用语。如:ask for a lady's hand(向某女人求婚),give one's hand to([女人]和……订婚),因此"抓住她的手"就有求婚成功之意。

院子，捡起块石头朝蹲在围墙上瞧着他的猫扔？他装出的样子就像手里什么也没有，猫没看见他，他也没看见猫。用就得用这法子，千万千万别在要引起她注意的时候拿起她的手，别让她知道你觉得她知道你感觉到了她明白你在抓着她的手。①这就是我的秘诀。佩斯利给她讲那些惊险事、倒霉事，只当是在弹小夜曲，可是她听起来像是在念星期天停靠新泽西州欧申格罗夫火车的时刻表。

"一天晚上，我比佩斯利先坐到椅子上，早一袋烟的工夫，我的朋友义气差一点点就完了。我问杰塞普太太，是不是字母H比字母J容易写。②她一听头就偏了过来，一下把我扣眼里的夹竹桃花给压扁了。我也把头低了下来，想要——但我没有。

"我站起来，说：'对不起，这事我们先等佩斯利来了再说。我一次也没有做过对不起朋友的不光彩事，要做得正正当当做。'

"夜色中杰塞普太太看着我的眼神有些古怪，她说：'希克斯先生，要不是为着有一件事情，我非叫你滚下山谷去不可，往后再也别登我的门。'

"'那又何必呢，太太？'我说道。

"她说：'你这人交朋友行，当丈夫不是好料。'

"还没过五分钟，佩斯利坐到了杰塞普太太身边。

"他说开了话。'1898年夏天，在银城③的蓝光酒店我看到一个叫吉姆·巴塞洛缪的人把一个中国佬的耳朵咬下来了，就为着一件横条平布衬衫起的冲突。——哟，这是什么响声？'

"我跟杰塞普太太又干起了我们已经歇手的事。

"我说道：'杰塞普太太答应了要做希克斯家的人，她这是在再

---

① 此处原文同样累赘，是作者为勾画人物特性有意写成这样。原文中蒂勒默克斯说话常犯语法错误，为再现原作原貌，译文在好些地方也故意未理通顺。
② "希克斯"原文为Hicks，"杰塞普"为Jessap。英美女人改嫁后必从夫姓，蒂勒默克斯的问题弦外之音就是杰塞普太太是否愿改嫁给他。
③ 新墨西哥等七州均有"银城"，本文的银城根据篇首的线索看是在新墨西哥。

13

表示一下心意。'

"佩斯利用两只脚钩住椅子腿,唉声叹气起来。

"他说:'莱姆,我们已经有了七年的交情,你跟杰塞普太太接吻别弄得这么响行不行?要是换上我也一个样。'

"我说:'那行,不响就不响。'

"佩斯利接下说他的见闻,'那中国佬1897年春天开枪打死了人,死鬼叫马林斯,那——'

"佩斯利又说不下去了,道:'莱姆,你要是真够朋友,搂杰塞普太太时别使这么大劲,刚才椅子被你弄得直晃动。别忘了你有言在先,只要还有一线希望,你我就机会均等。'

"杰塞普太太一转身冲着佩斯利说:'你这家伙不知趣!等过了二十五年,到了我和希克斯先生的银婚喜庆,你的木头脑瓜子难道还只当有一线希望不成?就看在你跟希克斯先生往日的交情上,我才这么久久忍着,我看你赶早死了心滚下山去算啦!'

"'杰塞普太太,佩斯利先生还是我的好朋友。我早有言在先,只要有一线希望,我们都开诚布公,机会均等。'话虽这么说,我却是以未婚夫自居的。

"杰塞普太太接过话说:'希望!好吧,就让他抱着希望好了。有了今天晚上近在身边的这些事,他总该不会那么死心眼吧。'

"闲话少说,过了一个月,我们在美以美教派的洛斯皮诺斯教堂结婚了。全镇的人为着看婚礼,把什么事都放下了。

"我们俩站在最前面,牧师已经开始按规矩举行仪式,可是我四下一望,没见到佩斯利。我请牧师先等一等,说:'佩斯利还没来,我们等等佩斯利。我蒂勒默克斯就这个样,什么事都对得起朋友。'杰塞普太太把眼睛瞪得溜圆,但牧师听了我的话没往下进行。

"没过多大一会儿,佩斯利飞快赶了来,边走还边按袖口的纽扣。他说镇上唯一的一家服装店关了门,来看婚礼,他爱穿上过浆的衬衫,店门关了没法买,他只好砸开商店的后窗,跳进去拿了一件。

说完他站到新娘另一边,婚礼继续举行。我猜准了,佩斯利还在抱着最后一线希望,眼巴巴等着牧师出差错,好把他跟寡妇凑成一对。

"行过仪式我们喝茶,吃羚羊肉干和杏子罐头。吃完喝完看婚礼的人一个个走了,最后走的是佩斯利。他握着我的手说,我从来没有亏待过他,有我这个朋友他光彩。

"牧师有一所紧靠街的小房子,修整好了打算出租,便让我跟我太太在那里过一夜,等第二天上午坐10点40分的火车去埃尔帕索度蜜月。牧师太太把房子整个用蜀葵和野葛装饰得漂漂亮亮,看上去又阴凉又带喜气。

"晚上10点钟,我太太还在屋子里忙着,我走到屋子的前门,坐在门口,脱下靴子透透气。转眼里面的灯灭了,我还在坐着,回想起了以往的一件件事。正出神时,就听我太太在里面叫唤:'莱姆,你还不进来呀?'

"我像是做了场梦似的答道:'来啦来啦!见鬼,怎么又等起老伙计佩斯利……'"

蒂勒默克斯·希克斯最后说:"可是还没等我的话说完,我就觉得有人用一支四五口径的枪把我的左耳朵打掉了。等我一细看才知道,原来是我太太两只手握着扫帚棍,一棍子把我左耳朵打没啦!"

带家具的房间

下西区有一片红砖楼,住在楼里的一大帮房客像时间一样永不停步,来去匆匆。他们处处无家,处处为家,从这间带家具的房子搬到那间带家具的房子,永远只是过客——不但住所无定,而且心绪、思想无定。他们把《家,幸福的家》这支歌唱得乱七八糟,他们的家神是搁在纸盒里提来提去的;他们没有葡萄藤,只是帽子上绕着装饰带,也没有无花果树,只有盆景。①

所以这一带房子里住过的房客上千,有得说的事也该上千。当然,大多数索然无味。不过,如果说这帮匆匆过客连一两件奇闻也没有,那又不可思议。

一天天黑以后,一位年轻人在这片破败的红砖房中转着,按着门铃。来到第十二栋后,他把寒酸的手提包放在台阶上,掸去帽带上的灰,又揩揩额头。铃声很轻,是在隔得远远的、空荡荡的纵深处响。

这一家(就是他按了铃的第十二家)的女房东来开了门,他一见不由想起了一条害虫,蛀光了果仁,已经吃饱了撑着,可还巴望有什么可吃的进到空果壳里来。

他问有没有空房间。

"进来吧,"女房东说,她的声音是从喉管里发出的,而且喉管

---

① 葡萄藤和无花果是安定的家庭生活的象征,典出《旧约·列王纪上》四章二十五节。

上似乎长了层苔,"三楼有一间,还刚空了一星期,你去看看吧。"

年轻人跟她上了楼。不知从什么地方发出的微光照着黑乎乎的过道。两人的脚踩在楼梯的地毯上没一点声音,恐怕原来织出这块地毯的织机也认不出这块地毯来。它已面目全非,在有股臭味、不见阳光的空气中腐烂,变成青苔地衣似的东西,在楼梯上一块块扎了根,踩上去还粘脚,像是踩着了什么黏性强的有机物。在楼梯每个拐弯处的墙上都有壁龛,只是空着。也许壁龛里原摆过什么花草,然而禁不住又脏又臭的空气熏。还有一种可能是摆过什么神像,但不难想象,大小魔鬼趁屋子里黑,把它们拖进了罪恶的深渊,让它们待在堆放家具的地窖里了。

"就是这一间,"女房东长了层苔的喉咙说,"房间挺好,并不常空着,夏天还住过几位贵客。都是痛快人,到时就预付房租。水在走廊那头。斯普罗尔斯与穆尼住过三个月,他们是演杂耍的。那位布雷特·斯普罗尔斯小姐——你总该听说过她吧?哦,对,那是她的艺名。她把结婚证配了个镜框,就挂在梳妆台上方。气灯在这里。你看,壁柜多大。这间房人人喜欢,从没有久空过。"

"当演员的人常到你这儿来住?"年轻人问。

"常来常往,上这儿的房客有一大批与剧场有关系。先生,你不知道,这一带就是剧院区。当演员的人从来就不在哪个地方久住,上我这儿的当然有。他们有来的,有去的,就这样。"

他租下了房间,预付一个星期租金。他说已经累了,想马上休息。钱如数交清,女房东告诉他,房间里什么都是现成的,连毛巾和水都已准备好。她正要转身走,年轻人问了一个问题,这个问题他已经问过一千遍了。

"你是不是记得房客里有个年轻姑娘?叫瓦什纳小姐,全名是埃勒威兹·瓦什纳,她很可能在登台演唱。是个漂亮姑娘,中等个子,身材苗条,头发深金黄色,左眼皮附近有颗黑痣。"

"这个名字我想不起来。他们当演员的今天住这间房明天住那间房,也今天叫这个名字明天叫那个名字。他们来的来、去的去,你说的名字我当真想不起来。"

白问,每次都白问,他不厌其烦地问了五个月,得到的回答都是不知道。白天花大气力找剧场经理、中介人、学校、歌舞团打听;夜晚在观众中转,从全是明星登台的大剧院直跑到下三流的音乐厅,连最怕在那儿找到朝思暮想的人的场所都不放过。他真心爱她,在千方百计找她。他相信,自离家出走后,她一定还在这座被水环抱的大城市①的某个地方,只不过这座城市像一大片永无安稳之日的流沙,其中的沙粒不停地翻动,今天浮在表面的,明天又埋进泥土里。

起初带家具的房间对它的新客来了一番假热情,那是一种看来激动、热烈,其实却虚应世故的欢迎,就像娼妓虚情假意的笑。旧家具还有反光,一张床、两把椅子上蒙着破织锦,两扇窗之间有一面一尺宽的廉价穿衣镜,墙角里搁着一两个描金画框、一副铜床架等等,这使他或多或少觉得还不坏。

客人有气无力地往椅子上一靠,顿时,他像进了通天塔,只听见操各种不同语言的人抢着告诉他这儿住过什么房客,简直乱成一团。

邋里邋遢的地席上铺着一方颜色杂七杂八的毯子,好似波涛汹涌的海洋中露出一个鲜花怒放的方形小岛。墙上糊着花花绿绿的墙纸,贴着无家无室的人在哪儿问客房都能看到的画,有《法国信新教的情侣》《首次口角》《新婚早餐》《赛克在泉边》②。壁炉前歪吊着一块本来还成样子的布,就像歌剧中亚马逊人身上随便缠着根宽带子。壁炉朴实而庄严的轮廓被盖住了,壁炉上放着些乱七八糟的东西,有一两只不值钱的花瓶,几张女演员像,一只药瓶,几张零星纸牌,都是以前的房客留下的。那些人原先也落难到这荒岛,后来遇到别的船相救,人到新的港口登了岸,乱七八糟的东西就还留在荒岛上。

---

① 指纽约。
② 赛克为希腊神话中爱神所爱的美女,被视为灵魂的化身,在画中常画为蝴蝶或有翅膀的人。

渐渐地，原先的房客留下的小物件让他看出了名堂，就像份密电码的字让他一个个破译了一样。梳妆台前的毯子上有一块地方磨光了毛，这说明许多漂亮女人在那儿踩过。墙上留着小手指印，那是小囚徒摸出来的，他们想见到阳光，呼吸新鲜空气。还留着一大块污渍，成放射形，像炸弹开花，显然是有人把一杯或者一瓶什么东西往墙上一甩甩出来的。穿衣镜让人用金刚石横着歪歪扭扭刻了个名字：玛丽。看来，以往的房客一个个都有股子火气（也许是受不住这儿的过分冷漠发了火），一怒之下便把房间当出气筒。家具已被弄得遍体鳞伤。床上的弹簧东一个西一个冒了出来，整个床便不成样子，活像只死于恶性痉挛的大怪物。壁炉上的大理石不知由于出了什么大乱子，被敲掉了一大块。地板上的每块木板各有各的伤痛，因为各自受过各自的冤屈。那些房客暂住这房间时都暂以这房间为家，却又产生这么多怨气，进行这么多破坏，真难以想象。但也许正由于他们需要家的天性没有真正泯灭却又不得满足，由于他们对冒牌家切齿痛恨，一腔怒火才烧了起来。只要真是自己家，哪怕一间茅棚，我们都会打扫、装饰、爱惜。

年轻房客靠在椅子上，任凭脑海里的思绪轻轻飘。飘着飘着，他听到了别的房间里传来的声音，嗅到了别的房间传来的气味。有人在淫荡地咻咻笑，有人在不绝口地骂，有人在骨碌碌掷色子，有人在哼催眠曲，有人抽抽噎噎哭，听得最清楚的是欢快的五弦琴声。还有乒乒乓乓的门响，高架铁路上一趟一趟的火车叫，后围墙上的猫嚎。他嗅出了屋子里的味不是一股正常气味，而是一股发潮的怪味，冷飕飕，带霉臭，像是堆放油布和霉变、发烂的木制品的地下室里发出的。

他靠着没动，突然又闻到一股浓郁的木樨草香，像是一阵风送来的，直扑鼻孔，他闻得十分真切，就好比见到有血有肉的来客，错不了。年轻人似乎听到了有人叫唤，大声道："什么事，亲爱的？"他还一跃而起，往四周望着。浓郁的香味没有消退，萦绕在他前后左右。他竟然伸出手抓,一时间六神无主。香味怎么可能开口叫人呢?一定是听到了声音,但是声音怎么能摸他、抚弄他呢?

"她住过这房间!"他嚷了起来。又一纵身起来,想找出什么东西证实。他有把握,凡是归她所有的,甚至她碰过的东西,再小他也准能认出来。这股经久不绝的木樨草香是她喜爱的,天天用的,究竟从哪儿来的呢?

房间几乎没怎么收拾,梳妆台的薄台布上东一只西一只放着五六只发夹。发夹是哪个女人都少不了的朋友,什么也不能说明,就像一个仅属于阴性,但既不表示语气也没有时态变化的词。他没有细看,知道再看也看不出个名堂来。一翻梳妆台的抽屉,发现了一方小小的破手帕。他把手帕贴到脸上,闻到的是刺鼻的金盏草味,忙往地上一扔。在另一个抽屉里他发现了几粒纽扣,一张节目单,一张当铺铺主的名片,两颗忘了吃的白软糖,一本圆梦的书。书里夹着一根女人用的黑缎蝴蝶结,他一见愣住了,说不清是喜是悲。但黑缎蝴蝶结也是女人都用的装饰品,平平常常,不是谁所独有,说明不了问题。

接着他像猎狗嗅到什么气味般满房间乱窜,扫视墙壁,趴到地上察看地席隆起的地方,搜索壁炉、桌子、窗帘、吊着的挂着的东西,房角那个放不稳的柜子,一心要找出点线索,却没发现她就在身边,在心头,在上空,在围着他转,在依偎着他,在搂着他,在追寻他,在冥冥中呼唤他,虽然无声,他这凡人的耳朵也听到了这凄惨的呼唤。他又一次大声应道:"在这里,亲爱的!"他一转身,大睁着眼,什么人也没有见到。他闻到的木樨草香味怎会有形、有色,会张开双手、会表示爱情呢?苍天在上,这股香味来自何方呢?香味怎么能发出声音叫唤呢?他又开始搜寻。

他找遍每一条缝隙、每一个角落,只找到了瓶塞、香烟。这些东西他不屑一顾,但有一次他在地席的折缝里发现一根抽了半截的烟,他把它塞到脚底下踩扁了,还恶狠狠骂了一声。他把整间房一寸一寸搜遍了，别的房客丢下的乌七八糟的小东西发现不少，但是他在找寻的那个人，那个很可能在这里住过，而且灵魂似乎仍在这里徘徊的人，却没见留下遗迹。

后来他想到了女房东。

他跑出闹鬼的房间，下了楼，走到一间露出亮光的房。女房东听到敲门声出来了，他极力抑制住自己的情绪。

"请问，我来前是谁住过这房间？"他问道。

"我就再告诉你一遍吧，先生。我说过了，是斯普罗尔斯与穆尼。她演出的时候叫布雷特·斯普罗尔斯小姐，其实是穆尼太太。我这房子可是有声誉的房子，结婚证还框在镜框里，挂在——"

"斯普罗尔斯小姐是怎么样个人？我是说她的长相。"

"你问这呀——长着黑头发，又矮又壮实，脸挺古怪，夫妻俩上星期二走的。"

"他们来之前呢？"

"是一位单身男人，与车行打交道的，他还赖了我一星期房租没付。再往前数是克劳德太太带着两个孩子，住了四个月。他们来之前住的是多伊尔先生，一个老头，他的儿子轮流替他付房租，他住了半年。这样数数也就有一年时间了，再往前的我忘了，先生。"

他向她道了声谢，有气无力地回到自己房间。房间里静悄悄的，曾使他忙了好大一阵的东西没有了。木樨草的香味已经消失，闻到的是霉家具的陈腐气味，就是贮藏室的窒息气味。

希望的破灭使他失去了信心，他坐着眼望咝咝发响的黄煤气灯发呆。过了一会儿，他走到床边，把床单撕成了破布条，然后用小刀把破布条牢牢塞进门缝里和窗缝里，一条缝没漏。做得万无一失后，他灭了灯，然后把煤气开足，往床上一躺，什么也不再想。

* * *

也就在这一个晚上，麦库尔太太拿了个罐子来打啤酒，打过啤酒她与帕迪太太在地下室聊天。这种地下室不同一般，常有房东太太凑到一起,虫子也不会死。①"今天晚上我三楼的后房租出去了。"帕迪太太说,摆在两人间的啤酒还有圈泡没消,"是个年轻人租的,他到现在睡了两小时了。"

"这事当真,帕迪太太?"麦库尔太太问道,心里好生佩服,"那种房间还能租出去,你真有两下子。难道你对他说了实话?"她迷惑不解,最后忍不住轻声问,声音发哑。

"房间里配上家具就是为出租。我没有对他说实话,麦库尔太太。"帕迪太太那长了苔的喉管答话道。

"你说得有理,太太。我们过日子靠的就是租出去房间。太太你真在行,要是听说床上自杀过人,不肯租的人可多着哪。"

"你也说得对,我们总还得过日子。"帕迪太太说。

"太太,那可不?上个星期,也是这日子,我还帮你收拾了三楼的后房间,想不到那漂亮妞要开煤气自杀。帕迪太太,你看她的小脸多逗人爱。"

"你没说错,她也算得上个标致人儿,就可惜左眼皮上长坏了颗痣。"帕迪太太既赞同又挑了点刺,"麦库尔太太,再来一杯!"

---

① 作者把房东太太凑到一起闲聊的地方比作了地狱。《新约·马可福音》九章四十八节曰:"在那里(地狱)虫是不死的,火是不灭的。"

托宾的手相

有一天,我和托宾俩往科尼去,一来是我们有四元钱可花,二来是托宾正心烦,要消遣一下。原来,他的女朋友卡蒂·马霍纳三个月前从北爱尔兰的斯莱戈郡到美国来,谁知却失踪了。她身上带着自己的两百元积蓄,还有托宾卖掉在博格尚诺继承的一所漂亮小房子和猪所得的一百元。托宾接到过一封信,说她已经动身上他这儿来,可是从那以后就杳无音讯,更没见过卡蒂·马霍纳。托宾在报上登了广告,但就是没找到这姑娘。

这样我和托宾便同去科尼,以为换换环境,吃吃香喷喷的玉米花,他的情绪会好起来。谁知托宾是个死脑瓜子,横竖开不了窍。听到人叫卖气球,他咬牙切齿;看到电影,他便开口骂;邀他喝一盅他还会干,但他见了柠檬水会嗤之以鼻;见到给人拍照的来了他就想动手揍人。

于是,我带他走铺木板的小道①少惹是生非。走到一个小棚子边,托宾站住了,眼神恢复了正常。

他说:"只有这地方称我心。尼罗河来的相命师本领大②,我请他们看看手相,看命里注定究竟会如何。"

---

① 美国有铺木板的散步小道,多在海边。
② 尼罗河被视为埃及的象征,而埃及当时出名相命师。

托宾相信预兆，还有稀奇古怪的东西，什么黑猫①啦，预测吉凶的数字啦，还有报纸上登的天气预报②啦，他都莫名其妙地当真。

我们走进相命师鸡笼似的小棚子里，只见里面挂着红布，还有像铁路枢纽般线路纵横交错的掌纹图，很有令人莫测高深之感。门上的招牌写着：埃及女手相大师佐佐。里面坐着个胖女人，身穿红短褂，短褂上绣着歪歪斜斜的字和小动物。托宾给她一角钱，摊开了手掌。他那手跟拉车运货的马的蹄子差不多，女手相大师抓起来细看着，想瞧瞧托宾登门是不是为一颗宝石让青蛙吞到肚里了，或者是掉了鞋样。

这位佐佐大师说道："老弟，从你的手相来看呢——"

托宾打断了她的话："你看的不是我的脚。漂亮固然算不上，手总还是手。"

女大师说："从手相看你从小到大不是一帆风顺，往后还有灾。这根婚姻线——哟，是石头碰伤了还是怎么的？线上显得是动了姻缘，为了女朋友你已经遭到了挫折。"

"她这是在说卡蒂·马霍纳。"托宾把头偏过来对我一个人说，但声音不轻。

手相师又说："有个人你总忘不了，又伤心，又着急。从纹路上看，是个女的，名字里有个字母是K，还有个是M。③"

"哟哟！听见了吗？"托宾对我说。

手相师往下又道："遇见一个黑皮肤的男人和一个轻浮相的女人你得小心，这两个人会叫你遭灾。不出多少日子你会行水路，要破财。有一条掌纹使你时来运转，你要遇上一个人，他会带你交好运。这人长着个弯鼻子，你见了能认出来。"

---

① 美国作家爱伦·坡写过一篇题为《黑猫》的小说，小说中的黑猫受主人虐待而死，后显身报复，使主人遭大火家破人亡。

② 当时天气预报准确率低，可能由于这个原因，作者将天气预报与迷信活动相提并论。

③ 卡蒂·马霍纳的英文拼写为Katie Mahomer。

"他的名字手相上看得出吗？遇上了他带我交好运，知道名字好让我跟他打招呼。"托宾问道。

手相师若有所思地说："手相上看不出名字怎么拼，但是看得出名字很长，当中必有字母O。相看完了，再见，别把门堵住了。"

"这女的真神！"托宾边上码头边说。

挤过码头的门时，一个黑人手里的雪茄烟烫了托宾的耳朵，闹出了乱子。托宾在他脖子上使劲来了一拳，在场的女人一个个尖叫起来。我见势不妙，没等警察赶到，便把托宾一把拉开。这家伙兴起的时候有得好瞧！

坐上往回开的船以后，托宾听到有人叫卖名牌啤酒。这时他知道了刚才的错，很想喝杯啤酒，可是伸手往口袋里一摸，发觉口袋空了，刚才有人在混乱中掏走了他的零钱。我们只好不喝，坐到长凳上，听甲板上的南欧人弹琴。要说这一趟出游有什么收获，那就是托宾又遇上了倒霉事，比原来更丧气，更无精打采。

船上有个年轻女人靠在栏杆上坐着，凭一身穿着的费用够得上坐高档红汽车，头发的颜色像没抽过烟的海泡石烟斗。托宾从她身边过时无意中踢到了她的脚。平常他喝了酒对女人也是彬彬有礼，这一次更是，想抓起帽子表示道歉。可是他倒把帽子碰掉了，又遇上风，帽子吹落到水里。

托宾走回来后坐下了。我留心看着他，他老兄遇上的倒霉事已经太多。如果让倒霉事怄急了，见到穿漂亮衣服的人他真会抬腿踢，还会抢过船来开。

托宾坐了一会儿，突然抓住我的一只手，兴奋地说："约翰，你看我们现在怎么啦？我们不是在走水路吗？"

"走水路也别兴奋，船再过十分钟就靠岸了。"我说。

"你瞧，瞧那坐在凳上的轻浮相女人，还有那烫了我的耳朵的黑人，你没忘吧？我不是丢了钱吗？有一元六角五分呢！"

我以为他只是在数他遭的难，像许多人那样，发作起来有个借口，便好言劝道，别把这些事看得太认真。

"得啦，"托宾说，"预言家就是有天才，通了神的人说话就是灵，你长着耳朵还听不进。那手相师看了我的巴掌说什么你忘啦？眼见着都应验了。她说'遇见一个黑皮肤的男人和一个轻浮相的女人你得当心，这两个人会叫你遭灾'。你就忘了那黑人？虽说我也揍了一拳，让他遭了报。我帽子吹到水里去要怪那黄头发的女人，你说说看，这种女人不轻浮谁轻浮？出了射击场以后放在我衣服里的一元六角五分钱又是到哪儿去了？"

托宾说得头头是道，似乎当真有人能未卜先知，但我认为，这些事无论谁到科尼都可能遇上，不能说是手相师灵验。

托宾起身满甲板地走，用发红的小眼睛细细打量船上的乘客。我问他这是为什么。托宾心里想的事你不知道，除非他干了出来。

他说："告诉你吧，从我手相上看，我能遇上救星，我这就在找，我要找着那个能使我时来运转的弯鼻子人。只有这样我们才有救。你这辈子哪儿见过该下地狱的人长着直鼻子的，约翰？"

船9点30分靠岸，我们下了船，从二十二大街进城，托宾没戴帽子。

走到一个十字路口，我看到一个人站在汽灯下路面高的地方望着月亮。他个子高，衣着讲究，嘴里叼着一根雪茄。我还发现他的鼻子从鼻梁往下拐了两个弯，就像蛇爬行时身体摆动着一样。托宾这时也看见了，我听见他呼吸声很响，如同一匹刚卸鞍的马，直喷鼻息。他直向那人走去，我也跟着他走。

"你好！"托宾对那人说。那人善交际，拿出根雪茄，也还礼问好。

托宾说："请问你尊姓大名，让我们看看是长是短，也许我们有必要跟你结识结识。"

那人很有礼貌地说："我名叫弗里登豪斯曼，就是马克西默斯·格·弗里登豪斯曼。"

"长短倒对上了，"托宾说，"这么长的名字拼起来是不是用得着一个字母O呢？"

"那没有。"那人说。

"你就写进一个O不行吗？"托宾问道，心急了。

"如果你从心底里不喜欢外国拼法，那么悉听尊便，在倒数第二个音节加上一个O未尝不可。"长弯鼻子的人说。

"这就行啦。"托宾说，"我们俩一个叫约翰·默伦，一个叫丹尼尔·托宾。"

"幸会，幸会！"那人说着一鞠躬，"想来两位不会在十字路口举行拼写比赛，那么请问，刚才说这么多话究竟有何贵干呢？"

"就为你有两个特点与埃及手相师替我看相时讲的一模一样。"托宾答道，开始讲他的缘由，"我遇上个黑人，倒了霉，坐船又碰到了个黄头发女人跷起脚，又没好事，还破了一元六角五分的财，都应了手相师的话。她说只有你能消灾，让我时来运转。"

那人不再吸烟，看着我，问道："你看他说的是不是这么回事？你们俩该不一样吧？我看你的模样像是在照看他。"

"是这回事。"我对他说，"而且我朋友的手相上注定要遇上你这么个人，你跟手相师说的没两样，就像左马蹄跟右马蹄没两样。要是有两样，丹尼尔的手相上也许还是看得出来，那谁能说？"

"你们俩是一起的，很高兴见到了两位。"长弯鼻子的人说着往街两头望，盼望有警察来，"再见吧！"

说完他把烟塞进嘴里，横过马路快步便走。但托宾紧跟到了他身边，我也跟到了他另一边。

"干什么？"他马上在人行道上站定了，把帽子往后一推，"你们还要跟着我？"他提高嗓门儿，嚷道，"告诉你们吧，见到两位十分荣幸，可是我不想再跟两位打交道，我现在要回家。"

"那行，回家就回家吧。"托宾说，靠到了他衣袖上，"我就在你们家门口等，到明天早上你总还得出来。我遇上了黑人跟那黄头发女人，又破了一元六角五分财，倒了霉，除霉气非你不行。"

"这真是莫名其妙！"那人转身对我说，他认为我是两个疯子中神志清醒些的，"请你带他回家好吗？"

我对他道："先生，你不知道，丹尼尔·托宾现在精神正常，平常也正常。是这么回事：大概他多喝了两盅，兴奋了，又理不清思路，便有一点点糊涂，他就想脱掉手相师说的倒霉气，也没做出什么越轨违法的事来。我这就向你详细说说。"接着我把手相师怎么怎么相命，他的特征与从手相上看出的救星怎么怎么相合，都告诉了他。最后我说："现在你总该明白我在这出戏里唱的什么角色了吧？我已经说得清楚，我是托宾的朋友。当有钱人的朋友容易，有便宜占。做穷人的朋友也不难，他们会对你千恩万谢，还可以在报上登个照片，让人看到你一手提着一箱煤，一手抱着个孤儿站在一家人家门前。但是当天生傻瓜的真朋友就难，要有几手当朋友的本领，我现在当的就是这种朋友。我知道我伸出手看手相看不出好命，条条纹路注定了要干为难的事。没错，全纽约就数你的鼻子最弯，我还是不相信算命的人就那么灵，能看出你可以让人时来运转。不过呢，你的特点与丹尼尔手相上看出的一点没差，所以我想帮他试试看，除非是他知道了你真办不到。"

那人听完以后便马上笑起来，靠在墙角上放声大笑。笑过以后手往我和托宾背上一拍，接着又抓住我们的手臂，一边一个。

他说："误会，误会！我哪能料到会遇到这种凑巧事？差一点就对不起两位了。离这儿没几步有家咖啡馆，里面舒服得很，去聊聊各人的个性最合适。我们就喝上一杯，边喝边谈有没有绝对的可能或不可能的问题。"

说着，他领我和托宾进了一家咖啡馆的后厅，要了几杯，把钱放在桌上。他看着我和托宾时的神态，仿佛他是我们的兄长，他还请我们抽烟。

"两位还不知道，"命中注定相逢的人说，"我干的那一行就是所谓'动笔杆子',今天晚上我出门寻找人的个性和上天遵循的永恒。你们见到我时,我正在思考明媚的月亮与路的关系。明月照马路的暂时现象很有诗意,很美,虽然月亮只是一个万古不变、没有情感、不停运动的物体。当然,各人的看法不会相同,在文人眼里,条件是颠倒过来的。我很想写一本书,解释我在生活中遇到的千奇百怪的事。"

"那你可以把我写进去,"托宾迫不及待地问,"你会把我写进书里吗?"

"我不会,"那人答道,"因为你上不了封面。现在还不行,至多我只能个人喜欢你,摧毁出版界限制的时间还不成熟。你的事见诸文字会妙绝,这份高兴只好归我一人独享。但是两位,我谢谢你们,我真心感谢你们。"

"你越讲越叫我憋不住了!"托宾开口了,在桌上咚地一拳,还吹胡子瞪眼睛,"你长着个弯鼻子,本来弯鼻子会让我时来运转,可是你给人的好处像大鼓响,听得见摸不着。你口口声声书呀书,有什么用?只是吹过缝的风,会呜呜叫。这样看来,看手相不顶用,灵验了的只有那黑人,黄头发女人,还有——"

那高个子打断了他:"别瞎闹!你别让相命那玩意儿迷了心窍,我的鼻子只能干它分内的事。来,把杯子倒满,谈人的个性得边喝边谈,一本正经只谈不喝,人的个性谈不起劲。"

我觉得这动笔杆子的人没有白相逢。我和托宾让人算准,已身无分文,但这个人高高兴兴,把三人的账全付了。托宾却只闷声喝着,很不痛快,眼都发红。

最后我们出了咖啡店,在人行道上站了站,这时已是夜晚11点。那人说他得回家,邀我和托宾送他一程。过了两个路口后,我们到了一条小街,这里有一片砖房,屋前有高坪台和铁护栏。那人走到一所砖房前停住了脚,抬头一望顶层窗口已没有了灯光。

"这就是寒舍,"他说道,"看样子我太太已经就寝。恕我冒昧，两位不嫌弃就请进。想请两位就坐地下室，我们吃上一顿，也好提提神。有美味冷鸡，干酪，还有一两瓶酒。欢迎两位来进餐，你们陪我一程，十分感谢。"

我和托宾已经饿了，同时也觉得吃一顿并不能算昧良心的事，便都没推辞。托宾不过还是迷信他那一套，认为喝上几盅，吃上一顿冷餐，也应验了手相上注定的交好运。

"请下阶梯，"长着弯鼻子的人说，"我先从上边门进，再领两位。厨房里新请了位姑娘，我去叫她烧壶咖啡，让两位喝了再走。卡蒂·马霍纳是才来三个月的新手，咖啡烧得倒挺好喝。请进吧，我去叫她伺候两位。"

圣贤的礼物

一块八毛七,就这么些钱,其中六毛是小铜币,一个子儿一个子儿在杂货商、菜贩、肉店老板那儿硬赖来的,每次闹得脸发躁,心里明白买东西这样斤斤计较免不了暗地里被人耻笑。德拉数了三遍,数来数去还是一块八毛七,而第二天要过圣诞节。

除了扑到寒酸的小床上痛哭一场外,还能怎样呢?德拉果然如此。她这一哭叫人顿生感慨,觉得人生就是哭哭笑笑,以哭为主。

趁这家人家的女主人哭得声音渐渐小了的时候,我们来看看她的家。一套带家具的公寓,每星期租金八元。虽然没真正到破烂得难以形容,看上去确也称得上叫公寓。

楼下的过道里有个信箱,却绝不会有信放进去;还有个电铃按钮,那要等神仙下凡来了才会按响。另外还有张名片,上书"詹姆斯·迪林厄姆·杨先生"。

"迪林厄姆"几个字是名片主人在过去每星期挣三十块钱的好时光里心血来潮加上的,现在收入减少到了二十块,这几个字也变得模糊,仿佛是真想打退堂鼓。尽管如此,每当詹姆斯·迪林厄姆·杨先生回家走到自己楼上的房间,詹姆斯·迪林厄姆·杨太太,也就是前面提到的那位德拉,总是亲切地叫他"吉姆",还紧紧拥抱他,这当然是件好事。

德拉哭过以后往脸上扑了一点点粉。她站到窗口朝外望,见到一只灰猫在一家人家灰蒙蒙的后院的灰色围篱上走,便呆呆看着。第二天就是圣诞节,她给吉姆买礼物的钱却只有一块八毛七。她一个铜板一个铜板地积攒了好几个月,还只积到这个数目。二十块一星期不好花,开销比她估计的大,周周如此。给吉姆买礼物的钱只有一块八毛七!她那吉姆!给吉姆买点好东西的如意算盘她已打了好多次。要买件漂亮、不寻常、珍贵的,就是说,既然是送给吉姆,这件东西总还得像个样。

房间的两扇窗户间有面穿衣镜。八块钱一套的房间里的穿衣镜你也许见过,一个瘦而灵活的人迅速一晃,靠接踵而过的长条片段影像,能大致准确看出自己的模样。德拉身材苗条,已掌握了这套本领。

她突然旋风般从窗口转到镜子前站着。她的眼变得闪亮,脸却失去血色,过了整整二十秒才复原。她三下两下解散头发,让它全披落下来。

现在詹姆斯·迪林厄姆·杨夫妇引为自豪的财宝有两件。一件是吉姆的金表,他祖父传给他父亲,他父亲又传给了他,另一件是德拉的长发。如果希巴女王①也住公寓,只相隔一条通道,德拉把一头秀发哪天披到窗外一晾,女王陛下的珍宝、礼物便会相形见绌。如果所罗门王把他的财宝堆在地下室,自己充当看门人,吉姆每次从门前过时一亮出他的表,所罗门王便要嫉妒得直扯胡须。

德拉的一头秀发披散开来光闪闪金灿灿,好似一道棕色的瀑布。头发拖过了膝盖,又似加在她身上的长衫。接着她赶快又盘起来,六神不安。她稍一犹豫,站着没动,一两滴大泪珠就溅落到了破红地毯上。

她穿上旧棕色上衣,戴上旧棕色帽,摆动长裙,脚步轻轻走出房

---

① 希巴为阿拉伯南部古国,今也门所在地,因香料、宝石买卖昌盛而闻名。《旧约·列王纪上》记载,希巴女王曾带许多香料、宝石觐见所罗门王。

间，下了楼，来到大街，眼里晶莹的泪花还在闪烁。

她走到一家店铺，招牌是"索弗罗尼夫人发制品店"。德拉跑步上了一段阶梯，气喘吁吁，好不容易才定下神。那位夫人个子大，白得出奇，一副面孔冷冰冰，叫索弗罗尼名不副实。①

"我的头发你买吗？"德拉问。

"我买头发，"女店主说，"你把帽子取下来，让我看看头发什么样。"

一头棕色瀑布般的秀发披落下来。

女店主用一只老练的手托起头发，说："值二十块。"

"快拿钱来。"德拉说。

啊，终于有了！接下的两个钟头是长着玫瑰色翅膀飞过的——我真是在乱用比喻，就只当我没说。反正，为了给吉姆买礼物，德拉四处搜索商店。

终于，她搜索到了。这东西无疑是为吉姆一人特制的，哪家店的哪件礼物都比不上，她已把所有店上上下下找遍了。原来是根白金表链，款式简朴，不以外表装饰而单靠本身质地就能显示其身价。但凡好商品都应该如此，甚至，它与金表也相配。德拉一眼看到就知道它注定要归吉姆，这东西与吉姆一样，朴实无华，惠在其中：这样形容两者都当之无愧。店里以二十一元的价格卖给了她。她匆匆赶回家，还剩下八毛七。金表配上这条表链，吉姆在任何场合都可以大大方方看时间。金表虽然华贵，但他没有表链，仅用根旧皮带子，有时只好偷偷看时间。

德拉回家以后没那么飘飘然，冷静和理智多了。爱情使她慷慨献出了头发，现在她拿出卷发钳，点着煤气，做善后工作。亲爱的朋友，善后工作是件难上加难的工作——一件了不起的工作。

---

① 索弗罗尼是意大利诗人塔索（1544—1595）所作史诗《耶路撒冷的解放》中的人物，舍己救人的典型。

没出四十分钟,她头上盖满紧贴在头皮上的小发卷,活像一个逃学的学生。她对着镜子,左看右看,照了又照。

"吉姆一看不把我宰了也会说我是科尼游乐场的歌舞女。"她自言自语着,"可是我有什么办法呢?哎,就一块八毛七,还能买什么?"

晚上7点,咖啡煮好了,炉子上的煎锅也已经烧热,只等下牛排。

吉姆从来没晚回过家。德拉把白金表链对折着攥在手心里,在靠近他必经之门摆着的桌子的一个角上坐了下来。刚坐下就听到了吉姆开始上楼的脚步声,她脸唰的一下白了。她有个习惯,就是对每天微不足道的小事,都会默默祷告几句。于是,她在心里念着:"上帝保佑,他还会觉得我漂亮!"

门开了,吉姆走进来后随手又关上。他显得消瘦,表情严肃。可怜这人,才二十二岁,就背上了家庭的包袱。他得买件新大衣,又没有手套。

进门后他站住了,一动不动,像是长毛猎狗嗅到了鹌鹑味。两只眼死死盯着德拉,眼里的表情她看不明白,只觉得害怕。那是既非愤怒,也非惊奇,也非不赞同,也非厌恶的神情,与她预料中的任何一种表情都不一样。他目不转睛地盯着她,脸上的神情异样。

德拉慢慢地、慢慢地从桌子上站起身,向他走去。

"吉姆!"她大声喊了起来,"别这样看我,亲爱的!我把头发剪了,卖了,因为不给你买件礼物圣诞节我没法过。头发还会长,你不会往心里去,对吗?我是没办法才干的。我的头发长得飞快。吉姆,说一句'圣诞快乐'!我们高高兴兴过个节吧。你还不知道我给你买了一件多好、多漂亮的礼物。"

"你把头发剪啦?"吉姆不解地问道,仿佛他绞尽了脑汁也没弄明白这件明明摆在眼前的事。

"剪下卖啦,"德拉说,"现在这个样子你不喜欢吗?剪掉头发我还是我,对吗?"

吉姆好奇地往四下里瞧。

"你说你的头发已经没有啦？"他问，神态几乎是痴痴呆呆的。

"你用不着找，"德拉说，"我告诉你，卖都卖掉啦——卖掉没有啦！亲爱的，今晚是圣诞前夜。原谅我，头发是为了你卖掉的。我头上的头发还能数清有多少根，可是我对你的爱谁也没法数。吉姆，我去做牛排好吗？"突然她的语气变得严肃且带着温柔。

吉姆似乎一下从恍惚中清醒过来，他紧抱着他的德拉。现在暂按下他们俩不表，先让我们抽十秒钟时间清醒地思量一下一个与他们俩无关的问题：每周八块钱与每年一百万有什么差异？数学家与智者都会给你错误的答案。东方三贤人曾送过珍贵的礼物，①但礼物中没有这个问题的答案，这句晦涩的话是什么意思看后文自会明白。

吉姆从大衣口袋里掏出一包东西扔到桌上。

他说："你千万别误会。剪发也好，修脸也好，洗头也好，那有什么关系？我都会同样爱你。你把那个包打开看看，就会明白刚才我见到你为什么会有那种表情。"

德拉一双白嫩嫩的手一下就解开绳，打开了包，她顿时高兴得叫了起来。然而，唉，女人善变，她又号啕大哭了，这一来她丈夫得使尽浑身解数安慰她。

原来，包里包着的是发梳——一整套发梳，两鬓用的，后脑用的，应有尽有，就是德拉在百老汇一家商店橱窗前看得都舍不得离去的那套。漂亮极了，纯玳瑁的，边上镶着珠宝，插在她那头秀发上颜色也是再相称不过的了。这一套发梳价格昂贵，她从心眼里喜爱、赞叹，但压根却没想买过。现在发梳已经到手，但是该配这套久已向往的装饰品的头发却没有了！

她把发梳紧紧贴在胸口，好不容易才眼泪汪汪地抬起头来，露出

---

① 典出《马太福音》二章一节及二章七节至十三节。耶稣在马厩出世时，东方三贤人梅尔基奥尔、加斯帕、巴尔撒泽分别送来象征富贵的黄金、象征神圣的乳香及预示耶稣最终要遇难的殁药。

了笑容,说:"吉姆,我的头发长得快!"

接着德拉像只被烫着的小猫般跳起来,大声嚷嚷:"哎呀,哎呀!"

吉姆还没见到给他买的漂亮礼物呢!她一摊手掌,把礼物亮了出来。那无知无觉的贵重白金亮闪闪,似乎是在反射她那幸福的、充满热情的心的光辉。

"不是好极了吗,吉姆?我跑遍了纽约才买到。现在你一天得看一百次表。把表给我,让我看看它配上了表链有多漂亮。"

吉姆没有照她说的办,而是歪倒在床上,用双手枕着头,笑了。

"德拉,我们把圣诞节的礼物收起来,暂时保存好,两件东西都太宝贵,但现在用不着。我给你买梳子没钱,就把表卖了,现在你就去烧牛排吧。"他说。

诸位知道,三贤人是智者,是大智大慧的人,到马厩里给圣子送来了礼物,从而开创了送圣诞礼之风。由于他们是智者,无疑他们的礼物便是智慧的结晶,还意味着人们互馈互赠理所当然。鄙人在本篇给诸位讲述的只是公寓里两个傻乎乎的年轻人平淡无奇的事,他们太缺少智慧,为了对方竟然白白牺牲了家中至宝。但最后让我对当今的聪明人说一句:在所有送礼的人中,这两人却又是最聪明的;在所有收受礼物的人中,像他们那样的人是最聪明的。无论海角天涯,他们都是最聪明的,他们就是圣贤。

二十年后

一位巡警在马路上威风凛凛地走着。他的威武是习惯成自然，而不是摆给人看的架势，因为行人已少而又少。时间还不到夜晚十点，但眼见要下雨，冷风一阵紧似一阵，马路上就已是空空荡荡了。

他边走边一家家打量，还不时转过头，用警惕的目光向平静的通衢大道两头远望，那甩警棍的动作多姿多彩，再加上体格魁伟，却不带傲气，看起来是好一个太平天下的卫士的形象。这一带收市早，你偶尔看到还亮着灯的店或者是烟店，或者是通宵餐馆，大多数店铺却早早关了门。

走到一个路段的正中时，警察突然放慢了脚步。一家灭了灯的五金店门口，有个男子斜靠门站着，嘴里叼了根烟，并没点着，看到警察走过来他抢先说话了。

"没事，警官，我在等一位朋友，"他镇定自若地说，"二十年前约好现在相见。你听了觉得奇怪，是吗？你要是不放心呢，我可以把事情说给你听听。二十年前，这家店是一家餐馆，叫大乔·布雷迪餐馆。"

"餐馆早五年就没有了。"警察说。

站在店门边的人划着了根火柴点烟，火柴光一照，只见这人长着个方下巴，脸色发白，目光倒炯炯有神，右边眉毛附近留着个小白伤疤。领带扣针歪别着，上面镶着颗大钻石。

那人说:"二十年前,我跟吉米·韦尔斯在这儿的餐馆吃饭。他是我最要好的哥们儿,世界上顶呱呱的小子。我俩是在纽约长大的,亲亲热热像兄弟俩。我十八岁,吉米二十岁。第二天我要去西部闯荡,在吉米看来天下似乎只有一个纽约,你就是拽也无法把他拽出纽约。那天晚上,我们约定,就从那一天那一刻算起,整整二十年后在这地方再会面,不论我们的处境如何,也不论要走多远的路。我想,过了这二十年,好歹各人也该知道了自己的命运,混出了点名堂。"

"这事倒挺新鲜。时隔二十年才又见上一面,未免太久了点,分手以后你知道你朋友的消息吗?"警察问。

那人答道:"说起来我们也有过一段书信往来,但过了一两年便断了联系。你知道西部那边地方有多大,而我来来往往又行踪无定。但是我知道要是吉米还活着,准会上这儿来找我。要说忠诚可靠,这老兄天底下数第一,他绝不会忘。今天晚上我千里迢迢跑到这家店门口等着,如果老朋友当真来,跑这一趟值得。"

等朋友的人掏出块漂亮的表,表面上镶着小宝石。

"10点差3分,"他说,"我们在餐馆分手的时间是10点整。"

"你在西部混得还不错吧?"警察问。

"你猜对了!吉米要是比得上我一半就算他不赖。他是个大好人,就是迟钝了点。我发财可也不容易,非多长几个心眼不可。在纽约什么都要守着老套套,人要开窍得到西部去。"

警察甩着警棍,又开步了。

"我得走啦!希望你的朋友真能来,到时候没来你就走吗?"

"不会。"他说,"至少我等他半个钟头。如果吉米还活在这世上,等半小时他准来。再见,警官。"

"再见,先生。"警官说着又继续巡逻,边走边一家家打量。

这时冷飕飕的毛毛雨降了下来,原来风一阵阵吹,现在是不停地吹。这一带为数很少的几个行人把大衣领翻上来,手插进口袋里,加快脚步,默默赶路,自认倒霉没赶上好天气。五金店门口的那个人抽着烟还在等，他千里迢迢来赴年轻时朋友的约会，干这种完全没准的事可说是荒唐。

他等了约莫二十分钟后，一位高个子大步流星穿过马路径直朝他走来。这人穿着长外套，衣领翻上来盖住了耳朵。

"鲍勃，真是你吗？"来者不敢相信地问道。

"吉米·韦尔斯，你来了呀！"站在门边的人高声叫了起来。

"哎呀呀！"刚来的人也高声叫，一把抓起对方的两只手，"果然是鲍勃。我知道只要你还活着，一定会上这儿来。哟，哟，哟，二十年，可不算短呀！鲍勃，原来的餐馆已经没有了，要是还在就好，我们可以到里面再吃上一顿。在西部混得怎么样，老弟？"

"好极啦！我想到手的都到手了。吉米，你变了很多。奇怪，你怎么又长了两三寸呢？"

"是呀，满二十后我又长了些。"

"你在纽约怎么样，吉米？"

"还过得去，我在市里的一个部门谋了个位置。鲍勃，走吧，我们到一个熟悉的地方去畅谈往日的事情。"

两人手挽手沿马路走着。从西部归来的那个志得意满，讲起这些年的作为。另一个把头缩在大衣领里，津津有味地听。

十字路口有家药房，仍灯火辉煌。到了灯光下，两人同时转身瞪大眼看着对方的脸。

从西部来的那个突然站住了，松开手臂。

"你不是吉米·韦尔斯！"他惊叫起来，"二十年的时间的确长，但再长的时间也不会把鹰钩鼻变成个扁鼻。"

"二十年足可以把一些好人变成坏人，"高个子说，"鲍勃，你已被捕十分钟了。芝加哥那边认为你可能上我们这儿来，打了电报说想与你谈谈。放老实点，知道吗？老实才聪明。有人叫我带张条子给你，看完了我们再去局里。你到那儿窗子下看，是巡警韦尔斯写的。"

从西部来的人打开交给他的小纸条。开始看的时候他的手还正常，但到看完时却抖得厉害。条子上只写了几句话：

鲍勃：
　　我准时到了约定地点。你划着火柴点烟时我发现你原来是芝加哥通缉的罪犯，我不便自己动手，便找了位便衣代劳。

吉米

最后一片叶子

华盛顿广场往西有一小片地区的街道横七竖八，像乱摊着的小布条，名曰"胡同区"。这些胡同拐弯抹角，叫人摸不着头脑，甚至一条胡同会自身交叉一两回。有一次，一位画家发现，这种小巷也有一种难能可贵之处。要是有谁上这儿来收颜料、纸张、画布钱，会沿街转回老地方，连一分一文都收不着！

难怪，没多久那些搞艺术的人便纷至沓来，云集又古又怪的格林威治村[①]。他们图房租便宜，专找窗户朝北的房间，18世纪山形墙屋和荷兰式小阁楼。又从六马路买来几只大圆筒形锡杯，一两只火锅，立起了"门户"。

休易与乔安西两人的画室就是在一栋矮墩墩的三层砖房的顶层，乔安西昵称为乔安娜。两人一个是缅因州人，一个是加利福尼亚州人，首次相逢是在八马路德尔蒙尼克饭店的餐桌上。她们同样爱好艺术，同样吃着凉拌菊苣，同样穿着大袖管衣服，这样一来，便合租了一间房作画室。这是5月间的事。

到了11月，一位冷酷、看不见的不速之客闯进了这一带，伸出只冰凉的手今天碰碰这个，明天碰碰那个，医生称这位客人为"肺炎"。在广场以东，这瘟神简直横行无忌，害起人来一动手就几十

[①] 纽约西区的一个地方，住的人多为艺术家、作家。

人，但走到长着青苔、迷宫似的"胡同区"，他放慢了脚步。

你绝不会说肺炎先生是位老侠士，让加利福尼亚州的和风都吹得没有了血色的小个子女人哪会经得起喘粗气的老糊涂的铁拳？而他偏偏就打了乔安西。乔安西躺在油漆铁床上没有力气动弹，两眼呆望着荷兰式小窗对面的砖墙。

一天上午，那位忙碌的医生皱皱灰色浓眉，把休易叫到过道里。

"现在十成希望只剩下一成。"医生一边甩下体温计里的水银一边说，"这成希望取决于她抱不抱活下去的决心。遇上一心想照顾棺材店生意的人，纵有灵丹妙药也不顶用。这位小姐已经认定自己再也好不了，就不知她还有什么心事吗？"

"她——她希望有一天能去画那不勒斯湾。"休易答道。

"画画？你扯到哪儿去啦！我是问她心里有没有还留恋的事。比方说，心里还会想着哪位男人。"

"男人？男人还会值得她想？"休易的声音尖得像单簧口琴，"没这种事，医生。"

"那就麻烦了。"医生说，"我一定尽力而为，凡医学上有的办法都会采用。但是如果病人盘算起会有多少辆马车送葬来，药物的疗效就要打个对折。要是她能问起今年冬天大衣的衣袖时兴什么式样，那么我对你说吧，她的希望就不是一成，而是两成。"

医生走了以后，休易到画室里哭了一场，把条日本餐巾全哭湿了。哭过后她拿着画板昂首阔步走进乔安西的房间，还一边吹口哨，吹音律多的切分音。

乔安西脸朝窗躺在被窝里，一动没动。休易以为她睡着了，忙不吹了。

她摆好画板，开始替杂志社作小说的钢笔画插图。年轻作者要踏上文学之路得先替杂志社写短篇小说，美术工作者要闯出艺术之路得先替杂志社做小说的插图。

小说的主人公是爱达荷州的牛仔，休易在画主人公穿的漂亮马裤和单眼镜时,好几次听到一个微弱的声音,她赶紧走到床边。

乔安西睁大着眼在望窗外,数着数,是倒着数的。

"十二",她数着。过了一会儿,"十一"。又过了会儿,"十"、"九"。又过了会儿,"八"、"七",两个数几乎是接着数。

休易觉得奇怪,看着窗外。有什么可数呢?见到的只是个空荡荡的冷落院子和二十英尺外一栋砖房的墙。一根老而又老的藤趴在墙上,有半堵墙高,靠近根部的地方已经萎缩,藤叶几乎全被冷飕飕的秋风吹落,只剩下光秃秃的枝干还紧贴在破败的墙上。

"怎么啦?"休易问。

"六,"乔安西又在数,声音低得几乎听不见,"现在落得快了。三天前还有将近一百,叫我数得头发疼,现在容易。又掉了一片,只剩下五片。"

"五片什么?快跟我说。"

"五片藤叶,那根藤上的。等最后一片掉下来,我也就完了。早三天我已经明白,难道医生没对你说?"

"快别胡思乱想啦!"休易觉得这太荒唐,不屑一顾地说,"一根老藤上的叶子跟你的病好不好得了有什么相干!丫头,别乱想,就因为你平日里喜欢那根藤,不要这么傻里傻气。今天上午医生还对我说,你很快好起来的希望是——让我想想他的原话来着——对啦,他说你的希望有九成!想想看,这可以比作我们到了纽约有可能坐电车,或者走路时遇上一栋新房子。来,喝点儿汤,喝了我就再画画,卖给编辑,得了钱给你这病娃娃买名牌紫葡萄酒,再买点猪排,给我自己解馋。"

"葡萄酒用不着再买,"乔安西说,眼睛还盯着窗外,"又掉了一片,汤我也不要。只剩下四片叶了。要是天黑前我看到最后一片掉下来就好,见到了我也好闭眼。"

"乔安西,你听我的,闭上眼睛,别再看窗外,等我把这幅插图画完，怎么样？"休易弯下身对她说，"这些画明天等着交。画画光线得好，要不然，我就会把窗帘放下。"

"那你不能到别的房间画？"乔安西没好气地反问。

"我得在这儿陪着你。再说，我也不能让你看着几片藤叶发傻气。"休易答道。

"那你画完了得告诉我，我想看着最后一片飘下来。"乔安西边说边闭上眼睛，脸惨白，躺着不动，像尊倒下的石膏像，"我不愿再等，也不愿想什么。一切我都不要了，只愿像一片没有了生命力的败叶一样，往下飘，飘。"

"安心睡一会儿吧，"休易说，"我画退隐的老矿工要个模特儿，得找贝尔曼来，我只出去一会儿。别动，等我回来。"

贝尔曼老头也能画画，就住在下面一楼。他已年过六旬，头像希腊神话中半人半兽的森林神的，身子像小鬼，胡须像米开朗琪罗的摩西雕像①的，鬈曲着从头顺身子往下垂。他作画没搞出个名堂来，挥舞了四十年的画笔，却连艺术女神的长衫边都没碰着。他一心要画出个惊人之作，但至今还没开笔。近些年，除了涂涂抹抹弄一张商业画或广告画，他什么也没搞，就靠给这一带请不起职业模特儿的年轻画家当模特儿挣几个钱。他喝起杜松子酒来没有节制，还不停地叨念要搞的惊人之作。此外，这小个子老头像个凶神恶煞，谁软绵绵的就瞧不起谁，自诩为保护楼上两位年轻画家的看家猛犬。

休易去时，贝尔曼果然在楼下他那间又暗又邋遢的房间里，浑身杜松子酒气冲天。屋角里画架上绷着块白画布，就等画上幅惊人之作，但等了二十五年还是一笔未画。休易告诉他，乔安西在胡思乱想，把自己比作一片弱不禁风的藤叶，等到力气亏空，在这世界再也扒不住时，会飘落下来。

---

① 米开朗琪罗（1475—1564），意大利画家、雕塑家、诗人、建筑师。摩西雕像是他在罗马教皇朱利二世墓上雕刻的像。

贝尔曼老头的一双红眼睛正不停地流泪，但听到这般白痴似的胡想，他连鄙薄带挖苦地叫了一阵。

"什么话！"他嚷着，"看到混账藤叶子掉了就会想死，阳世上还真有这种蠢货？这种事还是头一回听说。叫我陪你们胡闹，当什么退隐的笨驴子的模特儿，我可不爱干。你怎么让那种怪事钻到她脑瓜子里去啦？哎哟，乔安西那小家伙也可怜。"

"她病得厉害，身体太虚弱。"休易说，"脑子烧糊涂了，老胡思乱想。贝尔曼先生，既然你不愿给我当模特儿，那就算了，没关系，不过我看，你这老头也够呛，太啰唆。"

"你们女人就是女人！"贝尔曼又是大喊大叫起来，"谁说的我不愿意？走吧，我跟你去，这老半天我的意思就是愿意。天老爷！乔安西小姐是大好人，怎么就病倒在这种地方？哪天我画出张绝妙的画，我们一块儿远走高飞。老天爷！行啦。"

两人上楼时，乔安西睡着了。休易把窗帘放得严严实实，打个手势把贝尔曼带进了另一间房。他们在房里瞧着窗外的那根藤，心里不由得害怕。接着，两人你看我，我看你，好一会儿没说话。冰冷的雨在不停地下，还夹着雪。贝尔曼穿件旧蓝色衬衫，坐在一个翻转的水壶上当退隐的矿工，那水壶是充作石头的。

休易只睡了一个小时，到早上醒来时，只见乔安西睁大两只无神的眼睛盯住放了下来的绿窗帘。

"卷起来，我要看。"她有气无力说。

休易照办了，也是有气无力。

可是，看啊！经过漫漫长夜的一夜风吹雨打，竟然还有一片藤叶扒在砖墙上。这是藤上的最后一片叶，叶柄附近依旧深绿，但锯齿形边缘已经枯败发黄，它顽强地挂在离地面二十英尺高的一根枝上。

"这是最后一片叶，"乔安西说，"我还以为晚上它准会掉，我听见了风声。今天它会掉的，我的死期也就来了。"

"乖乖，乖乖！你不愿为自己着想也得为我着想，丢下我怎么办呢？"休易说，把消瘦的脸贴到枕头上。

但是乔安西没有答话。即将踏上黄泉路的人的心灵是无比孤寂的。乔安西与朋友、与人世一步一步拉开了距离，而幻觉在这时间便越来越难摆脱。

这一天慢慢过去了，天色尽管已暗下来，她们还是能看见那片孤零零的藤叶牢牢扒在墙上。后来，夜幕降临，北风又紧，雨敲打着窗户，也从矮荷兰式屋檐上倾泻而下。

天刚亮，乔安西不管三七二十一就叫拉开窗帘。

藤叶还在。

乔安西躺在床上久久看着，后来她唤休易，休易正在翻动煤气炉上鸡汤里的鸡。

乔安西说："休易，我太不应该。不知是怎么鬼使神差的，那片叶老掉不下来，可见我原来心绪不好，想死是罪过。你这就给我盛点鸡汤来，还有牛奶，牛奶里搁点葡萄酒——等等！先拿面小镜子来，再把几个枕头垫到我身边，让我坐起来看你烧菜。"

过了一小时，她说：

"休易，我希望以后能去画那不勒斯湾。"

下午医生来了，医生刚走，休易找个借口跑进走廊。

"有五成希望。"医生握着休易的手说，"只要护理得好，就能战胜疾病。现在我得去楼下看另一个病人，他叫贝尔曼，肯定也是个画画的，又是肺炎。他年纪大，体质弱，病又来势凶，已经没有了希望，但今天还是要送医院，医院的条件好些。"

第二天，医生对休易说："她出了危险期，你们胜利了，剩下的事是营养和护理。"

这天下午，休易坐到乔安西躺的床上，织着条根本用不着的蓝色羊毛披肩，已经无忧无虑。织着织着，她伸出只手连人带枕头搂着乔安西。

"有件事告诉你，小宝贝。"她说，"贝尔曼先生得肺炎今天死在医院,他只病了两天。头一天早上,看门人在楼下房间发现他难受得要命,衣服、鞋子全湿了,摸起来冰凉,谁也猜不着他在又是风又是雨的夜晚上哪儿去了。后来,他们发现了一盏灯笼,还亮着,又发现楼梯搬动了地方,几支画笔东一支西一支扔着,一块调色板上调了绿颜料和黄颜料。现在你看窗外,乖乖,墙上还扒着最后一片藤叶。你不是奇怪为什么风吹着它也不飘不动吗?唉,亲爱的,那是贝尔曼的杰作。在最后一片叶子落下来的晚上,他在墙上画了一片。"

为麦克花的钱

挖金矿就像小孩捉迷藏,我和麦克·朗斯伯里老头各挣了四万元后歇手了。我叫麦克作"老头",但他并不老,才四十一,只是看起来显得年纪大。

他对我说:"安迪,我不想再东奔西跑。你我辛辛苦苦干了三年,我们就歇上一会儿,几个辛辛苦苦挣来的钱别让它闲着,花掉一点。"

"你说得完全对,"我答道,"让我们也摆一阵子阔气,看看当阔佬是什么滋味。怎么个花法呢?是去尼亚加拉瀑布①游玩,还是赌纸牌?"

麦克说:"好些年里我想要是赚了大钱,我就租一栋有两间房的别墅,请个中国厨师,穿双袜子坐着看巴克尔②写的《文明史》。"

"这种生活倒是安逸,又不招摇,这样花钱我看最好。"我说,"给我买个布谷鸟自鸣钟,再来本塞普·温纳③的《五弦琴自学指南》,我就跟着你。"

一星期后,我们到了离丹佛三十英里一个叫皮纳的小镇,看到一栋有两间房的漂亮住宅,正合我们的心意。我们把一半钱存入皮纳

---

① 尼亚加拉大瀑布位于美国与加拿大之间。
② 巴克尔(1821—1862),英国历史学家。
③ 此人未见经传,难确定是否真有其人。

的银行，与镇上的三百四十名住户一一握手。中国厨师、布谷鸟自鸣钟、巴克尔的书和《五弦琴自学指南》是从丹佛带来的，这些东西齐备，住进这房子便真像有个家了。

有人说金钱买不来幸福，你千万别信他们那一套。如果你亲眼见到麦克老头坐在摇椅里，把穿蓝棉袜的脚搁到窗台上，戴副眼镜聚精会神啃巴克尔的大作，准会觉得那副怡然自得的模样叫洛克菲勒①都眼红。我挑了《齐普·库恩老汉》这首歌学弹琴，布谷鸟准时报时，厨师阿兴把火腿与鸡蛋炒得香喷喷，连长在背阴处的金银花都染上了香味。到天黑下来，巴克尔的高见和《五弦琴自学指南》的音符看不清时，我和麦克就点上烟斗，海阔天空无所不谈，话题有科学、采珍珠、坐骨神经疼、埃及、拼写、钓鱼、贸易风、皮革、鹰、感激之情，等等等等，都是以前我们无暇畅叙的。

一天晚上，麦克竟然问起我熟不熟悉女人的习性和手段。

"那还用问？"我张口就答道，"天南地北的都知道，我要是看不出女人的心和变的戏法，驮货的蓝眼睛驴子也看不见洛基山了。女人走偏了半步，稍稍有点反常，都逃不过我的眼睛。"

麦克轻叹口气，说："安迪，实话对你说，她们的脾气我还从来不知道。我想倒想过跟她们接触，可是没有这闲工夫。从十四岁起我就自己赚饭吃，平日别人写的她们的感情我看了总归纳不出一个名堂来，可惜，我少了这推理的本领。"

"推理是一种反向研究，取决于各人的观点，"我说，"虽说不同观点会得出不同结论，但我发现由于进行的对比不同，推论也常常不同。"

麦克接着说："照我看，人还是要趁年轻时学会一套，对这些事先开窍，才不致被动。我的机会已经错过，现在年龄大了，要学已经

---

① 洛克菲勒（1839—1937），美国石油大王。洛克菲勒是位大富翁，但个人生活简朴，把大量钱捐给了慈善事业。

来不及。"

"那倒不一定,"我对他说,"也许你该花上大把大把的钞票,还要别自暴自弃,这世界上男人要想不上当,非了解女人的举动和变化不可。"

我们喜欢皮纳这地方,一直住了下去。有人喜爱花钱买热闹,买快活,或者旅游,可是我和麦克见闹哄哄的场面见够了,住旅店也住够了。这儿的人待人热情,阿兴做的菜正对我们的口味,麦克与巴克尔结下了不解之缘,我的五弦琴已弹得有腔有调。

有一天,我接到从斯佩特发来的电报,是在新墨西哥州开矿的人打来的,他的矿也有我一份。我只得跑一趟,这一去就是两个月。我舍不得皮纳,巴不得早早回来再过安逸生活。

我走到那栋小房子前时,差一点昏了过去。麦克正站在门口,如果天使也有哭的时候,我看他们现在没有理由笑。

这家伙有得你瞧的。当真,他还不如原来。他成了单管望远镜,成了利克天文台①的大望远镜。他穿着件白背心,背心上套着上衣,鞋子闪亮,还戴顶高高的丝绸礼帽,胸前挂着天竺葵,足有一盘炒菠菜大。他傻笑着,脸上的五官移了位,不像魔鬼店的老板便像发疮气痛的孩子。

"你好啊,安迪!很高兴看到你回来,你走了以后有了变化呢。"麦克说,脸还是走了样。

"不用你说啦,这模样真是造孽。麦克·朗斯伯里,上帝可没叫你这个样。你干吗要弄得不成体统呢?把上帝的话全抛到脑后啦!"

"别奇怪,安迪,你走后他们选了我当这儿的执法官。"他说。

我仔细看着麦克。他不庄重,喜形于色,而执法官应该多忧多虑,不露声色。

这时,一位年轻姑娘从门前走过。我发现麦克偷偷一笑,脸红了。

---

① 利克天文台是美国加利福尼亚州哈密尔顿山顶的著名天文台。

接着,他抓起帽子,笑着一鞠躬,那姑娘也笑着一鞠躬,没有停步。

"你有了这把年纪,要是穿姑娘的皮鞋弄拐了脚,那可就没指望啰!我还以为你不会有这种事。穿起了专利皮鞋!就只过了这两个月,都成这样啦!"我说。

"今天晚上我要跟刚过去的年轻姑娘举行婚礼。"麦克有些得意地说。

"我有件东西在邮局忘了拿。"说完我快步走了。

走了一百英尺,赶上了那姑娘。我举起帽子,告诉她我的姓名。她才十九岁,看起来却不像十九岁。她有些脸红,接着,又平静下来,看着我。

"听说你今晚结婚,是吗?"我问。

"是的,难道你反对?"她答道。

"姑娘,你听我说。"我的话刚开头。

"我是丽贝莎·雷德小姐。"她的声音里带着苦涩。

"这我知道,"我说,"听我说吧,丽贝莎,论年纪我可以做你的父亲。刚才那老头,里面朽外面俏、收拾打扮、装模作样、叫人恶心、穿双专利皮鞋、走路像公火鸡样神气活现的人是我最要好的朋友,干吗你的婚事偏要去拉扯上他呢?"

"没什么,这儿除了他没别的选择。"丽贝莎小姐答道。

我顾不了许多,正眼瞧着她的白嫩皮肤和秀丽五官,内心在叫好。我说道:"那不成,凭着你的美貌,有什么人不能挑?丽贝莎,你听我一句。麦克老头不是你理想的人,他二十二岁时,正如别人说的,你才呱呱坠地。他现在这精神抖擞的模样长不了,完全看得出来他是又老又衰又古板。现在麦克老头逢上老来返春,他年轻时错过了良机,到今天却追着老天爷清算丘比特[①]开给他的支票的利息,就怪丘

---

① 罗马神话中的爱神之子,为长着双翅的一棵体胖娃娃,蒙着眼用箭乱射,射中谁,谁即坠入情网。

比特当时没有付现钱。丽贝莎,你真下了决心举行婚礼?"

"那当然,我想换了旁人也会这样。"她说,边甩着帽上的三色紫罗兰。

"什么时候举行?"我问。

"6点。"她说。

我当即决定了怎么办,只要有可能我得救麦克。这姑娘还只是个乳臭未干的黄毛丫头,眼见要嫁个老气横秋不相配的人,我不能坐视不管。

我知道女人容易理喻,因此用恳切的语气说:"丽贝莎,皮纳这地方难道就没有一个年轻人——没有一个帅小伙子常常挂在你心上吗?"

"那还用说!"丽贝莎说着直点头,"你这是什么意思?哎呀呀!"

"他喜欢你吗?他对这事的态度呢?"我问。

"发了疯,"丽贝莎说,"我妈为了不让他老坐在我家门前台阶上不起身,只好往台阶上倒水,但我想过了今天晚上就用不着了。"说完她叹口气。

"丽贝莎,对麦克老头你从来没有真产生过所谓的爱情,是吗?"我说。

"绝没有!"姑娘边说边摇头,"我看,他就是干巴巴的岩石。想到哪儿去啦!"

"丽贝莎,你喜欢的年轻小伙子是谁呢?"我问。

"埃迪·贝尔斯。"她答道,"他在格罗斯比的食杂店当店员,每个月只挣三十五。埃拉·诺克斯原来为了他都弄得神魂颠倒。"

"麦克老头告诉我他今天晚上6点钟要跟你去结婚。"

"是这时候,就在我们家。"她说。

"丽贝莎,你听我说吧,"我说道,"如果埃迪·贝尔斯有一千元现金——听着,是一千元,他买下一家店自己开,如果你和埃迪有了这个原因变动婚礼，那么你同不同意在今天下午5点与他结婚？"

姑娘看了我足足一分钟。我看得出来，她内心一百个愿意，但凡女人都会的。

"有一千元？"她问，"我当然愿意。"

"那好吧，我们去找埃迪。"

我们到格罗斯比的食杂店，把埃迪叫了出来。他一副诚实相，有些雀斑。听了我的话，他身上一阵热，一阵冷。

"改到5点？能得一千元？这该不是在做梦吧？对啦，你是那位在印度做香料买卖、现在退了休的阔大叔。我一定把格罗斯比老头的店买下来自己开。"

我们进店里把格罗斯比老头拉到一边谈这件事，我写了张一千元的支票递给他。如果埃迪与丽贝莎5点完婚，他就把这笔钱给他们。

然后，我向他们表示了祝福。我到森林里消磨了一会儿时间，我坐在一段木头上默默思考着人生，暮年，命运，女人的习性，人们一辈子的坎坷等问题，暗地里庆幸也许帮上了老朋友麦克一把，没让他干出荒唐事。我知道，等他想通这件事以后，等他清醒过来，脱下了专利皮鞋以后，他会满心感激。我想着："能让麦克老头免干这种怪事，花上一千元完全值得。"但我最高兴的是，我研究了一次女人的习性，以后遇上他们玩什么花招手段，没一个骗得了我。

我到家时少说也有5点30分，进门一看，麦克老头靠在躺椅子上，穿着旧衣服，蓝色的长袜，脚伸在窗台上，一本《文明史》搁在两腿的膝盖上。

"你这样子不像是准备在6点钟去举行婚礼。"我装作若无其事地说。

"嗯，婚礼提前到5点。"麦克边说边伸手换烟，"他们送来张纸条，说时间有改动，现在事情全操办完了。安迪，你有什么事耽误了这么久才回？"

"你听说了婚礼的事？"我问道。

"婚礼就是我主持的。"他答道,"我早告诉了你我是执法官。牧师上东部走亲访友了,镇上能批准结婚的人只有我一个,上个月我讲过同意埃迪和丽贝莎结婚。这年轻人很忙,以后他要自己开食杂店。"

"是这样。"我说。

"参加婚礼的女人很多。"麦克说着抽了口烟,"但我还是摸不清这些人的想法。你说你清楚这些人脑子里的底细,我还没有这本领。"

"两个月前的话算不了数啦!"说完,我伸手拿起五弦琴。

财神与爱神

已退休的罗氏尤里克肥皂制造商和专利人安东尼·罗克沃尔老头在五马路府邸的藏书室里望着窗外咧开嘴笑了。他的右邻吉·范·斯凯莱特·萨福克—琼斯正从家里出来,朝等候在外的小轿车走去。这贵族气十足的俱乐部会员每次如此,要对肥皂大王宫正面意大利复兴期式的雕刻轻蔑地哼一哼鼻子。

"这又傲又不中用的老东西!"太上肥皂王说,"等着吧,你要是不瞧着点,将来就准得夹着尾巴滚蛋。到了夏天我把房子漆得五光十色,看你那荷兰鼻子还翘不翘得了。"

接着安东尼·罗克沃尔走到藏书室门口喊了声:"迈克!"他是从来不用铃的,那嗓门儿在堪萨斯州的大草原上喊一声曾经震破蓝天,如今雄风仍不减当年。

"你去告诉少爷,出门前先来我这儿一趟。"安东尼吩咐闻声进来的仆人道。

罗克沃尔少爷进了藏书室后,老头子撂下报纸看着他,一张光滑红润的大脸上的表情严肃里带着慈祥。他一只手揉着满头白发,一只手把口袋里的钥匙弄得哗哗响。

"理查德,你用的肥皂什么价?"安东尼·罗克沃尔问。

理查德大学毕业回家才半年,被问得有些莫名其妙。他至今没有摸透他父亲大人的脾气,这老爷子就像一个初次赴约的姑娘,意想不到的问题问个没完没了。

"大概是六元一打,爸爸。"

"你的衣服呢?"

"一般六十来元。"

"你是有身价的人。"安东尼说话的口气一点不含糊,"我听说那些公子哥儿用的肥皂是二十四元一打,穿的衣服破了百元大关。你有的是钱花,谁都比不上,但一直很规矩,从不乱来。我现在还用尤里克,不光是因为感情上割不断,而且这肥皂最实惠。你买块肥皂只有一毛钱的真货色,其余的钱都花在劣质香料和装潢上。论年龄、地位、条件,你这样的人用五毛钱一块的最合适。我说过,你是有身价的人。有人说,真有身价的人三代才能出一个。他们没说对。身价靠钱,就像造肥皂靠油脂一样。钱给了你身价,他娘的!靠着钱,我也几乎身价百倍。我这人是又粗又野又招人嫌,跟左邻右舍的两个荷兰老爷没什么两样。他们两位见我在他们中买了房产,弄得夜里常睡不好觉。"

"有些事钱并不能办到。"罗克沃尔少爷说,现出了发愁的样子。

"没那码子事!"安东尼老爷没料到儿子会说这话,"我认定了钱能通神。百科全书我已经查到了字母Y,没发现你说的钱买不来的东西。下星期肯定可以查补遗,我看金钱比什么都有能耐。你说说,有什么东西钱买不到。"

理查德不服气,答道:"举个例吧,花钱挤不进最上层人物堆里。"

"哼,还挤不进?"最崇拜万恶之源的人喊声如雷,"当初阿斯特家①的老祖宗如果没有钱买统舱票漂洋过海,哪成得了什么上层人物,你说说看?"

---

① 指毛皮商及金融家约翰·阿斯特(1763—1848)家族。约翰·阿斯特生于德国,于1873年移居美国。

理查德叹了口气。

"我正想跟你谈这件事。"老头子说，声音放小了，"我叫你来就为这个缘故。儿呀，你最近不大对头，早两个星期我就发现了，你对我说实话。除开不动产不算，二十四小时内我能调动一千一百万。要是你发了肝气痛①，'漫游'号船就停在港里，煤也上足了，只消两天工夫可以开到巴哈马②。"

"你倒会猜，爹，八九不离十了。"

"嗯，她叫什么名字？"安东尼关切地问。

理查德在藏书室里踱来踱去，这位一贯粗鲁的老爷子今天这般温存体贴，不由得他不说实话。

"那你为什么不向她提呢？"安东尼老头问，"她会求之不得。你有钱，长得漂亮，又规规矩矩，清清白白。尤里克肥皂你还没沾过手。你还上过大学，不过这一点她倒不会在乎。"

"我一直没机会。"理查德说。

"创造机会嘛！"安东尼说，"带她去公园散步，或者郊游，连出了教堂陪她回家也行！机会！啐！"

"你还不了解社交界的事，爹！她是左右社交界的角色之一，分分秒秒的时间早几天就安排好了。这姑娘我非到手不可，爹，要不然这辈子待在纽约就像待在烂泥坑里。再说我又不能写信谈，那样做不行。"

"啧！我有那么多钱难道当真会买不到她一两个钟头时间，让她跟你单独在一起？"老头子说。

"已经来不及了，后天中午她要乘船到欧洲，一去就两年，明天晚上我与她单独相见的时间只几分钟。她现在在拉奇蒙特她姑妈家，那地方我不便去。不过她答应让我明晚在市中心车站用马车接她，火

---

① 以往西方人常把许多毛病都看成肝气痛，所以肝气痛实际上并不是肝发生了毛病。
② 指加勒比海的巴哈马群岛，旅游胜地。

车八点半到。接着快马加鞭到百老汇的沃勒克剧院，她妈妈和别的亲友在休息室等着我们，买了包厢票看戏。这前前后后才七八分钟时间，你想想我把事情提出来她会听得进吗？不可能！看戏的时候和散戏以后哪会有机会呢？也不可能。得啦，爹，这种麻烦事你的钱无能为力。金钱买不到时间，连一分钟也不行，要不然有钱人的寿命就能延长。眼见兰特里小姐要坐船走，没希望跟她谈了。"

"还是这么回事，孩子！"安东尼老头乐呵呵地说，"现在你尽管去你的俱乐部。还好，不是发肝气痛，但你别忘了常给财神爷烧把香。你不是说金钱买不来时间吗？嗯，要出个价钱，把时间整个儿打成包送到你门口，那当然办不到，但是我看到时间老人的鞋跟也磨得五劳七伤了，那是老爷子在金矿里走时磨坏的。"

这天夜里，安东尼看晚报时埃伦姑妈来了。这老人家心肠最软，感情丰富，爱长吁短叹，已满脸皱纹，而且让财富压得透不过气来。她说起了情人的苦恼。

她弟弟安东尼打了个哈欠，道："他把什么都告诉我了。我对他说，我放在银行的钱他尽可以用。他反倒找起金钱的岔子来，说钱起不了作用，还说十个百万富翁一起用力也动不了社会规律一根毫毛。"

埃伦姑妈叹了口气，说："得啦，安东尼，你别以为钱就那样了不起。比起真正的感情来，财富相形见绌，爱情才万能。就怪你没早开口说！理查德她还能不要？恐怕现在是为时已晚。他没有机会跟她谈，把你的金银财宝和盘倒出去也买不来儿子的幸福。"

第二天夜晚8点，埃伦姑妈从一只蛀虫啃坏了的首饰箱里拿出只古色古香的金戒指，给了理查德。

"孩子，今晚你把它戴上。"她语重心长地说，"这戒指还是你妈给我的，她说戴上它恋爱会交好运。她托付我，等你找到了中意的人，就把这戒指给你。"

罗克沃尔少爷恭恭敬敬接过戒指，套到小指上，在第二个指关节才套紧。他又取下来，按男子汉的习惯，把戒指放进了背心的口袋里，接着他打电话叫马车。

8点32分，他在车站熙熙攘攘的人群中接到了兰特里小姐。

"我们千万不能让妈妈她们久等。"兰特里小姐说。

"快马加鞭，到沃勒克剧院！"理查德领命后吩咐车夫。

车旋风般经过四十二大街到了百老汇路，然后跑进一条街灯璀璨的小道，车越跑人的心里越不是滋味。

在三十四大街，小伙子理查德一把推开车窗，叫车夫停车。

他一边下车一边解释道："我掉了只戒指。是我妈妈留下的，丢了怪可惜的。耽误不了一分钟，我知道掉在哪里。"

没出一分钟他捡回戒指又上了马车。

然而，就在这一分钟里，一辆小轿车正冲着马车停住了。车夫刚想绕左边走，一辆载重快运货车挡住了去路。他想往右，又遇上了一辆莫名其妙出现的装载着家具的车，想倒车，也不行。他丢下缰绳，出于职业本能骂开了，前前后后横七竖八的车马把路堵死了。

大城市里因一条路被阻而出现交通瘫痪的事有时来得猝不及防。

"为什么不赶车？我们要来不及了。"兰特里小姐不耐烦地说。

理查德在车子里站起身四下里一望，只见连三十四大街与百老汇路、六马路交叉的路口在内的一大片地区被货车、卡车、马车、电车挤得水泄不通，就像一个腰围二十六寸的姑娘硬带了一根二十二寸的腰带。而且，横着的各条路上的车还在争先恐后往这片乱糟糟的地段涌，你挤我，我挤你，车轮碰车轮，再加开车的、赶车的骂骂咧咧，简直闹翻了天，曼哈顿地区的所有车辆似乎都赶了来凑热闹。人行道上看热闹的人成千上万，但连纽约最老的寿星都没见过有哪次马路塞得这样不可开交。

理查德又坐下来，说："真对不起。看来我们动不了了。车辆挤成这个样，没一小时工夫疏通不了。全怪我，如果我没掉戒指，那我们——"

"让我看看你的戒指，"兰特里小姐说，"现在没有办法，只好算了。其实，我觉得看戏并没多大意思。"

这天夜里11点，有人轻轻敲敲安东尼·罗克沃尔的门。

"请进！"安东尼的大嗓门儿喊道。他穿了件红色睡衣，正在看一本惊险的海盗小说。

来人是埃伦姑妈，像位白发天使，只是错贬人间。

"安东尼，他们谈好啦。"她轻柔的嗓门儿说，"那姑娘答应了嫁给理查德。他们去剧院时遇上交通阻塞，坐的马车堵了两个小时才脱身。"

"唉，兄弟，你别再夸金钱万能。理查德得到幸福是靠那只象征真情的小小戒指，那东西虽小，却代表了海枯石烂永不变、万两黄金买不到的感情。半路上他把戒指掉了，下了车捡。没等马车再起步，交通堵塞了。就是在车走不了时，理查德表示了爱情，也得到了姑娘的爱情。你看，比起真正的爱情来，金钱成了粪土。"

"这就好，儿子的心愿得到满足我当然高兴。"安东尼老头说，"我对他说了，我会不惜金钱，只要——"

"不对，兄弟，你的钱起了什么作用呢？"

"姐姐，我正看到海盗遇上生死关头。他的船底穿了洞，可他是聪明人，知道金钱的价值，不会眼睁睁看着往海里沉，你先让我把这一章看完。"安东尼·罗克沃尔说。

故事本该在这里收尾，不但读者觉得可以收，而且我也当真希望收，然而，为了了解事实真相，我们还得刨出根底。

第二天，安东尼·罗克沃尔家来了个人，双手通红，系根蓝色圆点领带，报名凯利，一求见便被引进了藏书室。

"嗯，这事真没人会想得着。我来看看——你已经拿了五千元现金。"安东尼说，伸手去拿支票簿。

凯利说："我还垫出了三百。预算略微有些突破，不突破没办法。货车与单匹马拉的车大多每辆五元，但卡车和两匹马拉的大多不给十元不肯干。小汽车司机索价十元,带了人的要二十。警察敲我敲得最凶,有两名付了五十,其余的也在二十、二十五。但干得还是挺漂亮吧,罗克沃尔先生?幸好威廉·阿·布雷迪①没看到马路上车马挤成一团的场景。让威廉眼红伤心可不行,还根本就没有排练过哩!伙计们分秒不差赶到。有两小时堵得水泄不通,连蛇都钻不到格里利②的雕像下。"

安东尼撕下一张支票,说:"一千三百,你拿去。一千归你,三百是你垫付的。你总不会瞧不起钱,对吗,凯利?"

"我?"凯利道,"要是知道谁发明的贫穷,你看我不揍他!"

凯利刚走到门口,安东尼又叫住了他。

安东尼问道:"昨天乱糟糟的时候你没见到个胖娃娃吧?这浑小子一丝不挂,拿着箭乱射一气。"

凯利被问得摸不着头脑,"哦,那倒没有。我没看到。即使像你讲的那样的小子在,不等我赶去警察也会把他抓走。"

"我料想小杂种不会去。再见,凯利。"

安东尼哈哈笑出了声。

---

① 威廉·阿·布雷迪(1863—1950),美国著名的剧院经理,纽约康奈岛游乐场的创办人。
② 格里利(1811—1872),美国新闻记者、作家、政治家,纽约《论坛报》的创办人。1872年竞选总统失败,但纽约市有一个以他命名的广场。

失　算

　　古奇律师在运用他这一行的诀窍时是老谋深算的，但有件事他却在想当然。他总爱把他那套办公室比作船底，办公室共三间房，前后有门相通，当然房门是能关上的。

　　他常说："造船时就考虑了安全问题，所以各部分并不相通，水是绝对透不过的。如果一个房间漏了灌满水，整条船还会太平无事。如果没有隔板挡着，只要一处漏水整条船都得沉。往往在我与一个当事人谈案件时，又有另一个利益相冲突的当事人找上门。所以我请阿奇博尔德帮忙——这年轻帮办将来有出息——在试探案件的深浅时，让能沉船的水只往一个房间涌。必要的时候把人带进走廊里，让他们从楼梯走。用船员的术语说，就是从紧急排水道排水。这一来，我们买卖就成了一条不沉的船。如果让载舟之水随意往舱里灌，我们说不定就完蛋啦。哈，哈，哈！"

　　法律是枯燥的，没多少笑话可言。当然，为了使介绍、纠葛、过程不致太枯燥无味，古奇律师稍稍来了点幽默，也无可非议。

　　古奇律师经办的案子主要是夫妻纠葛。如果由于种种原因夫妻失和，他会仔细分析，从中调解，判明是非。如果有其他牵连，他会厘清关系，进行辩护，维护利益。即使走到了极端，他使当事人得到的总是轻判。

　　然而，古奇律师并不是个厉害、狡猾、身佩武器的斗士，动不动挥起他的两刃剑,一剑把婚神的枷锁砍开。他的名声在于他善熄火而不是浇油,撮合而不是拆散,把出了差错的糊涂人引上正轨而不是叫人各奔东西。他常常靠着三寸不烂之舌,说得夫妻重归于好,流着泪紧紧拥抱。不知多少次他巧计哄孩子,就因为心理感化(同时配合某种手势),孩子伤心地说了句:"爸爸,你就不回家,不要我和妈?"事情便了结,一个眼见要崩溃的家又支撑了起来。

不怀偏见的人承认,破镜重圆的夫妻付给古奇律师的大报酬值得,比请他到法院去分庭抗礼划算。偏了心的人另有一说,讲他是为得双份钱,因为回心转意了的夫妻没有不重新登门吵着离婚的。

6月是淡季,古奇律师的船(这是借用他自己的比喻)几乎静止不动。6月里离婚的磨盘慢慢转,这个月是爱神和婚神志得意满的一个月。

这时间古奇律师闲坐在中间房里,整个一套办公室没当事人。外面的小间连着——或者不如说把这间房与走廊分隔开了。外面房里坐的是阿奇博尔德,他接收来客的名片,或者向老板通报姓名,先让来客等一等。

这天突然最靠外的门让人使劲敲了一下。

阿奇博尔德一开门,就被来客当成挡道的人一掌扒开。来客二话没说,直冲进古奇律师的办公室,大模大样一屁股坐到面对这位大律师的安乐椅上。

"你就是菲尼亚斯·西·古奇律师吗?"来客问道。语气异常,既是在问人,也是在训人,又是在表示自己没看错人。

律师先没回答,用锐利和审视的目光很快扫了可能成为他的当事人的人一眼。

来者非同凡响:大个子,有胆量,果断,气度超群,无疑自负,有点过于神气,落拓不羁。穿着讲究,但略过华丽。他来请律师,虽然请律师的人均有为难事,但看他那炯炯发亮的眼睛和表现出来的胆量,你不会当他是在为难别人。

"我姓古奇。"律师终于道出了自己的姓,如果追问下去,他也会承认他的名是菲尼亚斯·西,但是他认为主动亮牌不值得,"我没有先接到你的名片,"他带了点责备的口吻继续说,"所以我——"

"我是没有给你,"来客镇定地说,"也还没打算给你。抽烟吗?"他抬一条腿搁到椅子的扶手上,往桌上扔过来一根色彩华丽的烟。古奇律师知道这烟的牌子,他抽了几口,表示领情。

"你是办离婚案的律师!"没拿出名片的来客说。这次他的声气不是发问,这句话也不是表示一种判断,倒是一种指责,是骂,就像你对着条狗说"你是条狗"一样。古奇律师听了这句大不敬的话没出声。

来客往下说道:"你处理形形色色、五花八门夫妻不和的事。可以说,你是个外科医生,凡是丘比特射错了的箭你会一根根拔出来。如果海门①的火炬火势太弱,连你的烟都点不着,你会使火炬大放光明。我说得对吗,古奇先生?"

"你比喻的这种案子我承办过。"律师谨慎地答道,"你是不是想正式聘请我……"律师意味深长地把话只说一半。

"没到那一步。"另一位把捏着烟的手一挥,画了个大弧,"还没有到那一步。这种事我们别急,开始的时候应该慎重,也就免不了现在多说几句话。有一件婚姻纠葛需要解决,但是我想先听听你的老实的——嗯,自然也是内行人的看法,知道了你对这件麻烦事的情况的看法我再通报姓名。我想请你对这件祸事做出估价,大致上的,知道吗?我就是我,我要对你谈件事,然后你说出如何如何。用无线电通话,你行不行呢?"

"那你是要说件假设出来的事吗?"古奇律师问道。

"我曾经想过用'假设出来'这个词,想来想去,我认为最恰当的词还是'假设出去'。我这就说吧,假定有个女人,有个漂亮出奇

---

① 海门是古希腊神话中司婚姻之神。

的女人，丢下丈夫离家出走了。另外有个男人，本是到她住的镇上置办房地产的，让她迷了窍。我们把女人的丈夫叫作托马斯·阿·比林斯，因为他就是叫这个名。我现在把有关人的姓名都直说出来，把让女人迷了心窍的家伙叫亨利·克·杰塞普。比林斯夫妻俩住在一个叫苏珊维尔的小城市，离这儿有好些里路。两星期前杰塞普离开了苏珊维尔，第二天比林斯太太马上就去追他。这女人横竖丢不开杰塞普，随你信不信都是这么回事。"

古奇律师的当事人说起来头头是道，得意扬扬，甚至叫这位不动情的律师心里也感到一阵厌恶。现在他看得清楚，这位莽撞的来客原来勾引了人家的女人还自鸣得意，没干正事还以为了不起。

来客继续说："我们进一步假定比林斯太太在家里得不到幸福，不妨说她跟着丈夫就像鲜花插在牛粪上。他们两人格格不入。女方喜欢的东西，比林斯白白得来还不想要。夫妻俩什么时候都别别扭扭。女方有学问，文理都内行，在会上宣读起文章来声音琅琅。比林斯可不行，什么科学的进展啦，历史啦，伦理学啦，诸如此类的东西他满不在乎，比林斯对这些事简直一窍不通，女方比他这类人高贵千万倍。律师你说说看这样的女人甩开比林斯，跟着能赏识她的男人，难道不是去祸就福吗？"

古奇律师说："夫妻间的失和与不幸无疑大多归根于不相配，如果实在混不下去，公正的解决办法看来就是离婚。请问，你大概就是那个女人想寄托终身的杰塞普吧？"

"你可要相信杰塞普。"当事人说着自信地一晃脑袋，"杰塞普没有过错，他做的事会堂堂正正。你看，就是为了不让人对比林斯太太说三道四，他离开了苏珊维尔。可是，比林斯太太跟着也走了，现在当然杰塞普丢不开她。如果她通过法律手续正式离婚，杰塞普会做他该做的事情。"

古奇律师说："如果愿意的话，你再假定下去。假定这件事需要我效力，那么——"

当事人拂袖而起。

"哼,还什么假定不假定!"他不耐烦地说,"我们不再谈那女的,实话实说了吧。现在你该知道了我是什么人。我希望那女的能离婚。离得了钱由我出,你一让比林斯太太脱了身,我当即付你五百块。"

说完了这个大数目,古奇律师的当事人往桌上咚地一拳。

"如果案情是这样——"律师刚开口。

"先生,一位太太要见你。"阿奇博尔德从外面房间冲进来大声说。他领命凡当事人来要立刻通报,有主顾都不能放走。

古奇律师挽着先来的当事人的手,殷勤地把他领进隔壁房间,说:"请在这儿稍候,先生,等来客一走我就来,我们继续谈下去。有位富家老太太约好了来谈立遗嘱的事,我不会让你久等。"

那位态度大大方方的先生默然坐了下来,拿起本杂志。律师回到当中的办公室,又小心翼翼地把相连房间的门关上。

"阿奇博尔德,把那位太太领进来。"他对在等候命令的帮办说。

一位高个子、仪态万方的漂亮女人走了进来。她穿着长衫——注意,是长衫,不是短衣——长衫大而飘逸,眼里闪现出智慧和灵性的柔光。手提着一只容量有一蒲式耳①的绿色提袋,袋里有把伞,这一来似乎伞也穿了件飘逸的大长衫。她在椅子上坐下来。

"你就是律师菲尼亚斯·西·古奇先生?"她问道,语气庄重。

"是的。"古奇律师干脆利索地答道。与女人打交道他从不啰唆。女人本来就啰啰唆唆。如果谈话双方一个样,势必浪费时间。

这位太太说话了:"先生,你是当律师的,总该对人心有所了解。如果一个人有颗高尚的、感情丰富的心,他在世界上也称为人的卑下的可怜虫中找到了真正的知己,那你是不是认为这个人还应顾及我们违反天性的社会生活中束缚胆量的小常规?"

---

① 美式一蒲式耳约合三十五升。

"太太,这里是办理法律事务的办公室。我是律师,不是哲学家,也不是《情场失意解难》的专栏编辑。还有当事人在等着我,请你直截了当地谈问题。"古奇律师这时说话的语气是平常控制女当事人别东拉西扯时用的语气。

"好吧,你用不着动什么肝火。"那太太说着一眨明亮的眼睛,又用力一转手中的伞,"我来就是为正经事来的,我想听听你对一件离婚案的高见。俗话叫离婚,其实是纠偏矫枉,要把人类缺乏远见的法律强加在一个爱——"

"对不起,太太,"古奇律师不耐烦地打断她的话,"我再次提醒你,这是律师事务所。也许威尔科克斯夫人①——"

"威尔科克斯夫人又怎么啦?"那女人不讲情面,打断了古奇律师的话,"托尔斯泰,格特鲁特·阿瑟顿夫人,欧玛尔·海亚姆,爱德华·波克先生②又怎么啦?这些人的书我全看过。我很想与你探讨一个反抗自以为是、胸怀狭窄的社会扼杀自由的清规戒律的心灵享有的神授权利的问题。不过,我还是继续谈正事吧。在你表明对它的性质的看法前,我想对你先不说出有关人的姓名。这就等于,我是作为一种假设来讲述,而不——"

"你是要说一个假设的案件吗?"古奇律师问。

"正是如此。"那太太不客气地说,"好吧,假设有一个女人,她打心眼里希望过一种事事称心的生活。这女人有了丈夫,但是丈夫的知识、情趣,总之是所有方面,都远远不及她。呸!他是什么东西!他瞧不起文学,对世界闻名的伟大思想家的崇高思想嗤之以鼻,满脑子装的是房地产一类的龌龊,哪儿配得上心境高贵的女人!这么

---

① 威尔科克斯夫人(1850—1919),美国记者、诗人。
② 托尔斯泰(1825—1910),俄国小说家;格特鲁特·阿瑟顿夫人(1857—1948),美国小说家;欧玛尔·海亚姆(1048—1131),波斯诗人、数学家、天文学家、哲学家;爱德华·波克(1863—1930),美国编辑,曾任《妇女家园杂志》主编,1923年曾设立波克和平奖。

说吧,有一天,这不幸的太太遇上了理想中的人,他又聪明,又能干,又感情丰富。她爱他,虽然这男的也内心激动,觉得遇上了知己,但他是位正人君子,没有表白感情,明明他爱那太太,却远走高飞。那太太跟着也飞了,虽然仍戴着不开明的社会制度束缚她的枷锁,她满不在乎。你告诉我,离婚要花多少钱?锡卡莫尔加普的女诗人伊丽莎·安·帝明斯花了三百四十块。我——我是指我讲的这位太太——能不能也只花这么多?"

古奇律师答道:"太太,你的最后几句话说得聪明而清楚,现在你能不能不再假设而说出真名实姓谈正事?"

"那完全可以,"那太太说,表现得非常痛快,"那个使他的法律上的——是法律上而不是感情上的太太得不到幸福的下贱胚子叫托马斯·阿·比林斯,上天为那太太造就的情投意合的君子叫亨利·克·杰塞普,而我——"当事人最后戏剧性地亮出底牌说,"就是比林斯太太!"

"有位先生找你,律师!"阿奇博尔德闯进来大声道,险些摔个跟斗。古奇律师从椅子上站起身。

"比林斯太太,"他彬彬有礼地说,"请让我带你到隔壁办公室稍候。一位富家的老先生约了我谈遗嘱的事,过一会儿我来请你继续商讨。"

古奇律师又风度翩翩地把他那位感情丰富的当事人带进剩下的一间空房间,出来时轻轻关上门。

阿奇博尔德带进的新来客是个中年人,个子瘦,但很有精神,看样子脾气大,而脸上又流露出重重心事。他一只手提着个小皮包,坐到律师指给他坐的椅子上后把包放到了地上。衣服本来面料质量好,但既不干净,又没样子,四处是灰,似乎穿着它经过了长途跋涉。

"你专门办离婚案子。"听声音他内心很不平静,但的确是有事才登门。

古奇律师答道:"可以说,我的业务范围包括了——"

第三位当事人打断他的话:"这我知道,你不用说了,你的名声我全听说了。我想向你谈一件案子,但不透露有关人的姓名——就是说——"

"你要谈件假设的事。"古奇律师插话道。

"你这样说无妨。我是个普普通通的生意人,讲话简短。先说那个假设的女人,该承认她嫁错了人。很多方面她都出类拔萃,论外表她是个美人。她酷爱所谓文学,就是诗歌、散文等等。她丈夫是个普通做买卖的人,丈夫想使一家幸福,这家却没有幸福。不久前,有个人,是从不认识的人,到了两夫妻住的太平无事的小镇做房地产买卖。那女人遇上他,被他迷得掉了魂。女方闹到了明目张胆的地步,反而使男方觉得小镇非久留之地,所以走了。女的抛下丈夫离开家,追那男的。其实她家里舒舒服服,什么都不缺,可是她不要家,追那个她莫名其妙爱上的人。让一个女人糊里糊涂把家毁了,还有什么事比这更倒霉呢?"当事人说到最后一句话时声音颤抖了。

古奇律师处事谨慎,没有高见便不开口。

来者又往下说了:"她跟的这个人并不是能使她幸福的人,只不过那女的发了疯,傻气,自欺欺人,以为能使她幸福。她丈夫虽然与她有许多不一样,但是能迁就她神经过敏的怪性格,此外找不到第二个人,可惜她到了现在还不明白。"

古奇律师觉得他再谈下去眼见会远离正事,问道:"你是不是认为,在目前情况下,离婚是合乎逻辑的解决办法呢?"

"离婚?"当事人大声道,动了真情,热泪盈眶地说,"不,不,那不行。古奇先生,我在报纸上看到许多报道,你善体贴人,心肠好,热情,遇到夫妻失和便从中调解,使人破镜重圆。现在别再假设了吧,我用不着再隐瞒,在这件不幸的事中我是受害者。姓名也都告诉你:托马斯·阿·比林斯夫妻俩,女人迷上的人叫亨利·克·杰塞普。"

第三位当事人伸手抓着古奇先生的胳膊,愁苦的脸抽动着,他恳切地说:"看在老天分上,请你在我有难的时候帮上一把,找到比林斯太太,劝她别再糊涂,别再乱来。古奇先生,你告诉她,她丈夫会体谅她,正等着她回去。只要她能回家,丈夫什么条件都会答应。我知道你办这些事名声不小,比林斯太太不会在很远的地方。我东奔西跑,都快累倒了。在找的时候我两次看到她,但由于种种原因,两次都没有能与她谈。古奇先生,这件事你能不能答应下来?我会一辈子感激你。"

古奇律师听到最后皱起了眉头,但接着又舒展开来,换上副悲天悯人的表情,说道:"的确,有很多次许多一时冲动想散伙的夫妻在我的劝说下冷静下来,言归于好,又回了家。但是你要知道,这件事难而又难。得费许多口舌,得反反复复,而且,明说了吧,得能言善辩,其中的艰辛你想都想不到,但是这件案子我听了真于心不忍。我完全理解你,先生。如果能使夫妻破镜重圆,我会再高兴不过的。只是我的时间——"律师说到这里看看手表,似乎是突然间想起来这个问题,"我的时间很宝贵。"

"这我清楚,"当事人说,"只要你答应下来,劝说比林斯太太回了家,不再想着她在追的那人,事成那天我付给你整整一千块。最近苏珊维尔兴旺,我经营房地产多少赚了些钱,一千块我不吝惜。"

"请你再坐一会儿,隔壁房间我还有位代理人,差一点把他忘了,我尽快再来。"说着古奇律师站起身,又看了看表。

越是盘根错节的事古奇律师越喜爱,现在的这个局面正中他的下怀。每逢接到这种问题微妙、可能性多的案件,他便喜出望外。想到三个人都坐在自己的事务所还互不知情,他们的幸福和命运全握在自己的掌心,他好不得意。他又想到了自己比喻的船,但是现在这个比喻已不恰当,因为如果一条真正的船各舱都灌满了水,那么难保安全,而他这条办案子的船各舱爆满却肯定会驶到一个繁华港口,捞到大笔好处。当然,现在他得做的事情是,在三笔急待成交的买卖中,挑一笔最值得做的。

他先交代他的帮办："阿奇博尔德，你去把外边的门锁上，谁也不让进。"然后，他默默地大步走进第一个当事人等候的房间。这位老兄倒耐心，坐着仔细看杂志上的照片，嘴里叼根烟，脚搁在桌上。

一见律师进来，他高兴地问道："嗯，你拿定主意啦？叫那漂亮太太离婚，五百元行吗？"

"你是出五百叫我咨询？"古奇律师放轻声问道。

"嗯？不是，是办整个事情，这也够啦，对吗？"

古奇律师说："我的价钱是一千五百块，五百块太少，加一千包你离婚。"

第一个当事人用力吹了一声口哨，把脚搁回到地上。

"这么说，我们谈不拢啦。"他说完站起身，"我在苏珊维尔做一笔小房地产买卖也才赚五百块。我愿意想方设法使那位太太脱身，只不过价钱大了我出不起。"

"那么一千二百块你出得起吗？"律师试探着问。

"告诉你吧，我顶多出五百，看来我得找个便宜些的律师。"当事人戴上了帽子。

"请走这边。"古奇律师打开通走廊的门，说道。

等这一位出了门，下了楼，古奇律师情不自禁地笑了。他摸摸耳边一束亨利·克莱①式的头发，暗想："杰塞普先生打了退堂鼓，现在就看那丢了老婆的人了。"回到当中的办公室，他又拿出一副律师派头。

他对第三个当事人说："如果我使比林斯太太回心转意，或者帮助你使比林斯太太回心转意，返回家里，不再糊里糊涂跟着她迷得疯疯癫癫的人，你愿意付给一千块，我没理解错吧？而且，在此基础上，这事全权委托给我办，是这样的吧？"

"一点没有错。只要办成功，两小时内我可以把钱兑现。"

---

① 亨利·克莱（1777—1852），美国政治家与演说家。

古奇律师站起身，腰板挺得笔直。他那瘦削的身子似乎在膨胀，他伸手去摸衣服的袖口。他脸上现出了悲天悯人的神情，每遇到承办这类事，他必有悲天悯人的神情。

"那么，先生，我能早早解除你的烦恼。"他用亲切的口吻说，"你尽管放心，我能言善辩，巧舌如簧，而且人心有向善的天性，丈夫爱得真诚，自有力量感化妻子。先生，比林斯太太就在这儿，在那间房里——"律师伸长手指着门，"我马上叫她进来，我们共同劝说会——"

古奇律师住了口，因为第三位代理人像是被弹簧弹了起来，跳下椅子，紧紧抓着小皮包。

他直嚷嚷："妈的，你说什么来着？那女人就在这儿？我还以为已把她甩开了十万八千里了呢。"

窗开着，他跑到窗前，往外一望，把条腿就伸到了窗台上。

"且慢！"古奇律师喊道，心中好生奇怪，"你这是干什么？来呀，比林斯先生，去见见你那位有了过错但心地纯洁的太太。我们共同劝说一定能——"

"比林斯！"现在这位当事人已恍然大悟，叫了起来，"我教你认识一下比林斯，你这老不死的糊涂蛋！"

他满腔怒火，一转身，把小皮包往律师的头上摔去。这一下正中这位目瞪口呆的和事佬的眉心，打得他踉跄着倒退两步。等古奇律师清醒过来一看，当事人已经不见了踪影。他蹿到窗前，把身子伸出窗外，只见那大逆不道的家伙正从他由二楼窗口丢下的一堆废物上爬起来。接着，他连帽子也顾不上捡，飞跑十来步进了小巷，一溜烟般消失在鳞次栉比的房屋间。

古奇律师用颤抖的手来回摸着前额。在清理紊乱的思绪时，他有来回摸前额的习惯。也许这样做现在还有一个目的：减轻让硬鳄鱼皮包打中的额头的疼痛。

皮包摊开在地板上，里面装的东西散落了开来。古奇律师不由自主一件件拾起来看。先拾起的是个衣领,律师明察秋毫的眼睛一瞧,怔住了,原来衣领上有H.K.J几个字母。另外有一把梳子,一把牙刷,一张折叠着的地图,一块肥皂。最后捡起的是一叠业务上的来往信件,每封信的开头是:亨利·克·杰塞普先生台鉴。

古奇先生把包合上,放到桌上。他犹豫了会儿后戴上帽,走进外边帮办的房间。

他打开靠前厅的门,用温和的声音说:"阿奇博尔德,我上最高法院去一趟。过五分钟你到里面那间办公室,告诉等在那儿的太太——"古奇律师使用了个俗语:"全泡汤啦!"

"姑娘"

九六二号房间门上的毛玻璃有几个描金字：经纪人罗宾斯、哈特利。办事员已经走了，这时已过5点，女清扫工进了这座云雾缭绕的二十层办公楼。她们走起路来步子重，抵得过一群法国珀什的良种马。一股热风扑面吹进半开的窗里，夹带着柠檬皮味、煤烟味，还有火车的机油味。

罗宾斯年已五十，体重有些超重，穿得俏。他爱看首演，住宾馆要有棕榈的高档房间。他的伙伴住郊外，他倒装出羡慕郊外人的模样，说：

"今天晚上的温度表有变化。还是你们在城外的人好，可以坐在门厅里，听虫叫，看月光，慢慢喝酒，欣赏大自然。"

哈特利二十九岁，不苟言笑，消瘦，长相好，精力饱满。他一叹气，一皱眉，说：

"可是我们住弗洛勒尔赫斯特的入夜晚冷飕飕，尤其在冬天。"

这时一个神态诡秘的人打开门直走到哈特利身边。

"我打听到她的住址啦。"这位侦探轻声而得意扬扬地说，惹得在场的人都很注意。

哈特利把脸一沉，侦探马上闭上了嘴没出声。但这时罗宾斯已拿起了手杖，把领带别针别到了理想位置。他彬彬有礼地一点头，出门享受他的大城市的乐趣去了。

"她的住址在这儿。"侦探见没有人听他炫耀了,声音变自然了。

哈特利从侦探的脏记事本上撕下一页,上面用铅笔写着:"维维恩,东第××大街三百四十一号,麦科默斯太太转。"

"上星期搬去的,"侦探说,"哈特利先生,如果你需要跟踪,我会干得漂漂亮亮,跟全市吃这行饭的人谁都能比。价钱每天只七块,其他开销除外。天天有打字机打的书面报告,包括……"

经纪人打断他的话:"你不用再说了,不是那种事,我仅仅需要个地址。多少钱?"

"一天工夫,"侦探说,"十元够了。"

哈特利付过钱后打发走了来人,然后他也离开办公室,坐上了去百老汇的车。到了这条穿城第一交通大动脉,他改乘一辆往东的车,坐到一条已经破落的老街,往日这儿的古老建筑曾是全市的骄傲和光荣。

没走多远,他找到了要找的三百四十一号。原来,是一所新建的公寓,廉价石头砌的前门上刻着房子的响亮的名字:瓦勒姆布罗瑟①。太平梯歪歪斜斜建在正面,上面挂着日用杂品,晾着衣服,还趴着些孩子在喊喊叫叫,他们是受不住盛夏的热跑出屋子来的。在这些乱七八糟的东西中东零西散还可见到些营养不良的橡胶树在探头探脑,仿佛它们不知道自己居于什么王国。植物王国?动物王国?还是用品王国?

哈特利按了麦科默斯家的门铃。门锁嘎嘎嘎响着开了,既有热情,也带怀疑,似乎急着要瞧瞧来的人是朋友还是债主。哈特利进门后往楼上走,他与所有在城市的公寓里找朋友的人一样,或者说与爬苹果树的孩子一样,遇上他想要的一个才停下来。

在四楼他看到了维维恩,正站在一扇开着的门边。她点点头,开

---

① 瓦勒姆布罗瑟是密尔顿《失乐园》中描写的一个地方,那里的小溪秋天漂满落叶。看来作者用这个名是一种幽默和讽刺,因为下面便说到这房子的太平梯上挂满乱七八糟的东西。

朗、真情地一笑，把他请进了房，搬了张椅子放在窗边让他坐，自己却站在床边，亭亭玉立。这张床白天被遮盖着不露真面目，是个猜不透的庞然大物，夜晚是拷问口供的刑具台，有两副模样。

哈特利先用敏锐的、欣赏的目光扫了她一眼才开口，心中暗想，他眼力不坏，还从没出过差错。

维维恩二十一岁上下，纯正典型的撒克逊人。头发金里透红，整整齐齐盘在头上，每根都有它独特的光泽，每根的颜色都由浅渐深。雪白的皮肤与海水般深蓝的眼睛交相辉映，两只眼看什么都不慌不忙，使人想起美人鱼或者人迹罕至的深山小溪中的小精灵。体格结实而身材各部分匀称协调。从轮廓与肤色看她显而易见是北方人，但她同时又显现出了热带地方人的一些特征：动作略显缓慢，神态从容不迫，似乎无忧无虑，连呼吸都分外节奏均匀。她使人感到她不愧是大自然的一件杰作，像一朵珍奇的花，像立在一群杂色鸽子中的一只美丽的纯净的鸽，叫人喜爱不已。

她上穿白色开胸衣，下系黑裙。这样独特的打扮既像是在饰演牧鹅姑娘，也像是在饰演公爵夫人。

"维维恩，"哈特利说，眼里现出恳求的神情，"我上次给你的信你没回，我花了将近一个星期时间才找到你的新住址。你知道我想见到你，看到你的回信，你为什么要让我等得心焦呢？"

姑娘茫然望着窗外。

"哈特利先生，"她不知所措，只是说，"我不知道说什么好。我完全清楚你提的事的好处，有时候也觉得跟你在一起会心满意足。可是我仍然犹疑。我是城市生城市长的人，长期过安静的乡下生活不大愿意。"

哈特利热情地说："我的好姑娘，不是对你说了吗，你想要什么，只要我力所能及，都会满足你的。你可以到城里上剧院，买东西，看朋友，跑多少趟随你的便。你可以信得过我，不是吗？"

她回头一笑，用坦率的目光望着他，说："充分相信。我知道你这人心最好,哪个姑娘到你那儿都要算是有福气,在蒙哥马利家时我就把你的为人了解得清清楚楚了。"

"对!"哈特利大声道,眼里透出了柔情,心里回忆着往事,"在蒙哥马利家第一次见到你的那个夜晚我还记忆犹新。蒙哥马利太太不停地引你夸奖我,这对你来说并不能算公道,我永远忘不了那顿晚餐。维维恩,听我说,你答应我吧,我需要你。你跟我走绝不会后悔的,别人谁也不能使你有这么个称心如意的家。"

姑娘叹口气,低头看着自己交叉放着的一双手。

哈特利突然起了怀疑,心里酸溜溜的。

他紧紧盯着她,问道:"维维恩,你说实话,是不是还——还有什么人?"

她雪白的脸上慢慢地泛起一阵红晕,直红到耳根。

"哈特利先生,你这话问得不应该,"姑娘说,心有些乱,"不过我可以对你说,的确还有一个,但他不能够——我什么也没答应他。"

"他姓什么?"哈特利厉声追问道。

"汤森。"

"拉福特·汤森!"哈特利大声道,脸和下巴都拉长了,"怎么那家伙会知道你在这儿?我为他帮了那么多忙,可是他……"

维维恩把身子探出窗外,说:"他的车说来就来了,他等着我答复。糟啦,我怎么办呢?"

厨房里的铃一个劲儿地响着,维维恩赶忙去按前门的门闩钮。

"你就在这里,等我去走廊对付他。"哈特利说。

汤森穿着浅色苏格兰粗呢衣,头戴巴拿马帽,上唇的黑胡须向上翻卷,活像西班牙贵族,正三步并作两步地上楼来。他一见哈特利,傻了眼。

"快回去!"哈特利手指着楼下,厉声说。

"你好!"汤森假装意外,说,"这是怎么啦?什么风把你吹来啦,老兄?"

"快回去！"哈特利毫不含糊地又说道，"强者为王！难道你还想被敲断脊梁骨不成？这儿我当道！"

汤森也有胆量，说："我来这儿是请管道工修浴室的接头的。"

"那行呀！"哈特利说，"你这臭小子撒谎就不怕掉舌头！还是快回去吧。"

汤森只好下楼，骂了一句算是对楼梯上的人的报复。哈特利回到房里又继续恳求。

"维维恩，我是非要你不可，你不答应不行，拖时间也不行。"他说，没留回旋的余地。

"你什么时候要我？"她问。

"现在，你收拾好就行。"

她镇定自若地站在他面前，眼对眼瞧着他。

"埃洛伊兹还在那儿，你想想看，我会进你的家门吗？"她说。

哈特利像是被打了一闷棍，软下来了。他两臂交叉放在胸口，又在房间里来回踱了一两趟。

"那就让她走。"他狠下心说，额头上冒出了汗珠，"为什么我要让那女人坏了我的生活？我认识她以后没哪天摆脱过烦恼。维维恩，你说得对，不把埃洛伊兹打发走我不能领你回家。她非走不可。我下了决心，我会把她赶出去的。"

"那你什么时候赶呢？"姑娘问。

哈特利牙一咬，眉一皱。

"今天晚上。"他断然决然说，"今天晚上我就赶她走。"

"那行，我就答应你。"维维恩说，"打发她走了你就来接我。"

她直盯着他的眼睛，表情温柔而恳切。她答应得太迅速痛快了，哈特利反而不敢信以为真。

"你得言而有信，说话算数。"他深情地说。

"言而有信，说话算数。"维维恩轻轻说。

他走到门边又回过头满心喜悦地注视着她，然而还是担心会空喜一场。

"等着明天！"他说，竖起食指表示叫她别忘了。

"等着明天。"她也说，笑得坦率而真诚。

一小时四十分后哈特利在弗洛勒尔赫斯特下了火车，快步走十分钟，他到了一所漂亮的两层楼小房子的围栏门前，房子坐落在一块修剪得漂亮的大草坪上。进了围栏门还差一半路才到房子时，一个女人不知什么原因一上来几乎将他闷死，这女人穿着宽松的夏用长衫，头发乌黑，结成辫子。

走进门厅后女的说：

"妈妈在家，过半小时汽车来接她。她来吃晚饭，可是没有饭吃。"

哈特利说："我有件重要的事告诉你，原来我想慢慢儿说给你听的，现在你妈妈来了，我们就干脆点吧。"

他低下头靠在她耳边轻轻说了句话。

他太太尖声叫起来，他岳母闻声跑进了门厅。黑头发女人又尖声叫起来，是一个被当成心肝宝贝的女人高兴的尖叫。

"哎哟，妈妈，你猜怎么啦？"她喜气洋洋地大声说，"维维恩要来给我们当厨师！就是在蒙哥马利家干了一年的那一个。比利，亲爱的，你这就到厨房去把埃洛伊兹辞退了。她又喝醉了，一天不省人事。"

没说完的故事

　　如今人们谈起地狱的火焰时,不再边哼呀咳呀边往头上倒灰了。①因为现在连传教的牧师也改了口,说上帝是镭或者乙醚或者科学上的化合物,我们这些恶人受的报应充其量是个化学反应。这种说法的确叫人高兴,然而正教的说法世代相传,至今仍然有些叫人胆战心惊。

　　谁都可以信口开河而不致受人驳斥的话题只有两个:你做的梦和你听鹦鹉说的话。梦神和鹦鹉做不了见证人,你说的一套听者就没胆量指责。我选了无根无据的梦境做话题,由于美丽的鹦鹉所言有限,它们的话我只好忍痛割爱,不表了。

　　我做了一个梦,它完全不牵涉《圣经》的考证,所以必然与末日审判这个相传已久、令人敬畏的问题有关。

　　加百列②吹响了号角,我们中没号角可吹的人被提去受审。我发现一旁还有批身穿庄严的黑长袍、衣领后面开扣③的职业保人,但他们似乎自身难保,所以不能指望他们会搭救我们中的哪一个。

　　一位精干的警察(是天使中的警察)飞到我跟前,抓着我的左

---

① 犹太风俗,悲切忏悔时,身穿麻衣,须发涂灰。
② 加百列是上帝的主信使,据说末日审判时的号角由他吹响。欧·亨利在前段已声明是在说梦,所以本段才有加百列已吹响了号角之说。
③ 这种服装是教会神职人员的服装。

翅。我身边还有些人在候审,一个个看来都春风得意。

"你跟他们是一帮子的吗?"警察问。

"他们是些什么人?"我反问。

"他们呀,他们这些人……"

这些题外话且少说,现在言归正传。

达尔西在一家百货公司工作,卖汉堡花边、辣椒包①、小汽车,也卖别的百货公司经营的小商品。赚得的钱达尔西每周只拿六元,其余部分记入总账,总账掌管在上——啊,对,尊敬的牧师先生,你是说"原始能量"——掌管在原始能量手中,贷方达尔西,借方某某某。

达尔西来店第一年每星期只拿五块钱。要是能知道靠着这笔钱她怎么过日子,你当然会获益不浅。难道你不想吗?想就很好;对大些的数目很可能你会有兴趣,而六块钱比五块钱数目大。让我来告诉你她每周挣六块钱怎么过活。

一天下午6点,达尔西把帽针慢慢插进离骨髓不到六分之一英寸的地方,边插边对好朋友萨迪(就是侧着左身接待顾客的那姑娘)说:

"告诉你,萨迪,皮吉今天晚上约了我吃饭。"

"有这种事?"萨迪羡慕地大声说,"那,那你走运啦,皮吉是大阔佬,每次带姑娘都是去阔气的地方。有天晚上他带了布兰奇上霍夫曼大厦,那儿的音乐真优美,你见到的人也尽是阔佬。达尔西,你准会享受一番。"

达尔西一路快步往家赶,眼发亮,脸泛红,是被生活——真正的生活的朝霞照红的。已到了星期五,这星期的工资还剩下五角钱。

街上挤满了潮水般下班的人。百老汇的电灯大放光芒,招得周围几里、几十里、几百里阴暗处的飞蛾蜂拥而至。衣冠整齐但像海员俱乐部里老水手在樱桃核上雕的人物一样面目看不清楚的男人见达尔西

---

① 一种廉价食品。将大辣椒掏空,然后塞进米饭、葱等。

步履匆匆走过，回转头睁大眼瞧着她，她却没理会他们。曼哈顿是朵夜里开放的仙人掌花，现在慢慢展开了它那颜色苍白而气味浓烈的花瓣。

达尔西走到一家卖便宜货的商店把剩下的五角钱买了个有假花边的衣领。这笔钱本来要用作别的开销，一角五吃晚餐，一角吃早餐，一角吃中餐，另一角填进她的小库存，五分买甘草汁糖。这种糖塞进嘴里感觉像是害了牙疼病，牙疼难消，这种糖也难化。吃甘草汁糖等于过奢侈生活——简直无异于大吃大喝，但没有了乐趣，何成其生活呢？

达尔西住在带家具出租的一个房间里，住这种房间与住开伙食的房间大有不同，如果你饿肚皮，住这种房间别人就不知道。

达尔西走进西区一所正面用褐色石头建造的房子①三楼的一间后房，这儿是她的住房。她点上煤气灯。科学家说宝石的硬度最大，他们错了。房东太太知道有一种化合物，宝石与它相比之下软得像油灰。她们把它塞进煤气灯灯头上②，你站在椅子上用手指捅哪怕捅得手指发红、破皮，还是白费劲儿，连发针都奈何不了它，所以我们可以说它"坚不可摧"。

达尔西点着了气灯，借着它发出的相当于四分之一支烛光的亮光，我们来瞧瞧她这间房。

房间里有一张榻式床，一张梳妆台，一张桌子，一个洗脸架，一把椅子：这几件是房东太太的恩赐。其余全是达尔西所有。她的几件宝贝摆在梳妆台上，有萨迪送的一只描金瓷瓶，腌菜作坊送的日历。一本圆梦的书，一只盛着些米粉的玻璃盘，一束扎着粉红缎带的假樱桃。

面对一面疤痕累累的镜子，放着基钦纳将军、威廉·马尔登、马

---

① 19世纪时房子正面用褐色石头建造表示房主人富有。
② 塞进灯头的作用是省气，但灯光会变弱。

尔巴勒公爵夫人和本韦努托·切利尼的画像,①一面墙上挂着块头戴罗马钢盔的爱尔兰人石膏板像。板像附近有幅色彩醒目的石版画,画的是个孩子捉蝴蝶,孩子淡黄色,蝴蝶火红色。这是达尔西最喜爱的艺术极品,一直没有人对她表示过异议,既没有人私下议论作品的优劣使她心中不安,也没有谁讥笑她喜爱的昆虫学家过于幼稚。

皮吉约定7点钟来邀她,她还在抓紧时间收拾打扮,我们且回避一下,聊聊别的事。

达尔西这间房的租金每星期两元,平常日子她的早餐花一角钱,边穿衣服边在煤气灯上烧咖啡煮鸡蛋。星期天早上加餐,上比利餐馆花两角五分吃小牛排和油煎菠萝饼,另给服务员一角钱小费。纽约有诱惑力的东西太多,使人大手大脚地花钱。她在百货公司的食堂吃中餐,每星期六角钱,晚餐一块零五分。再就是晚报。你说说看,哪个纽约人不每天看报!晚报花去她六分。星期天的报纸两份,一份看人事广告,一份通读,又花去一角。几项加起来是四块七角六分,而她还得买衣服,还得……

别说了吧,我听说过有烂便宜的衣料,有针和线创造的奇迹,但终究耳听为虚。我本想给达尔西的生活增添些依据神圣、自然,但未成文、更未实施的公正的天理女人该有的乐趣,也只好搁笔作罢。她才去科尼艾兰②骑过两次木马,这种不是天天有而是隔着年份才有的快活说起来会叫人乏味。

皮吉只需捎带一笔。姑娘们谈起他时,高贵的猪族③便要蒙受不白之冤。过去蓝皮拼音读本中开篇由三个字母组成的词典用不上写皮

---

① 基钦纳(1850—1916),英国元帅及政治家;马尔巴勒公爵夫人为英国马尔巴勒世袭公爵第一任约翰·丘吉尔(1650—1722)的夫人;本韦努托·切利尼(1500—1571),意大利金匠、雕刻家;威廉·马尔登生平未查到。
② 属纽约市之一小岛,为一游乐场地。
③ "皮吉"的英文原文拼作Piggy。Pig由三个字母组成,意为"猪",Piggy意为"小猪"。

吉的传记。他长得胖，论心灵像耗子，论习性像蝙蝠，却又有猫的大气概。①……他穿着讲究，有一手识别饱人与饿人的本领，店里的姑娘他只要瞧一眼就能判断是不是只吃了不饱肚皮的药蜀葵糖和茶，已经饿了多长时间，误差不出一小时。他在商业区兜圈子，进百货公司四处转，请人吃饭，连牵着绳子在街上遛狗的人都瞧不起他。他是个典型人物，但我不能为他再费笔墨；我笔下不想写这种人，我也当不上好木匠。

7点差10分时达尔西收拾完毕，她在疤痕累累的镜子前一照，觉得还满意。深蓝色衣服非常合身，帽子上装饰着漂亮的黑羽毛，手套还算干净。这几件东西完全撑得起面子，这几件东西也是精打细算省出来的，甚至是牙缝里挑出来的。

达尔西暂时忘了一切，只知道自己漂亮。眼见生活就要把神秘的帷幕揭开一角，让她见识见识幕后的奇观。以往从没有哪位先生邀请她，而现在她也有了机会到令人眼花缭乱的上层社会去享受片刻。

姑娘们说皮吉"花钱如水"，少不了吃顿美餐，听听音乐，见到衣裳华丽的贵妇人，尝到事后姑娘们谈起来都会不知不觉咽口水的佳肴。没问题，她以后还会被请。

她记得有家商店的橱窗里摆着件蓝色真丝衣。如果每星期积攒两角，就是说多积攒一角，那么——哎呀，得积上好些年！但是七马路有家旧货店，那儿……

有人敲门。达尔西开门一看，是房东太太，脸上堆着假笑，鼻子却在嗅有没有偷用煤气烧吃东西的气味。

"楼下有位先生找你，姓威金斯。"她说。

对那些把他当作一回事的倒霉鬼，皮吉总是冒用这个姓。

达尔西回转身到梳妆台拿手帕，突然她站住不动了，咬紧下嘴

---

① 英语中fat（胖），rat（耗子），bat（蝙蝠），cat（猫）与pig（猪）一样，都由三个字母组成。

唇。刚才照镜子时她只看到一片仙境，看到自己成了久梦方醒的公主，却没注意一双漂亮却又庄重的眼睛在忧心忡忡地望着她。对她的行为会表示可否的只有这一个人，这人就是她梳妆台上描金镜框里的基钦纳将军。他身材修长笔挺，英俊的脸上浮着愁云，一双慧眼正盯着她，眼神是忧郁里带着责备。

达尔西像个自动玩具娃娃样转过身，对房东太太呆呆说："你告诉他我去不了，就说我有病或什么的，告诉他我不出去了。"

达尔西把门关上，锁好以后，一头扑到床上，哭了十分钟，把黑帽檐也压坏了。基钦纳将军是她唯一的朋友，是她理想的堂堂大丈夫。他似乎也有心病，他上嘴唇那漂亮的胡须叫她着迷，对他那庄重而又温和的神情她有些害怕。她常幻想他有一天会穿着马靴，佩着叮当长剑光临这所屋子，指名接见她。有次一个男孩把根链条碰到灯杆上弄得哗哗响，她听了竟然打开窗伸长脖子往外瞧。当然她白想了，她知道基钦纳将军远在日本，率部与土耳其兵作战，他也绝不可能从描金画框里走出来接见她。然而，这天夜晚的确是由于他看了那一眼，皮吉便扫兴而归。没错，这天夜晚的事情是真。

达尔西哭过以后站起身，脱下她最漂亮的一件衣服，换上蓝色的旧长衫。她不想吃饭，只唱了《美国兵》中的两段词。接着她的注意力转到了鼻子左边的一个小红点上，弄掉了这个小红点，她把椅子搬到破桌子边，用副旧纸牌算起命来。

"这不要脸的狗东西！"她喊出了声，"我说了什么话，使了什么眼色，使他起了这种心！"

9点钟时，达尔西从箱子里拿出一盒饼干和一小瓶覆盆子酱，吃了起来。她又在一块饼干上搁了点酱，献给基钦纳将军，但将军只是看着她，就像狮身人面像①看着一只蝴蝶（如果沙漠里还有蝴蝶的话）。

---

① 希腊神话中有狮身人面女怪兽，埃及首都开罗附近有男首狮身大石像，英文原文都是 **aphinx**。这里看来是指埃及的石像，一因基钦纳不是女人，二因下文说到了沙漠。

达尔西说:"你不想吃就别吃,可是你也别这么神气活现瞪大眼责备我。如果你每星期守着六块钱过日子,我看你还会不会这样了不起、摆架子。"

达尔西对基钦纳将军大不敬不是好现象,果然,她又恶狠狠地把本韦努托·切利尼扳了个嘴啃地。不过,这举动倒情有可原。她总当他是亨利八世①,对他不满。

9点半,达尔西最后又看了梳妆台上的几张像一眼,熄灯跳上了床。临睡前还向基钦纳将军、威廉·马尔登、马尔巴勒公爵夫人和贝文努图·切林尼注目道晚安,这可真是件稀奇事。

这个故事并没有什么可作为结局。后来呢。皮吉又邀达尔西陪他去吃饭,这时达尔西比以往更感到孤寂,而基钦纳将军的眼又看错了方向,于是……

前文我已说过,我站在一群春风得意的人物旁边,一个警察抓着我问是不是跟他们一帮子的。

"他们是些什么人?"我反问。

"他们呀,他们这些人雇用年轻女工,每星期只给女工五六块钱过日子,你跟他们是一帮子的吗?"他说。

"那绝对不是,"我说,"我这人不过放火烧了所孤儿院,为了几个铜板要了一个瞎子的命。"

---

① 亨利八世(1491—1547),英国国王,曾多次离婚并处死第二任妻子。

五月是个结婚月

如果诗人在君前歌颂五月，请君当头给他狠狠一棒。五月是捣蛋乱来的小精灵得意忘形的时候，那帮淘气包不仅仅出没于刚发芽返青的树林里，他们的恶作剧简直玩遍城乡。

五月，大自然伸出个指头指着我们的鼻子，叫我们别忘了我们不是神，而只是她的大家庭的成员，不过自以为了不起罢了。大自然还提醒我们，我们与当作盘中餐的蚌、与骡是亲兄弟，是黑猩猩的直系子孙；咕咕咕的鸽子也好，嘎嘎嘎的鸭子也好，我们自己也好，女佣和公园的警察也好，都是堂亲和表亲。

五月，丘比特蒙着眼睛乱射箭，结果百万富翁娶了速记员；头脑里装满智慧的教授在快餐柜台后向系白围裙、嚼口香糖的女人求婚；放学后，女老师把大个子坏学生留在学校；小伙子搬着梯子偷偷溜到草地上，姑娘早拿着望远镜趴在格子窗上等；一对年轻人出门散次步回家便结了婚；老家伙穿着白鞋罩在师范学校附近闲逛，甚至结婚多年的人都变得柔情脉脉，拍着老伴的背问："那事怎么样，亲爱的？"

今年的五月也是妖不是神，就在夏日刚来之际，发生了一件叫我们大家都意想不到的事。

库尔森老先生躺在椅子上呻吟了好一阵才坐起身，他的一只脚发风湿痛发得厉害。他在格勒默西公园近旁有栋房子，存款五十万，还有个女儿。他请了个女管家，叫威达普太太。这件事与女管家的姓氏值得交代一笔，我便交代了一笔。

到了五月，库尔森先生比爱唱歌的斑鸠还心情舒畅。他坐在窗子近边，窗台上摆着长寿花、风信子、天竺葵、三色紫罗兰。微风把它们的清香吹进房里。花儿的清香一进房，立刻与风痛膏发出的强烈气味展开了搏斗。药膏轻易取胜，但只是在花香飘过库尔森老先生身边后才谈得上轻易。五月这难对付、爱乱来的妖孽的勾当不会白干。

库尔森先生的嗅觉也闻到了公园对过唯独有地下通道的大城市才有的春天的气息，它们的味道分明、独特，像版权一样不可侵犯，有发热的柏油味，地下的大窟窿味，汽油味，薄荷香水味，橘皮味，水沟臭味，阿尔巴尼海蚌味，埃及烟味，灰泥味，还有报纸未干的油墨味。吹进房里的空气甜美柔和，房子外到处有麻雀在快乐地叽叽喳喳，但你绝不要轻信五月。

库尔森先生捏着往两边翘的白胡须，又埋怨自己的脚，埋怨过后便使劲一按身边桌子上的铃。

威达普太太闻声进来。她这人中看，皮肤白，进来时神色紧张。她四十岁，可是滑头。

"希金斯出去了，老爷。"她笑着说，笑得一脸的肌肉都在动，"他出去寄信。老爷有什么盼咐？"

"我该吃附子啦，"库尔森老先生说，"你给我倒，瓶子在那儿。三滴，要兑水，医……就他妈的希金斯混蛋！我没个人侍候，就是死在椅子上家里也不会有哪个在乎。"

威达普太太使劲叹口气。

"老爷别说得这个样，只怕是在乎了还没人知道哟！老爷，你是说十三滴吧？"她问。

"三滴！"库尔森老头说。

他吃完药抓着威达普太太的手，威达普太太脸红了。要脸红并不难，只要屏住气息，压迫横膈膜就行。

"威达普太太，现在真是春天了。"库尔森先生说。

"那还不好吗？"威达普太太说，"天气已经转暖，哪个角落里的气象都不同了。公园里开了黄花、红花、蓝花，我发了腿痛，一身痛。"

库尔森先生把两撇胡须一翘，感叹说："到了春天——哎，到春天人就——人就有点儿想着爱情。"

"看你说到哪儿去啦！"威达普太太大声道，"想到又怎么着？现在爱情用鼻子都闻得着哩。"

库尔森老先生继续扯了下去："到了春天，油亮的鸽子更叫人爱。"

"油亮的鸽子是叫人爱吃。"威达普太太感慨地叹了口气。

库尔森先生害风湿疼的脚一抽搐，疼得他做了个怪相，但他还是说："威达普太太，这屋子没有了你会变得冷清清。我已经——已经是上了年纪的人。可是呢，我那一大堆票子还不会白白搁着。要是价值五十万的公债还顶用，要是一颗真有感情的心——就算这颗心不像年轻人的热得像火——要是它跳起来还真……"

摆在隔壁房间门边的一张椅子倒了地，咣啷一声，打断了这位中了五月的邪气的老先生的话。

范·米克·康斯坦霞·库尔森小姐昂首阔步闯了进来。她瘦而精神，个子高，鼻子也高，不动感情，教养倒好，年已三十五岁，也是守着格勒默西公园长大的人。她举起长柄眼镜一瞧，威达普太太赶紧弯下身给库尔森先生发风湿疼的脚扎绷带。

"我还以为希金斯在你这儿。"范·米克·康斯坦霞小姐说。

"希金斯出去了，威达普太太听到铃响来了。"她父亲解释道，"现在痛得好些了。谢谢你，威达普太太。行啦，我现在没别的事了。"

管家走了出去，脸发烧，是让库尔森小姐冷冰冰的怀疑目光看得发烧的。

"今年春天的天气好，孩子你说呢？"老头子搭讪着说。

"正是这么回事。"范·米克·康斯坦霞·库尔森小姐的回答有些含糊,"威达普太太什么时候开始休假,爸爸?"

"我记得她说是从今天起休一星期。"库尔森先生答道。

范·米克·康斯坦霞小姐在窗口站了一会儿,凝视着沐浴在下午温暖的阳光下的小公园。她是在用植物学家的眼睛观察花,而花是狡猾的五月用以偷偷制服人的最厉害的武器。她的脉搏像科伦①的处女一样平稳,可见能抵挡和风的柔情。温暖的阳光的利箭射不进她冷冰冰的护胸甲胄,落到地上,也变凉了。她那颗沉重的心还是个未知领域,花儿的芳香唤不起心中的温情。麻雀的叽喳叫只使她觉得难受,她冷对五月。

话说回来,尽管库尔森小姐叫五月奈何不得,她却能估量到五月的能耐。一年中的这个月最胡闹,坐上了五月的怪车,上了年纪的男人和粗腰身的女人会变成经过训练的跳蚤,叫蹦就蹦。她早听说过老糊涂娶女管家的事,把这种感情叫成爱情,多离奇!

第二天上午8点,卖冰的人来了。厨师对他说,库尔森小姐请他到地下室去一趟。

"哼,就不叫出名,谁还不知道我是奥尔科特—迪普公司?"卖冰人这样神气活现地炫耀着自己的身份。

然而他还是放下了袖子,把冰钩摆到注水器上,走了回来。范·米克·康斯坦霞·库尔森小姐对他说话时,他取下了帽子。

"这房子的地下室有个后门。"库尔森小姐说,"隔壁在挖地基建房子,你的车从那块空地上过就能走到后门。请你两小时内从后门送一千磅冰来,你还可以找一两个人帮忙。放冰的地点我会告诉你。明天也是一千磅,也从后门进,接连送四天,这些冰的钱照老办法付给你们公司。这点钱给你,就算有劳你了。"

库尔森小姐拿出一张十元钞票。卖冰人鞠了一躬,然后两手摆到身后,抓着帽子。

---

① 科伦是德国西部莱茵河滨的一座城市,以天主教堂而著名,这种地方的人照理应该对上帝更虔诚,行为更守规范。

"小姐,你这就用不着了,怎么办一切都听从小姐吩咐。"

五月真多怪事!

中午时分,库尔森先生把桌上的杯子掀下了两个,还按坏了铃的弹簧,一边扯开喉咙叫希金斯快来。

"快拿把斧头来,要不就叫人去买一夸脱氰酸,要不就喊警察把我毙啦!活活冻死还不如那样痛快。"库尔森先生下了莫名其妙的命令。

"老爷,天的确像在转冷,我刚才还没注意。我把窗关上吧,老爷。"希金斯说。

"快关!"库尔森先生说,"这种天还算得了春天吗?要这样冷下去,我回棕榈滩①去,这屋子成停尸间啦!"

库尔森小姐不愧为孝顺女儿,过一会儿进来了,问风湿痛有没有好些。

"斯坦霞,外面天气怎样?"老头问。

"大晴天,只是冷得很。"库尔森小姐答道。

"我看像是三九寒天。"库尔森先生说。

康斯坦霞茫然望着窗外,说:"这就是有人说的'春天里的冬天',但我看这样说算不得怎么高明。"

过了一会儿,她从小公园的侧面往西去百老汇,想买点东西。

她走后又过了一会儿,威达普太太来到风湿痛病人的房间。

"老爷,你按了铃,是吗?"她问,笑得满脸是酒窝,"我叫希金斯去药店买药了,好像听到你按了铃。"

"我没按。"库尔森先生说。

威达普太太说:"昨天老爷像是要说什么话又叫我岔开了。"

库尔森老头板着脸问:"威达普太太,我觉得这屋子冷得厉害,这是怎么回事?"

"老爷觉得冷?"管家反问,"呀,真怪,老爷说这房子冷当真

---

① 美国佛罗里达州东南部之一市镇,为避寒胜地。

这房子就冷了。不过，外面有太阳，像六月天那么暖和，老爷。这天气真叫人心里有说不出的畅快。房子外边墙的藤长齐了叶子，有人拉起了手风琴，娃娃们在人行道上还跳舞哪，就这时候谈心里的事最合适。老爷，昨天你想说……"

"去你的！"库尔森先生吼了起来，"你这蠢货，我出钱是叫你把这屋子管好。坐在自己房子里我都快冻死了，你跑进来还只顾拉扯什么藤呀、手风琴呀。马上去给我把大衣拿来，把下面的门窗全部关上。大冷天的还唠叨什么春天、花，你这胖老婆子又不管用又糊涂！等希金斯回来叫他热点有酒的饮料来。你这就给我滚出去！"

然而，有谁能羞辱五月的笑脸呢？虽然有人施了毒谋，使得头脑正常的人莫名其妙，虽然多心计的姑娘狡诈，虽然用了个冷窖，五月并没有低下她的头，仍然胜过其他月份。

哦，对，故事还没有说完。

过了一夜，到第二天上午，希金斯把库尔森老头扶到窗边的椅子上。房间里不冷了，人间天堂的各色气味与温馨的花香同时飘了进来。

突然威达普太太急急忙忙走进房间站到他的椅子边，库尔森先生伸出一只瘦骨嶙峋的手抓住她的圆滚滚的手说：

"威达普太太，这屋子没有了你就不会成为一家人家。我有五十万块，要是这笔钱还顶用，要是一颗真有感情的心尽管不像当年，可是还没有冷，还能……"

"我知道了为什么昨天冷得厉害，"威达普太太靠在他椅子上，"是冰在作怪，有好几吨，地下室里摆着，客厅里摆着，没哪儿没摆着。我把往你房间里灌冷气的进口全关死啦！库尔森先生，真作践人啦！现在好了，又是五月天。"

库尔森老头只顾说自己的，心里的真情是春天唤醒的——"不过，威达普太太，我女儿会怎么说呢？"

"老爷别担心，库尔森小姐昨天晚上跟着卖冰的人跑啦！"威达普太太喜形于色地说。

艾基·舍恩斯坦的春药

蓝光药房开在商业区，位于包厄里大街与一马路之间相距最近的那一个地段。这家店认为，药房不同于卖古玩、香水或冰淇淋汽水的地方。如果你要止疼药，它绝不会拿糖果给你。

蓝光药房对现代药房节省人力的办法看不上眼，它自己浸泡鸦片，自己过滤鸦片酊、复方樟脑浸酒，时至今日，它的药丸还是在自家高高的配药柜后制的。先在瓦上将药一颗颗摊开，再用药刀分割，然后用拇指与食指捏成丸，撒上一层氧化镁细粉，装进小小的圆形纸药盒里。这家店就在拐角处，而拐角处常有一群群插着羽毛穿得破破烂烂、喜爱吵吵嚷嚷的孩子玩，他们就是店里等着卖的咳嗽药、止痛药的好买主。

艾基·舍恩斯坦是蓝光药房的夜班店员，顾客的朋友。东区的药房不招人喜爱，的确，东区的药剂师像谋士、忏悔师、顾问、能干而主动的传教士、严师，满腹经纶，你非敬重不可，还长着双慧眼，叫你佩服得五体投地，然而他们的药经常人家尝都没尝就倒进了阴沟。相比之下，艾基大不相同，蓝光药房一带的人爱找他出主意想办法，都熟悉他那架着眼镜的弯鼻子和被知识压弯了的瘦身躯。

艾基住在隔两个街口的里德尔太太家，还在她家吃一餐早饭。里德尔太太有个女儿，叫露茜。你一定会想，艾基是白住白吃了，尽管他看中了露茜。他时时把露茜挂在心上，露茜就像不含任何杂质、按法定比例配制的混合物的浓缩剂，药房的什么药物都无法与她相提并论。但是艾基胆小，由于羞羞答答，瞻前顾后，他的希望仍只是希望，就像什么东西放在溶剂里一直没有溶解一样。在柜台上他要算第一流的人物，懂行，能干，对什么都胸有成竹。出了柜台他却成了大脓包，连衣冠都不整，身上不但东一点西一点染上了化学药品，而且带着东非芦荟气味和铵中的戊酰替甲苯胺气味。

艾基的隐患是昌克·麦高恩。

麦高恩先生也千方百计想得到露茜的青睐，但他与艾基不同，不是空想，而是实干。同时他又是艾基的朋友与顾客，常到蓝光药房。在包厄里大街玩过一夜后，他或者在擦破皮的地方涂些碘酒，或者在伤口贴块橡皮膏。

一天下午，麦高恩又来了。像往常一样，他进店时从容不迫，也不说话。他往长凳上一坐，现出和颜悦色，使你感到亲切可人，但他坐下后却久久没有动弹。

等到他的朋友艾基端来药钵，坐到他对面碾安息香时，麦高恩才开口说话："艾基，你好好听我说，要是你现在碾的药与我要的正对路，这药就归我吧。"

艾基把麦高恩的脸仔细打量了一番，想找出搏斗留下的痕迹，可是没有发现。

他命令道："脱掉衣服！我看你准是肋间挨了一刀。我对你不知说过多少回，你跟那些南欧佬干会吃大亏的。"

麦高恩先生微微一笑，说："不关他们的事，根本不是什么南欧佬。不过呢，出毛病的地方倒让你说对了，是让衣服盖着，而且靠近肋骨。告诉你吧，艾基，露茜和我今天晚上要跑出去，我们结婚！"

艾基一听，左手的食指紧紧钩住了药钵边，右手用杵在食指上狠狠捣了一下自己还没发觉。这一来可难倒了麦高恩，叫他笑容变愁容。

麦高恩又说话了："话说回来，这件事成不成要看她到时候变不变主意，我们暗地里商量跑出去已经商量了两星期。有一次白天她说愿意，可是当晚又变了卦。这次我们说好在今晚，露茜算是有整整两天没改口。现在到约定时间还差五个小时，怕只怕到了那时她让我白等一场。"

"你刚才说的是你想买药。"艾基说。

麦高恩先生现出了焦急不安的神情，与平时比较可谓一反常态。他把一本专利药品年鉴卷成一卷，又把一个指头小心翼翼而又毫无目的地伸进当中。

"现在已经万事俱备，"他说，"今天晚上就是叫我当百万富翁我也不愿意一开头就落空。我在黑人区的公寓租了一小套房子，桌上摆好了菊花，炉子上的一壶水就差还没开。连牧师也请好了，9点30分等着我们去他家。现在已经是箭在弦上，但愿露茜不要又变卦！"麦高恩先生没往下说，心中在犯疑。

过了一会儿，艾基说："我就不明白，这件事怎么会使你说起买药，我又帮得了什么忙？"

满心焦急的钟情人决心把道理说个透彻，他接下去道：

"里德尔老头子一点也不喜欢我，这星期他守着露茜，不让她跟我出门。要不是怕少了个搭伙的房客，他们早就对我不客气了。我昌克·麦高恩每星期能挣二十块，露茜跟我飞出那鸟笼子不会后悔。"

"昌克，对不起，我还有个药方要发药，人家马上会来取。"艾基说。

麦高恩突然抬起头问："艾基，你说说看，是不是有什么药——有什么药粉，你给姑娘吃了姑娘会更舍不得你？"

艾基这才恍然大悟，鄙夷地把上嘴唇翘得老高，但还没来得及答话，麦高恩又往下说了：

"蒂姆·莱西告诉我，他从住宅区的一个医生那儿弄到一些，放进汽水里给了女朋友喝。才吃了一次，他女朋友就把他看成了宝贝，别的人谁都变得一文不值。没出两星期，他们便结婚了。"

昌克·麦高恩身体结实而性情直率,比艾基强。读者都能看出,昌克·麦高恩已稳操胜券。他像一名良将,在开始进攻敌人的阵地前,要准备得万无一失。

昌克·麦高恩满怀希望地继续说着:"这种药我如果能弄到手,晚饭时给露茜吃了我想,她就会一心一意,说好了跑就跑。她总该用不着我雇一群骡子拽出门,但说实在的,女人坐车行,跑腿并不行。那货色的效果只要维持几个钟头,就大功告成了。"

"你们准备什么时间一道跑呢?"艾基问道。

"9点钟。"麦高恩先生答道,"7点吃晚饭。8点露茜装头疼,早早睡觉。9点帕文扎诺老头放我进他家后院,翻过墙,隔壁就是里德尔家。我到露茜窗口下,接应她下太平梯。我们请了牧师,这才得赶早。只要露茜看到信号不犹豫,事情十拿九稳。艾基,你能配点这种药给我吗?"

艾基·舍恩斯坦慢慢揉揉鼻子,说:

"昌克,这药性质不同,当药剂师的不能随便卖。在我认识的人里,唯独你买这药我放心,只有你买我才会配这药。你等着瞧吧,露茜吃了药该会怎么喜欢你。"

艾基走到配药的柜台后,他把两颗在水里能化开的药片碾成粉,每片含有四分之一颗米粒的吗啡。然后,加进一点乳糖凑包装,用一张白纸包得整整齐齐。成年人服了这种粉几小时内能沉睡不醒,却又没有危险。他把它给了昌克·麦高恩,叫他最好是把药放进液体里,他得到这位准备从后院翻墙的人的衷心感谢。

艾基这样做有何奥妙?看他的下一步棋便一目了然。他捎了个口信把里德尔先生找来,密告麦高恩要拐带露茜私奔。里德尔先生体胖,肤色深得像砖灰,什么事想干就干得出。

他对艾基说得干脆:"非常感谢!这吃饱饭没事干的爱尔兰二流子!我的房间与露茜的上下相对。吃过晚饭我到房里架好鸟枪等着,只要他进了我的后院,可别想坐新婚马车走,我叫他躺在救护车里出去。"

艾基心里盘算着：露茜服了吗啡，一睡就好几个小时不会醒，她父亲起了杀心，手拿武器严阵以待，这一来他的情场对手难逃劫数。

这一夜他在蓝光药店边站柜台边等着听人说发生了悲剧，可是没等到。

上午8点，值白班的店员来了，艾基拔腿就往里德尔太太家赶，要看个分晓。可是你瞧！他刚跨出店门，一辆电车正经过。没料车上跳下个人，正是昌克·麦高恩！这昌克·麦高恩带着胜利的微笑，满脸喜气。

"得手啦！"昌克说，笑得合不拢嘴，"露茜分秒不差爬上太平梯，我们赶到牧师家是9点30分15秒，她现在住进了公寓里，今天早上还是她穿件蓝色宽松衣烧的蛋。谢天谢地，我交上好运啦！艾基，哪天你一定要上我们这儿来吃饭。我在桥头找到了工作，这就去上班。"

"那——那——那药呢？"艾基结结巴巴地问。

"哟，你给我的那药！"昌克说着笑得更欢，"好，我对你说吧，是这么回事：昨天晚饭时我一坐下来看着露茜，心里便想：'昌克，你想得到这姑娘就应堂堂正正。她是有教养的人，你不能玩她的鬼名堂。'所以我把你给我的药放在口袋里。后来，我的目光转向了另一个人，心里在想，这人不行，对未来的女婿太没感情，于是我瞅着个机会把那药倒进了里德尔老头的咖啡里。你明白了吗？"

命运之路

走上许多条路,
我寻找着命运。
忠诚的心,力量,再加上爱,
它们能不能使我
指挥,逃脱,摆布或者改变
我的命运?

——引自戴维·米尼奥未发表的诗

歌唱完了。歌词出自戴维之手,曲调具有乡土气息。酒店的人满座热烈鼓掌,其原因是这位年轻诗人出了酒钱,只有公证人帕皮诺先生例外,听完歌摇了摇头。一来他是读书人,二来别人喝了酒他没喝。

戴维出酒店走到小镇的街上被晚风一吹,把酒意吹醒了,这才想起白天和伊旺姑娘拌过嘴,他已下了决心当晚离开家,到外面的广阔世界去,定要闯个功成名就来。

"到我的诗脍炙人口的那一天,她也许会悔不该今天气冲冲骂我。"想着想着,他觉得心里美滋滋的。

除了酒店的一帮酒鬼,镇上的人都睡了。他轻手轻脚摸进他父亲家自己的房间,把几件衣服打成小包,用根棍穿着,转身出门踏上离开弗洛伊之路。

他经过父亲的羊群，夜晚羊在栏里挤成了一堆。每天他要去放羊，可是他只顾在纸上写诗，听凭羊东一只西一只乱跑。看到伊旺的房里还亮着灯，突然他又犹豫了。也许，有灯就意味着她睡不着，后悔不该发火，到早上可能就……然而，不行！他的决心下定了。弗洛伊不是他的久留之地，这儿没一个人与他志同道合。沿着出镇的路走，他会交上好运，会前程远大。

路在月光下半明不暗的平原上延伸开来，长九英里，直得像用犁耕出来的，镇上的人都说至少直通巴黎，诗人一路走一路默默念了又念这名字，戴维至今没出弗洛伊远行过巴黎。

往左的路

走出九里地，到了一个路口，一条更宽的路与这条成直角相交。戴维站住犹豫了一会儿，然后上了左边的路。

这条大路上有几条刚过去不久的车留下的车轮印，果然，走了约半小时，只见一辆大马车陷进了一座陡峭的小山山脚下的小溪里，车夫和副手吆喝着在拽马缰。路边站着一男一女，男的身材魁伟，穿身黑衣，女的身材苗条，裹着件浅色长斗篷。

戴维看到几个仆人用力不得法，也不多说.走过去教他们怎么干。他要副手别对着马大喊大叫，应使力气推车轮。马熟悉车夫的声音，吆喝马的只车夫一个就够了。戴维自己用强壮的肩膀在车后顶，齐心协力一使劲，大马车推上了坚硬的路面，副手坐到了原来的位置。

戴维单腿立地站了一会儿，"你坐到车里来，"身材魁伟的人一挥手说。他个子大，声音也大，但举止倒温文尔雅，听到巨人的声音时唯有服从。年轻的诗人稍一犹豫，又听到了一声喊，顿时不再迟疑，戴维踩上了踏板。黑暗中他隐约看到车后坐了个女人，他正想往她的对面坐，谁知那声音又对他下了一道命令："你坐到这位小姐旁边吧。"

那男人沉重的身躯压到了前面座位上,马车开始上山。那女人在座位上缩成一团,也不出声。戴维判断不出她年老年少,只觉得她衣服里透出轻柔的香味,不禁动了诗人的想象力,认定这神秘中必包含了美妙。这情景正是他经常幻想的奇遇,然而现在他摸不清底细,因为与他同坐在车上的两位高深莫测的人没开口说一句话。

过了一小时光景,戴维透过车窗看到车走到了一个市镇的街上。没多久,车停在一所关了门、灭了灯的房子前,一个副手走上台阶没好气地擂起门来。突然楼上一扇格子窗开了,伸出个戴睡帽的头。

"三更半夜的,是谁乱敲门?我这门不开!不分早晚往外窜,有钱也没人要赚你的。快别打门啦,走吧。"

"开门!"副手使劲嚷嚷,"快开门,是博贝尔杜依家侯爵老爷。"

"哎呀,我的天,知罪,知罪!"楼上的人叫道,"我不知道是——就怪天太晚。马上开门,这屋子随老爷怎么住都行。"

屋子里响起了解铁链下门闩的声音,大门马上洞开。银瓶旅社的店主手拿蜡烛站在门口,披着件衣,又发冷又害怕,直哆嗦。

戴维跟着侯爵下了车,一道命令下来:"扶小姐一把。"诗人遵了命。他觉得扶小姐下车时,她的小手在颤抖着。接着又是一道命令:"进来!"

他们进了店里的长餐厅,一张大梓木桌竖摆着,也很长。身材魁伟的人坐到下首的一张椅子上,那小姐倒在靠墙的一张椅子上,看来已精疲力竭。戴维站着,考虑该怎样告辞继续赶路才好。

"老爷,要是早知道您大驾光临,在下一定会早早准备。"店主人说,一个深鞠躬都碰了地,"现在只有酒,冷鸡,也——也许……"

"蜡烛!"侯爵张开一只又白又胖的手的指头,做了个他特有的手势。

"是,老爷!"店主人拿来六根蜡烛,点着了摆在桌上。

"如果侯爵大人赏光喝——喝勃艮地①,那——那一桶……"

"蜡烛!"侯爵说,又叉开了指头。

"遵命!我这就——老爷——快——快拿。"

又点了十二根,照得房间通亮。侯爵坐的靠椅还容不下他的大身躯,他上下一身漂亮的黑衣裤,但袖口和领口的褶边却是雪白的。他的佩剑的剑鞘与剑柄也是黑色,满脸瞧不起人的高傲神气,八字胡高高翘起,两端几乎碰着了傲气十足的眼睛。

那小姐坐着一动没动,这时戴维才看出她年纪很轻,有着倾国倾城之貌。他正想着她可爱又可怜时,侯爵的大嗓门儿把他惊醒了。

"你叫什么名字?是干什么的?"

"戴维·米尼奥,我是诗人。"

侯爵的八字胡翘得离眼睛更近了。

"你靠什么过活?"

"我还放羊,替我父亲看羊。"戴维答话时高昂着头,可是脸上泛起了羞色。

"好吧,羊倌诗人,你听听今天晚上阴差阳错你交了什么运。这位小姐是我的侄女,叫露西·瓦伦小姐。她出身显贵,名下一年有一万法郎收入。至于她的美貌,你亲眼看看就知道了。如果这一大堆长处能称你羊倌的心,只消一句话她就可以做你的老婆。请你没听完别岔断我的话,今天晚上我送她去孔德·维尔莫城堡,因为她早已许配给那儿。宾客已经到齐,牧师也在等着,她本要与一位又有钱又有地位的人完婚。到了圣坛前,这位温柔听话的小姐突然像一头母豹一样向我扑来,骂我冷酷无情、作恶多端,把我为她订的婚事毁了,弄得牧师目瞪口呆。我当场指天地发誓,要在离开城堡后把她嫁给我们遇上的第一个人,无论这个人是王子也罢,烧炭工也罢,贼也罢。羊倌,你就是我们遇上的第一个人。今天晚上这位小姐非嫁不可,如果

---

① 勃艮地是法国东部勃艮地所产的名贵葡萄酒。

你不愿,那就嫁给下一个。你考虑十分钟后做决定,你别对我说话或者问这问那。羊倌,是十分钟,过得飞快。"

侯爵用白皙的手指把桌子敲得咚咚响,然后他不动声色地等待着,似乎把一座大厦的门窗全关闭了,谁也不让进。戴维本想说话,但这位大个子的神态使他开不了口。他转而站到千金小姐坐的椅子边,鞠了一躬。

"小姐,你已经听我说了我原来放过羊。可是我也常想,我是位诗人。"戴维说道,心里却暗自奇怪,不知为什么在这位温文尔雅的大美人前会话如泉涌,"有人说检验诗人要看他是否爱美、惜美,现在看来,果然如此。小姐,我怎样才能为你效劳呢?"

年轻姑娘抬头看着他,眼里没有泪水,只有悲伤。他的脸显得坦率、热情,同时又因意外遇见一桩大事而庄重严肃;他的体格结实,身板笔挺;他的蓝眼睛挂着同情的泪花;而且,也许姑娘自己也正渴望有人救助;由于这种种原因,她的眼睛湿了。

"先生,"她用低低的声音说,"你一副诚恳善良相。这个人是我的叔父,唯一的亲戚。他原来爱过我母亲,现在恨我是因为我像母亲。他一直使我在恐惧中过日子,我见到他就害怕,从来不敢违抗他的意志,可是今天晚上他要把我嫁给一个年龄大我两倍的男人。先生,请你原谅,给你带来了现在的烦恼。当然,你不会干那种他想强迫你干的疯狂事。但是,你得让我感谢你说的一番同情话,很长时间里都没有谁跟我说过话。"

这时,诗人眼里有的不仅仅是同情。他肯定是个诗人,因为他把伊旺全忘了。这位新遇到的可爱佳人又年轻又貌美,把他给迷住了,她身上的清香令他不由得心潮起伏。他眼里露出一股柔情,直流向她,她也如饥似渴地领受着。

戴维说:"我本要花多年时间才能指望有的收获现在十分钟里可以得到。小姐,我不愿说我同情你:这样说不真实——我是爱你。现在我还不能请求你爱我,但是且让我把你从这个恶人手里救出来,到一定的时候会产生爱情的。我想我前程远大,不会一辈子当个牧羊人。现在我会全心全意疼爱你,减少你生活的痛苦。小姐,你愿意把命运托付给我吗?"

"哼,你的自我牺牲是出于同情!"

"出于爱,小姐,时间快到了。"

"你会后悔的,你会瞧不起我。"

"我活着的唯一目的是使你幸福,使自己不辜负了你。"

她从斗篷下伸出只柔软的小手,让他握着。

"我愿意把终生托付给你,"她说,"而且,爱情也许不像你想的那样隔得遥远。去告诉他吧。只要见不到他眼里的凶光,我也许会忘得一干二净。"

戴维站到侯爵跟前,穿黑衣服的人动了动身子,冷眼瞧瞧房间里的大钟。

"提早了两分钟,一位羊倌花八分钟决定了娶不娶一位有财有貌的小姐做新娘。羊倌,你说个明白,愿不愿意做这位小姐的丈夫?"

"小姐已经赏光,答应了做我的妻子的请求。"戴维说,仍站着,显得喜气洋洋。

"说得好!"侯爵道,"羊倌,你倒有一套巴结人的本领,本来小姐也许连这个福分也没有。事情现在就办,只要教堂和魔鬼成全你就行!"

他用剑鞘把桌子敲得咚咚响。店主人忙赶来,两腿直发颤,手里拿着蜡烛,以为老爷还想要,但又不知猜没猜对心意。"去请一位牧师来。"侯爵吩咐道,"一位牧师,听明白了吗?十分钟内把牧师请来,否则……"

店主放下蜡烛就跑了。

牧师来了,眼睛不大开,还带了些火气。他把戴维·米尼奥与露西·瓦伦结为夫妇,又把侯爵丢给他的一块金子塞进口袋,然后拖着脚步出了店门,消逝在夜幕下。

"酒！"侯爵边下令边向店主摊开不祥的五指。

"斟满杯！"酒拿来了后他说。他站到长桌的上首，烛光下看起来有如一座黑乎乎的山，既可怕，又巍峨。他的目光转向侄女时，带着异样的神情，他是记住往日的爱才产生今天的恨的。

"米尼奥先生，"他举起酒杯说，"你先听我说句话，然后把酒喝下。你今天娶的老婆会使你的日子痛苦而可悲，她是个猪生狗养的坏种，会使你丢脸，使你伤心。恶魔早缠了她的身，她的眼睛、皮肤、嘴巴都透着邪气，会自甘下贱勾引人，哪怕是个庄稼汉。诗人阁下，你已许下了让人幸福的诺言。喝酒吧，小姐，我总算是甩脱了你。"

侯爵喝了酒。姑娘嘴里发出一声呻吟，似乎是突然受了伤。戴维手拿酒杯，走了三步，正视着侯爵，看他的举止，他并不像牧羊人。

他从容不迫地说："非常荣幸，刚才你称我为'阁下'。由于我与小姐成婚，我的'现有地位'——请允许我使用这个词——与你多少接近了，所以请问我能否指望，这样我就可以在我心里想的一件小小的事情上，真把自己当成一位确有身价的人了呢？"

"你能指望，羊倌。"侯爵讥讽道。

"那么你也许会屈尊与我打一场！"戴维说着把一杯酒直朝鄙夷地看着他的一双眼倒了过去。

侯爵大人火冒三丈，怒骂一声，响得像突然吹响的一声号角。他从黑剑鞘里拔出剑，对四处乱窜的店主喊道："那儿有柄剑，给这乡巴佬！"他又转身对姑娘发出一声令她胆战心惊的狞笑，说："夫人，你给我添了个大麻烦。看来，同一个夜晚我既得给你找一个丈夫，又得使你变成寡妇。"

"我不会击剑。"戴维说。在自己的妻子面前说出这话他脸红了。

"'我不会击剑，'"侯爵学着他的腔调说，"那么我们难道要学庄稼汉的样，用梓木棍打？来呀！弗朗斯瓦，我的手枪！"

一名侍从到马车里拿来两支闪亮、镶银的大手枪，侯爵把一支扔到戴维手边的桌上。"站到桌子那头去!"他叫道,"放羊的总该会扣扳机,能有幸死在博贝尔杜侬家人枪口下的放羊人还没几个哩。"

牧羊人与侯爵面对面,各站在长桌的一端。店主吓得浑身筛糠,结结巴巴地说:"侯——侯——侯爵,看在上帝面子上!别在我店里!流不得血啊!我的生意就完……"侯爵朝他狠狠一瞪眼,他便哑了。

"胆小鬼!别再啰啰唆唆,你说得出话就给我们发口令。"

店主扑通跪倒在地上,不但不知说什么好,而且连嗓门儿也发不出声来,但看他比比画画的手势可以知道,他是在央求别动武,他还要开店,还得有客人上门。

"我来发口令。"姑娘清脆的声音说。她走到戴维身边,亲热地吻他,眼睛闪亮,面颊出现了红润。她靠墙站着,两个决斗的人举起枪等她数数。

"一——二——三!"

两支枪几乎完全同时响,烛光只跳动了一次。侯爵站着,在微笑,左手手指叉开放在桌上。戴维保持直立姿势,慢慢转过头,用目光寻找妻子。接着,他像件没挂稳的衣服,掉在地板上,倒成一堆。

成了寡妇的小姐又害怕又绝望,无力地叫了一声,跑过去蹲下来看他。她找到了他的伤口,然后抬起头,又现出了凄惨的神情。"射穿了他的心脏,"她低声道,"唉,他的心脏!"

"来吧,出来上马车!"侯爵的大嗓门儿吼着,"不等天亮我非把你脱手不可,今天夜晚一定给你嫁个活生生的丈夫。小姐,下一个我们遇上谁就是谁,强盗也罢,庄稼汉也罢。如果这条路上碰不到人,就嫁给我家开门的那汉子。出来上车吧!"

身材魁伟的侯爵已矢志不移,小姐又披上斗篷,让人莫测高深,侍从拿着武器,几个都走出店门上了等候在外的马车。沉重的车轮声响遍沉睡的小镇,渐渐远去。银瓶旅社的餐厅里,不知所措的店主望着诗人的尸体直搓手,桌上二十四支蜡烛的火焰跳动着、闪烁着。

往右的路

走出九里地,到了一个路口。一条更宽的路与这条成直角相交。戴维站住犹豫了一会儿,然后走上了右边的路。

这条路通到哪儿他不知道,但是他决定在这个夜晚要把弗洛伊远远抛到身后。走了三里,他经过一座大城堡,这里看来刚刚有过一阵子热闹。每一扇窗口都亮着灯,出了大石头城堡门,地上有一道道车轮印,是客人的车留下的。

再走九里,戴维觉得很累了。他倒在路边一堆松树枝上睡了一会儿,醒过来后又沿着这条陌生的路往前赶。

就这样,渴了喝口小河的水或者向放羊人讨杯水,饿了吃好客的庄稼人招待的黑面包,夜晚地当床,或者睡农家的干草堆,他沿着这条大路接连走了五天。

终于他过了一座大桥,踏进了向往的城市。全世界这儿造就的诗人最多,毁灭的诗人也最多。听到巴黎用低沉的音调向他反复哼着欢迎曲——由人声、脚步声、车轮声组成的欢迎曲,他的呼吸急促起来。

戴维在康蒂路一所老房子靠顶的阁楼里租了间房,坐到一张木头椅子上开始写诗。这条路上原来住的人高贵显赫,现在住的人已没落颓靡。

屋子很高,气派不减当年,但已经破败,许多房间除了落的灰尘和挂的蜘蛛网,已空空如也。入夜以后听到的是铁器叮当的撞击声,不安分的醉汉出入酒店的叫骂声。昔日贵胄名门的住地今天已乱七八糟,不成体统。但戴维钱囊羞涩,而这里正好房租低廉,他没日没夜地动纸动笔。

一天下午,他下楼买了东西回来,拿着面包、酸奶和一瓶劣等酒。黑乎乎的楼梯上了一半时,他遇上了——或者不如说撞着了,因为那人在楼梯上没动——一个年轻姑娘，很漂亮，足以打断诗人的想象。她披的那件黑色斗篷很大，敞开着，露出了里面的一件贵重长衫。她的眼神随着思绪的每一细小变化而迅速变化，片刻之间，一双睁得圆圆的、像孩子般天真无邪的眼会眯缝起来，变得像吉卜赛人的诡诈样。她的一只手撩开了长衫，露出只高跟小鞋，鞋带没系上，耷拉着。她有如天仙，不能屈尊，只会迷倒你，主宰你。也许她早看见了戴维上来，在等着他去帮一把。

唉，高贵的先生一定会原谅她挡在楼梯上，其实只为了一只鞋！捣蛋的鞋！咳，鞋带总不能不系上！哟，只要先生心好！

诗人在系鞋带时手指颤抖着，系好以后他本想逃之夭夭，但是那双眼眯起来，像吉卜赛人的一样充满诡诈，叫他拔不了腿。他靠在扶手上，紧抓着瓶酒不放。

"你真是个大好人，"她笑着说，"大概先生是住在这屋子里的吧？"

"对，小姐。我——我想是，小姐。"

"那么也许住三楼？"

"不，小姐，还要往上。"

姑娘的手指摆了摆，但这不可能是急躁的表示。

"对不起。我真是太冒昧，不该问。先生能包涵吗？我打听别人的住处，这显然不合适。"

"小姐，别这样说，我住在……"

"不，不，不，你别告诉我，现在我知道我错了。可是我还是对这房子感兴趣，对这里的一切感兴趣。原来我住在这地方，我常来这里，就为回想往日的快乐。你认为这是我的一个正当理由吗？"

"让我来告诉你吧，你用不着说什么理由。"诗人有些结结巴巴了，"我住在顶层，是……是那间楼梯转弯处的小房间。"

"是前房？"小姐问，把头侧向了一边。

"后房，小姐。"

小姐轻舒口气，像是放下了一桩心事。

"先生，那我就不耽误你了。"她说，眼睛圆而天真无邪，"好，要爱惜我的房子。哟，现在属于我的只有记忆了。再见，请接受我对你的帮助的感谢。"

她走了，仅仅留下一个微笑和一阵芳香。戴维痴痴呆呆往楼上爬，但他又清醒过来，那微笑、那芳香还伴随着他，后来似乎也一直跟着他。这位他毫不了解的姑娘使他诗兴大发，想到了佳句描绘眼睛，歌颂一见倾心的爱，赞美鬈发，吟咏穿在秀气的脚上的拖鞋。

他肯定是个诗人，因为他把伊旺全忘了。这位新遇到的可爱佳人又年轻又貌美，把他给迷住了，她身上的芳香令他不由得心潮起伏。

某天夜晚，也是这所房子，三楼一间房的桌边围坐着三个人。房内的摆设就是三把椅子，那张桌子，还有桌上燃着的蜡烛。三人中有一个身躯魁伟，穿黑衣裳。他满脸瞧不起人的高傲神气，八字胡高高翘起，两端几乎碰着了傲气十足的眼睛。还有一位是小姐，年轻美貌，一双眼既能睁得圆圆的，像孩子般天真无邪，又能眯缝起来，像吉卜赛人般诡诈，不过现在它们像所有玩阴谋的人的眼一样，露着渴望与险恶。第三位是动手干的人，一位斗士，一位大胆、急躁的汉子，满肚子火气，动辄用武力，另外两个称他为德斯罗尔上尉。

这人用拳头擂着桌子，咬牙切齿说：

"就在今晚，今晚趁他午夜去做弥撒时。我才不耐烦那些不顶用的计谋，我讨厌什么打信号、用密语、开密会这些名堂，我们要背叛就堂堂正正背叛。如果法兰西要除掉他，那我们就公开杀，不要到处忙，设圈套、陷阱。我看该在今晚，我的话不是儿戏，我的手干得出来。就在今晚，趁他去做弥撒时。"

小姐向他投过去一道赞许的目光。女人无论怎样工于心计，也会像她一样佩服鲁莽人的勇气。大个子摸摸他的翘八字胡。

"上尉先生，"他说，音量大而语气惯来柔和，"这一次我同意你的看法。等待得不到任何结果。宫廷侍卫中有足够的人站在我们这一边，干起来没问题。"

"就在今晚。"德斯罗尔上尉重复说，又擂桌子，"侯爵，我说话算话，我的手干得出来。"

"可是现在还有一个问题。"大个子声气柔和地说，"要给宫廷里我们一边的人送信，暗号要统一，陪伴銮舆的一定要是我们的最可靠的人。到了现在这时候能派谁直抵南门送信呢？南门值勤的是里博，只要把信送到他手里，一切都好办。"

"我去送信。"那小姐说。

"要劳你伯爵小姐大驾？"侯爵竖起眉毛说，"你忠心耿耿，这我们知道，但是……"

"你听我说！"伯爵小姐说着站起身，双手放在桌上，"这房子的一间小阁楼里住着个外省来的年轻人，单纯温和得跟他在外省放的羊一样，我在楼梯上遇见过他两三次。我问过他，因为就怕他住得靠我们每次碰头的房间太近。只要我愿意，他就是我的人。他蹲在阁楼里写诗，看来他对我是日思夜想。我说的话他会照办，到王宫送信派他去。"

侯爵从椅子上站起来一鞠躬，说："小姐，你没让我把话说完。我本想说你忠心耿耿，但更千金难买的是你的智慧和美貌。"

当这几个阴谋家定下大计时，戴维正在为他写的诗《楼梯上的爱神》润色。他听到有人轻轻敲了一下门，打开一看，心猛地一跳，因为他发现敲门的原来是她，气喘吁吁的，像有为难事，两眼大睁着，跟孩子一样天真无邪。

她说："先生，我来打搅你了。我知道你是个好心的诚实人，只有找你帮忙才行，我是一路上挤过人群飞跑来的。先生，我母亲已经病危。我叔叔在王宫当侍卫长，非得请个人赶快给他捎信不可。但愿我能希望……"

"小姐，你的希望就是我的翅膀，告诉我怎么到他那儿。"戴维打断她的话，眼睛发亮，巴不得为她效劳。

姑娘把一封已封好的信塞到他手里。

"你去王宫的南门。记着,是南门。对卫兵说:'鹰离了巢。'他们会放你过去。然后从南面入口进王宫,然后再说那句话,听到有人回答'它想出击就让它出击'你便把这封信交给他。先生,这是我叔叔教给我的暗语,因为现在国家动荡,有人阴谋刺杀国王,午夜以后不说出暗语谁也别想进宫。先生,有劳你把这封信带给他,让我母亲见他一面,死能瞑目。"

"交给我好了。"戴维急切地说,"不过天这么晚,你一个人回家走在街上能行吗?我……"

"用不着,用不着。你快走,片刻时间就像一颗珍贵的宝石一样贵重,以后我会感谢你的。"姑娘的眼眯了起来,像吉卜赛人的那样诡诈。

诗人把信往胸口一塞,快步下楼。等他走了后,姑娘回到下面房间。

侯爵竖起会说话的眉毛,看着她。

"他去送信了,跟他自己放的羊一样,腿快脑子笨。"

德斯罗尔上尉又一拳打得桌子晃荡。

"糟糕!"他嚷道,"我没带手枪!别的枪我信不过。"

"拿这把去。"侯爵说着从斗篷里掏出一把大家伙,镶着银,"这把最牢靠。不过你拿着千万要小心,枪上有我的纹章与徽号,我又是早就被怀疑上了的人。今晚我得远远地离开巴黎,明天要待在自己的城堡。请先,伯爵小姐。"

侯爵吹灭蜡烛,那女的裹好斗篷,与两个男的轻轻下楼,消失在康蒂路人来人往的狭窄的人行道上。

戴维一路快步,走到王宫南门,一根画戟把他当胸拦住,他对用戟尖顶住他的人说:"鹰离了巢。"

"进去,兄弟,你快走!"卫士说。

在王宫南面的台阶上的卫兵又过来拦他,但他的暗语把这些人怔住了。有一个上前说:"它想出击……"可是侍卫中起了一阵骚动,说明他们感到意外。突然,一个模样机警的人威风凛凛大步过来一把接过戴维捏在手里的信。"你跟我来。"说着，他把戴维领进了大厅，立即拆开信看了一遍。他看到一位身着步兵军官服的人正走过来，向他招招手，把他叫到跟前，说："泰特罗上尉，你把南门的侍卫全部逮捕关押，改派忠实可靠的人把守。"又对戴维说："你跟我来。"

他领戴维经过一道走廊，一间外室，进了一间宽敞的卧室，只见一张大皮革椅子上坐了个人，满面愁容，衣服也颜色暗淡，正沉思着。领路的人对那人说：

"陛下，臣曾言宫内逆贼奸细多如牛毛，陛下以为臣言过其实。此人就是乱臣贼子密谋派遣入宫的，现获得密信一封，人也已带来。臣是否言过其实，请陛下明察。"

"让朕亲自审问。"国王在椅子上挪了挪身子说。他抬起一双因起了内障而变得无神的眼睛看着戴维，诗人跪了下来。

"你是哪里人？"国王问。

"厄尔卢瓦尔省弗洛伊镇人，陛下。"

"为什么事到了巴黎？"

"我——我想当诗人，陛下。"

"你在弗洛伊干什么呢？"

"我给父亲放羊。"

国王又挪了挪身子，眼睛的内障消失了。

"嗯？是在乡下吗？"

"是，陛下。"

"你以前住在乡下，每天早上天亮出门，自己躺在青草堆里，让羊群满山跑。你喝的是徐徐流水，饿了在树荫下吃甜甜的黑面包。你肯定还能听到山鸟在树林里唱歌。是这么回事吗，牧羊人？"

戴维舒了口气，回答道："是，陛下。还听花丛中的蜜蜂唱，有时还听山上摘葡萄的人唱。"

"知道，知道，有时还会听这些人唱，可是少不了要听山鸟唱。"国王不耐烦地说，"那些鸟常会在树林里吹口哨，对吗？"

"陛下，哪儿的鸟也比不上厄尔卢瓦尔的唱得动听。我写过一些诗，想用诗来表达鸟儿的歌唱了什么。"

"这些诗你还记得吗？"国王兴致勃勃地问，"很久以前我听过山鸟唱，按鸟儿的歌写成的诗比江山社稷还要叫人喜爱。晚上你把羊赶进栏，然后坐下吃香喷喷的面包，无忧无虑，无牵无挂，是吗？牧羊人，你还记得那些诗吗？"

"陛下，我还记得。"戴维说着毕恭毕敬且有声有色地朗诵起来：

懒惰的牧羊人，你看
你的羊群在草上跳得欢；
你看枞树在微风中起舞，
你听牧羊神在吹芦笛。

你听我们在树梢鸣叫，
你看我们掠过你的羊群；
给我们羊毛吧，让我们筑起暖窝，
在树枝的……

一个刺耳的声音插了进来："启禀陛下，请让臣问这位吟诗的人一个问题，所剩的时间已经不多。臣为陛下安全深感忧虑，如陛下见责于臣，臣自甘领罪。"

国王说："多马尔公爵忠心可鉴，何罪之有？"他往椅子上一靠，眼睛又起了层内障。

公爵说："先请陛下让臣念过他带的信。"

今晚太子死去整整一年，如果他照例午夜去做弥撒为儿子的灵魂祈祷，鹰将在游乐场路出击。如他确有此打算，请在王宫西南角楼上悬一红灯，鹰认此为号。

公爵声色俱厉地说:"庄稼人,这些话你已亲耳听到,是谁叫你捎的信?"

"公爵大人,我可以告诉你。"戴维说,一副老实相,"是位小姐给我的信。她说她母亲生病,送这封信是为了叫叔叔与她母亲见最后一面。我不明白信的意图,但我起誓,她又漂亮待人又好。"

"那你描述一下她的模样,再说你怎样上了她的当。"公爵命令道。

戴维莞尔一笑,"描述她的模样!你这是强迫语言创造奇迹。她既有太阳的温暖,又有树荫的阴凉。她静似杨柳立,动如杨柳拂。你仔细观察她的眼睛,会发现它们变化多端,一会儿圆,一会儿半开半闭,好比太阳躲在两朵云间。她来时如天仙下凡,走时使你茫然若失,只留下一阵山楂花香,是她到康蒂路二十九号来找我的。"

公爵转身对国王说:"就是我们监视的那屋子。亏得诗人嘴巧,把凯贝多伯爵那贼娘们儿的模样说得清清楚楚。"

"陛下,公爵大人,我希望我拙劣的言辞没有夸大事实。我观察过这位小姐的眼睛,我可以起誓,她美如天仙,这与捎不捎信无关。"戴维说的是肺腑之言。

公爵眼也不眨地看着他,慢慢说道:"我要试试你的真假。今天午夜你就穿上国王的衣服,乘坐銮舆去做弥撒,你愿意试吗?"

戴维微微一笑,说:"我观察过了她的眼睛。我从她眼里看出了真假,你要怎么试就试吧。"

离午夜差半小时时,多马尔公爵亲手在王宫西南角窗口挂起一盏红灯。12点差10分时,戴维周身上下换上了国王的穿戴,把头埋进斗篷里,由公爵扶着,缓缓步出王宫,来到等候在外的銮舆前。公爵扶他进舆,关上门。銮舆起步了,一直向教堂驶去。

在游乐场路的转弯处,泰特罗上尉带领二十名手下人等在一所房子里,一见阴谋分子露面便立即捉拿。

113

然而，不知什么原因，阴谋分子的计划似乎有所变动。当銮舆走到离游乐场路一个十字路口的克里斯托弗路时，德斯罗尔上尉带着帮弑君凶手一拥而上，冲向銮舆。守卫銮舆的侍卫尽管没有料到事情提前发作，还是下车奋战。喊杀的声音惊动泰特罗上尉的一帮人，忙飞奔而来救助。然而就在这时，德斯罗尔这亡命之徒已撞开王驾车门，把武器顶着车里黑乎乎的身躯并开了火。

接着，忠于王上的增援人员赶到，街上只听到一片喊杀声和刀剑的叮当声，但马受了惊，狂奔而去。銮舆的坐垫上躺着那位假扮国王的倒霉诗人的尸体，他是中了博贝尔杜侬侯爵的手枪子弹身亡的。

当中的路

走出九里地，到了一个路口，一条更宽的路与这条成直角相交。戴维站住犹豫了一会儿，然后坐到路边休息。

他不知道两个方面的路通向何处，似乎每个方向都充满希望又危机四伏。坐下以后他瞧见了一颗明亮的星，他和伊旺曾说这颗星是属于他们的。这一来他思念起伊旺，怀疑自己是否过于莽撞。为什么他要为两人拌了几句嘴而离开地、离开家呢？难道爱情当真脆弱，最能证明它的嫉妒也能叫它完蛋吗？夜晚小小的烦恼到早上总是不医而愈。他回家还来得及，酣睡的弗洛伊镇谁也不会知道。他的心是属于伊旺的，在他土生土长的地方他可以写诗，可以找到他的快乐。

戴维站起身，摆脱了烦恼，浇灭了离家时的火气，他转身面朝来的那条路。当他重新回到弗洛伊镇时，远走高飞的打算全没有了。他经过羊栏，羊听到他迟迟归来的脚步声乱窜起来，像在轻轻地乱敲鼓，这家乡熟悉的声音使他感到心里暖烘烘的。他悄没声地溜进自己的小房间，躺了下来，暗自庆幸这天晚上逃脱了完全陌生的路上的苦难。

他真了解女人的心！第二天晚上，伊旺到了路旁年轻人聚在一起听牧师讲道的井边。她斜着眼在找戴维,虽然嘴紧紧地闭着没动,似乎不想饶人。他看见了她的目光,没害怕她的嘴,在一道回家的路上,从她嘴里得到了一句后悔的话,后来,又得到一个亲吻。

三个月后他们结婚了。戴维的父亲是个精明能干的人,又家业兴旺,他为他们举行了隆重的婚礼,九里路外都有所风闻。两个年轻人在镇上都人缘好,街上贺喜的人成群,他们在草地上跳起了舞。为了使客人尽兴,他们从德罗请来了木偶剧团和杂技团。

一年后,戴维的父亲去世了,羊群和房子归了戴维。他的妻子在全镇是最贤良的。伊旺的奶桶和铜壶闪闪亮。你要是出太阳时从桶边、壶边过,你等着瞧,它们会照得你眼发花!但你的眼睛保准离不开她的院子,因为她的花坛又整齐又花儿鲜艳,你不瞧也得瞧。你还可以听到她唱歌,歌声一直远远传到铁匠佩雷·格鲁诺门前的板栗树,他打铁的声音也望尘莫及。

然而,有一天,戴维终于从久久没打开过的抽屉里拿出了纸,开始咬铅笔头。春天又来了,激荡着他的心。他肯定是个诗人,这时间他几乎把伊旺忘了。回春的大地真美丽动人,以它的魔力和姿色迷住了戴维,树林里、草地上的清香使他心旷神怡。本来每天他赶着羊出门,晚上平安回家。但现在不同,他躺到小树下,冥思苦想着在纸上写写涂涂。羊四处乱走,诗难写时羊肉便易吃,狼见有机可乘,大胆蹿出树林把小羊偷走了。

戴维的诗越写越多,他的羊却越放越少。伊旺的肝火上升,话变得难听。她的锅、铜壶失去了光泽,眼倒冒起火星来。她正告诗人,由于他漫不经心,羊越来越少,一个家越来越糟。戴维雇了个人放羊,干脆闭门不出,守在楼上的一间小房里写诗。戴维雇的人本也有诗人的天性,但不具备写诗的本领,靠睡觉打发时间。狼马上发现贪睡的与爱写诗的没两样,于是,羊日渐减少。伊旺的火气是日渐增加。有时候她会站在院子里,对着楼上的窗口骂戴维,骂声远远传到铁匠佩雷·格鲁诺门前的板栗树,他打铁的声音也望尘莫及。

公证人帕皮诺先生是位又好心又精明、百事都管的老汉,一切都逃不过他的慧眼,当然也看到了这一家。他登门找到戴维,使劲吸了一口烟,说:

"米尼奥朋友,你父亲结婚证上的大印还是我盖上的。如果弄得我非得在一张宣告他儿子破产的文书上签字作证不可,那会叫我伤心。但作为你的老朋友我得进一言,你再下去就会这样。我知道,你一心迷上了诗。我在德勒有个朋友,姓布里尔——名字是若尔日·布里尔。他满屋子是书,住的地方倒只有一小块。这人很有学问,每年都要去巴黎,自己也写了书。他能告诉你罗马的墓窖是在什么时间修建的,怎么辨认天上的星星,为什么千鸟嘴长。他对诗歌的意与形内行就像你对羊的叫声内行一样,我写封信把你介绍给他,你把你写的诗带去请他看看,这样你就能知道你该把诗继续写下去呢,还是该把心思放到妻子和家业上来。"

戴维说:"那您就写吧,可惜的是您没早说起这件事。"

第二天早上太阳刚露面,戴维夹着一大卷珍贵的诗稿踏上了去德勒的路。中午时分,他已在布里尔先生的门口掸鞋子上的灰了。这位满腹经纶的人拆开帕皮诺先生信上的封口,戴上眼镜慢慢地看着信,就像太阳慢慢地晒干水。他把戴维领进书房,让他坐在四周被书海包围的小岛上。

布里尔先生善体人心,见到足足有伸长了的指头厚又卷得乱七八糟的手稿也没皱眉。他把稿卷放在膝上摊开谈了起来,他什么都没放过,一页页往下看,就像钻果果实里的虫,不爬到果心里不罢休。

这时间戴维像是坐着船在广阔的文学海洋里漂,船让海浪抛来抛去,他只听见海在咆哮。在这片海上航行他既没有海图,也没有指南针。他心想,世界上肯定有一半人在写书。

布里尔先生一直看到诗稿最后一页,他取下眼镜,用手帕揩揩。

"我的老朋友帕皮诺身体好吗?"他问。

"好极了。"戴维答道。

"你有多少只羊,米尼奥先生?"

"昨天数过,三百零九。羊倒了大霉,原来有八百五十,现只剩这个数了。"

"你娶了亲,有个家,日子也过得舒服,羊带给你的好处很多很多。你赶着羊到野外,呼吸的是新鲜空气,吃的是称心的甜面包。你只要精心看着它们就行,边看边躺在大自然的怀抱里,听树林里山鸟叫。我这些话说得对吗?"

"是这样的。"戴维答道。

"你的诗我全部看过了。"布里尔先生又说道,两只眼望着他的茫茫书海转来转去,好像要望出什么宝贝来,"米尼奥先生,你往窗外看看,那树上有只什么?"

"我看到一只乌鸦。"戴维一看,说。

布里尔先生道:"是一只鸟,还是多亏了它,要不然我只得多费些口舌。米尼奥先生,你认识那只鸟,它是空中的哲学家。它安心乐命,所以心情舒畅。它眼睛灵活,步子轻快,没有谁比得上它快活、吃得饱,它的欲望田野都能满足。它从没有因为羽毛不及夜莺的鲜艳而苦恼。米尼奥先生,上天给它的歌喉你该听见了吧?你认为夜莺比它快活吗?"

戴维站了起来,乌鸦在树上粗声粗气呱呱叫着。

戴维慢吞吞说道:"布里尔先生,我感谢你。只不过,那些东西全是乌鸦叫,就没有一声夜莺唱吗?"

布里尔先生叹口气,说:"如果有我一定会听见。我每个字都看过了,老弟,你的诗就在生活里,别再动笔写吧。"

"谢谢你。"戴维又说,"我这就回家去放羊。"

"要是你肯留下跟我吃中饭,又不怕忠言逆耳,我可以详细向你说说道理。"那位学者道。

诗人回答说:"不用了。我就回到田野里,像乌鸦一样安心乐意,就守着我的羊。"

在回弗洛伊时,他手夹着写的诗,一路上脚步沉重。进镇以后他走到一家店,店主姓齐格勒,是亚美尼亚来的犹太人,凡能到手的货他都卖。

戴维说:"朋友,森林里的狼搅得我的羊在山上不得安宁。要不让羊受害我非得买枪不可,你有什么枪呢?"

"这一来今天我得倒霉,米尼奥朋友。"齐格勒把双手一摊说,"看来我卖给你的枪得十成货色一成价钱。上星期我刚从一个游动商贩那儿进了一车货,他是在王上侍卫守着的拍卖场买来的。大拍卖的东西是一位大贵族的城堡和财产,我不知道他是什么爵号,又听说他想谋反,被放逐了。卖出去的东西里有几件是好武器,这支枪——来,你看,够得上给王子佩带!卖给你只要四十法郎。朋友,这笔买卖我要倒赔十法郎。不过呢,火绳枪……"

"就这一支吧。"戴维说,把钱扔到了柜台上,"有子弹吗?"

"我还没有上。"齐格勒说,"你再拿十法郎,连火药和弹丸就都有。"

戴维把手枪插进上衣里,回到自己住的屋子。伊旺不在家,近来她爱走东家、串西家,但厨房里的炉子还烧着火。戴维打开炉门,把他写的诗塞进了煤炉里。纸烧旺以后炉子唱起歌来,因为装了气管,声音很粗。

"这是乌鸦叫!"诗人说。

他走到楼上的房间里,然后关上门。镇上很安静,好些人听到了大手枪砰地一响。他们赶到枪响处,见烟从楼上冒出来,都上了楼。

一个男人把诗人的尸体抱到床上,笨手笨脚地摆好,没让这只可怜的黑乌鸦露出破羽毛。女人七嘴八舌说着惋惜话,有两个跑去给伊旺报信。

事事爱管的帕皮诺先生也是首先到场的人。尽管悲痛,他仍不失为行家,捡起枪一看发现了镶的银雕。

"枪上有博贝尔杜依侯爵的徽号。"他对身旁的牧师说。

口哨大王迪克的圣诞袜

　　口哨大王迪克小心翼翼、轻手轻脚地推开车厢的后门。市政府法令第五千七百一十六条规定可以（也许这不合宪法）逮捕嫌疑分子，而他近来已熟知这一条的厉害。所以，他像一名沙场老将般心细，下车厢前先要向四周扫一眼。

　　这座既大方又长期吃着苦头的南方大城市到天冷的时候是流浪汉的乐园，与他上次来相比看不出变化。车停在长堤上，堤上黑乎乎一堆一堆放着的全是货物。微风吹来一阵阵盖在包上、桶上的旧油布那熟悉而难闻的气味，混浊的河水在船的夹缝中哗哗流过，水面漂着层油。流到远处的沙尔梅特河拐了个大弯，他看得出来，因为拐弯处亮着排电灯。河对岸是阿尔及尔，像一长条不成形的墨迹，而且在远处天边曙光的衬托下颜色显得更深。一两艘拖船真可谓勤劳，一大早就来接到港的船。拖船尖声鸣叫了阵汽笛，像是报晓。意大利的帆船慢慢靠岸了，满载新鲜蔬菜和贝类。隐隐约约还有一种隆隆的声音，开始响起来，一听就知来自地上，那是马车轮和电车轮发出的。玛丽·安水上运输公司的渡船憋着一肚子闷气起动了，开始做每天早上伺候人的差事。

　　口哨大王迪克戴红帽子的头突然缩回了车里，眼前冒出了一个他不敢多看的有神通的庞然大物。原来是名个子特大的警察，他从一堆米袋后钻出来，站在离车不到二十码处。阿尔及尔上空黎明每天创造的奇迹也引起了这位市府要员的兴趣。他目不转睛、神态庄重地注视着,直到发亮的彩霞渐渐消失,才把宽阔的背转过去。看来他认为没有必要动用法律干预,太阳会平安无事升起,所以他现在已面朝米袋。他从里面衣袋里抽出一个方形小手电,放到嘴唇边,望着天空出神。

口哨大王干的这行就是东奔西跑,与他算半个朋友,以前他们夜里在长堤上相遇过几次。警察爱好音乐,曾经欣赏过这位无所事事的流浪汉美妙的口哨。然而,现在这场合口哨大王不愿见熟人。在寂寞的码头遇见警察吹几首歌给他听是一回事,爬出货车时让警察抓住又是一回事。所以迪克等着,因为就是新奥尔良的警察也不会老待在一个地方不动(也许这是上天的一种制约手段)。果然,没多久警察大人就消失在两行车流中。

口哨大王迪克直等到他认为平安无事了时才赶快溜下车。他装出一副每天出来卖劳力的本分劳工模样,穿过铁路网,想从冷落的吉罗德街到拉斐特广场,坐到条长凳上等一个事先约好会面的人。这个冒险家外号"滑头鬼",见一节载牲口的车一块木板松了,趁机钻进去,比他还先一天到。

有股难闻的霉味的大仓库睡意仍然未醒,口哨大王迪克在仓库区走着走着吹起让他赢得了这个美名的口哨来,声音轻而清晰,每个音符都像食米鸟的叫声那样真切动听。声声口哨碰到冷冰冰的高砖墙上,像滴滴雨水洒进了水潭里。他模仿了一种风格,又青出于蓝而胜于蓝。你仿佛听到了山间溪流淙淙在响,露出冰凉的浅水的灯心草微微在颤,要入睡的鸟儿轻轻地叫。

转过一个街角,口哨大王撞上一个大个子,穿身钉铜纽扣的蓝制服。

大个子很随和地说:"你又回来啦?没过两个礼拜霜才不会打哩!你都忘了口哨该怎么吹,最后一个小节有个音吹错了。"

"警察也对这个内行?"口哨大王迪克用对老熟人说话的声气问

道,"你只懂点德国乐队的一套。①警察也懂音乐?你竖起耳朵再听听。我是这样吹的,知道吗?"

他噘起嘴唇,但大个子警察抓住了他的手。

"等等,你先学点正道。"他说,"石头滚的声音一个钱也不值,这你得明白。"

大个子的八字胡变成了一个圆,圆洞的深处发出一个柔和的声音,像只短笛在吹奏,他仿照流浪汉吹的风格反复吹了几个小节。他的批评不讲情面,但是正确。他还着重指出了他挑剔的那个音错在哪里。

"那个音是本位音,不是降半音。顺便告诉你吧,今天我看到你要算是你的运气。再过一个钟点,我就要让你蹲到笼子里去吹啦。上面有话,出太阳以后把所有流浪汉都要收拾起来。"

"收拾谁?"

"收拾流浪汉,凡没有落脚的地方的都算。一关就三十天,要不罚十五块。"

"你是说正经话还是跟我开玩笑?"

"我这是好言相劝。我给你透个信儿还是看你没别人那么坏,另外就是看你吹《保卫自由》吹得比我好。你转个弯碰上别的警察就糟啦,还是到市外躲几天吧。再见!"

每年有一帮乱七八糟的陌生人到新奥尔良,躲到它的卵翼之下,现在这位好妈妈终于不愿再干了。

大个子警察走了以后,口哨大王迪克站着犹豫了一会儿,心里又恼又恨,因为他这位不守规矩的房客被勒令滚蛋了。原来他想得美,以为只要与他的朋友会了面这天就万事大吉,他们可以在码头闲逛,饱尝水果船卸货时落到地上的香蕉和椰子,然后到免费食品柜②去大吃一顿,那儿的店主人个个随和,不知是由于心好还是大方,绝不会撵

---

① 从原文看,这名警察说话带很重的德国口音。汉语是方块文字,译文无法表现出原文的语音特色。

② 美国昔日有由酒吧或沙龙供应用来招揽顾客的免费食物。

他走。吃过了到还开着花的小公园里抽斗烟,再上码头哪个偏僻角落睡上一觉。但现在下了硬性逐客令,他知道逐客令不可违。他把机警的眼睛大睁着,没见到闪光的铜纽扣,转身往郊外躲。在乡下待些日子肯定没关系,除了霜冻使人有些难熬,别的倒不大可怕。

然而,口哨大王迪克沿河走过老法国市场时,已灰心丧气。为保安全,他在众目睽睽下还得装样,仿佛就像正经工匠去做工。市场上有个摊主眼尖,用对他这伙人的俗称叫了他一声,使他这位"杰克"①吃了一惊,忙停住脚步。摊主见自己果然有眼力,得意扬扬,打发了他一段腊肠、半块面包,这一来早餐的问题也就解决了。

由于地形关系,后来街道离开了河岸,迪克于是爬上长堤,在熟悉的路上继续走。市郊也以怀疑的冷眼对他相看,路上遇到的人个个板着面孔,与市内的法令一个样,没心肝。他念起市里熙熙攘攘的人群的好处,正因为人多,他总是觉得安全。

不停地走出六里地后到了沙尔梅特,这一大片叫人眼花缭乱的工业区却跟他一下子闹起别扭来。这儿在建一个新港,码头正在施工,气压机已经竖了起来,四面八方是挥动的镐、铲,来来往往的手推车,他见了就像是四面八方有蛇在向他爬来。一个神气十足的工头直冲他走来,眼瞅着他的健壮肌肉,似乎要把他当壮丁抓。他身前身后深褐色皮肤的、黑皮肤的人在不停地卖苦力。他吓倒了,夺路而逃。

中午他到了一片庄园区,也与大河相连,但冷清清一派无边的寂寥景象。他举目一望,辽阔的甘蔗田最远处竟与天空相连。正逢榨糖旺季,砍蔗人在忙碌着,大车跟在他们身后嘎吱嘎吱有气无力地响,赶车的黑人用浑厚、好听的嗓门儿吆喝着骡子快走。在蔗田远处隐隐约约见到有深绿色的树丛,那儿肯定是庄园上的住房。糖厂高高的烟囱在数里外都可望见,好似海上的灯塔。

口哨大王迪克的鼻子灵敏,嗅到不知什么地方飘来的一股油炸

---

① "杰克"即是对流浪汉的俗称。

鱼香。猎犬没有找不到鹌鹑的,他下了长堤,径直朝世代打渔的淳朴渔民住的帐篷走。他又吹歌又讲故事,让这些人着了迷,混到了一顿饭,而且被待为上宾。然后他躺到树下,一觉打发了一天中最难熬的三个小时,真是会过日子。

醒来后他又上了路。叫人睡得暖融融的白天一过,空气中出现了降霜的迹象。外来客对寒夜的征兆脑子里有了反应,加快脚步,想找一个栖身之地。他在堤脚沿着一条随长堤延伸起伏的路不停地走着,但并不知道会跑到什么地方。一路是灌木和茂盛的野草,把车辙都盖住了。伏在草里的虫一窝蜂跟着他,还一齐恶狠狠地尖声嗡嗡叫。夜色越来越深,虽然天气也越来越冷,蚊子却贪婪而心急,乱哄哄直嚷,盖过了其他声音。他右边的天幕下出现了一盏绿灯,在动。跟着动的是桅杆和烟囱,像银幕上幻灯片的桅杆和烟囱,一艘大船开来了。他左边是神秘的沼泽,沼泽里有奇怪的咯咯声和低沉的嘎嘎声。善吹口哨的流浪汉听了这些声音心烦,吹起了支轻快的曲子解闷。在这种荒凉冷落的地方,自从牧羊神在草上跳过快步舞以来,这种音乐还从没有听过。

他身后远处传来嘚嘚声,没一会儿,听清了原来是急促的马蹄响。口哨大王迪克闪到一旁起了露水的草上,让开道。回头一看,是匹漂亮的灰色高头大马拉着辆四轮双座马车过来了。一个白八字胡胖大个子坐在前面座位上,眼睛死死盯着手中的缰绳。他身后坐着个文静的中年女人和一个尚未成年的漂亮女孩。赶车人膝盖上的膝布滑落开了,口哨大王迪克看到他的两只脚夹着两个大帆布袋,正是他浪迹都市时亲眼见人在银行门口搬上货车的那种袋子,车里还堆满大大小小形状不等的包。

路边有人马车也飞奔而过,但那长着对明亮的大眼睛的女孩一时心血来潮,竟然探出身子,向他露出甜蜜动人的微笑,用尖嗓门儿热情地喊道:"圣——诞——快——乐!"

这种情况口哨大王迪克不常遇到,一时还不知怎样回答才好。时间不允许他多想,他只本能地抓起破礼帽,一下摊开双手,又慢慢收回来，对飞跑而去的马车大声然而只是应酬似的嚷着："你好啊！"

就因为女孩这个突然举动，一个小包松开了，掉下件软软的黑东西。流浪汉拾起来一看，原来是只新黑色丝袜，又细又长又漂亮，已经压皱了，但手感柔软舒适。

"这宝贝小丫头！"口哨大王迪克在想，乐得雀斑脸笑开了花，"还真没想到有这种事！圣诞快乐！声音像杜鹃鸟钟那么好听，这些人可真够意思。叫你相信不相信，那老兄包里的东西还会掉下来让路人捡，就像丢个发干的苹果不值钱。圣诞节去买东西，小家伙掉了只新袜子，我看她到时候挂什么！这宝贝小丫头！她叫'圣——诞——快——乐'！你猜怎么来着！等于是说'喂，杰克，你过得怎么样'？多叫人高兴，我好比去了趟最热闹的大马路，好比美餐了一顿。"

口哨大王小心地叠好袜子，塞进口袋里。

过了将近两小时，他才看到房屋。路一拐弯，一片庄园出现在眼前。有一所大房子成正方形，左右有厢房，窗子多，又大又明亮，还建了游廊贯通前后，他一眼认出，这是庄园主的住房。它坐落在一片平整的草坪上，屋子里的灯光远远射来，隐约可见。四周有亭亭如盖的大树，沿墙和围栏还种着灌木，也长得非常茂盛。帮工的住地和机房、厂房在后面，与这所房子还隔着段距离。

走到这时，路两边有了护栏，不一会儿口哨大王就靠近了那片房屋。突然他收住脚步，用鼻子嗅着。

"要是这附近没有一帮流浪汉在炖好吃的，我的鼻子算是白长啦！"他心里在想。

他毫不犹豫地翻过护栏，往香气飘来的方向走，结果到了块堆着旧砖块和废烂木头的地方，显然这地方现已派不上用场。在角落里有火在烧着，不旺。原来，还只是一堆燃着的煤。火四周有几个人，或坐或躺。他走近时，火光突然一亮，使他看清了一个人。是个胖子，穿件旧褐色毛衣，帽子也是旧的，褐色。

"这家伙与波士顿·哈里没两样，让我吹吹口哨试试他看。"口哨大王迪克轻声自言自语着。

他用爵士音乐的曲调吹了一两个音节,这些人应声和起来,最后以独特的急奏结束。第一个吹起口哨的人信心十足地走到火边,胖子抬起头,大声然而上气不接下气地说:

"各位,这位受欢迎的不速之客是口哨大王迪克先生,我的老朋友,我担保绝对可靠。当差的要多摆份餐具,请大王先生跟我们一道进晚餐。有他光临,我们这顿饭会吃得高高兴兴。"

"波士顿,你又咬文嚼字啦!"口哨大王迪克说,"不过我还是得谢谢你请我的客,我跟大家在一起也非常高兴。今天早上一个警察给我透了风,你们在这地方干活儿吗?"

"客人没吃饱肚皮千万别得罪了主人。"波士顿口气严厉,"这是规矩。干什么活儿!——不过我会适可而止。我们五个——我,聋子皮特,眨眨眼,护眼镜,还有印第安人汤姆——商量好了一个主意,到新奥尔良专找街上那些外地来的人下功夫。昨天下午,晚霞刚落到大地,我们就上路了。眨眨眼,你把你左边那只空牡蛎罐头给你右边这位空着手的先生。"

接着,这帮行踪无定的人专心致志吃起饭来,吃了十分钟。空地上原来乱丢着一些罐头,他们把里面的土豆、肉、洋葱搜罗起来,放进一个五加仑装的大煤油罐里,煮了一罐。

口哨大王是近来认识波士顿·哈里的,知道他机灵过人,在他那帮弟兄中最有造化。他看起来像个生意兴旺的牲口贩子,也像乡下来的实力雄厚的商人。他的又胖又大又结实,脸红扑扑的,天天刮得精光。衣服料子结实,穿着整洁,对那双非常体面的鞋更是倍加爱护。过去十年里,他行骗有方,认识他的人个个望尘莫及,从来没有哪一天失过手,同伙的人都说他已积了一大笔钱。另外四个鬼头鬼脑,衣服不像样,有股臭味,明摆着是些"可疑分子"。

大罐子吃了个底朝天,煤火又吹旺了。有两个人把波士顿拉到一边,轻轻说了件机密事。波士顿赞同地点点头,然后对口哨大王迪克说:

"你听着，好小子，对你实话实说吧，我们五个有笔买卖。我已替你做了担保，得了利益你与弟兄们平分，但你得出把力。明天上午这个庄园的二百名帮工要发一星期工资。明天是圣诞节，这些人想歇一天。老板说：'从早上5点干到9点，把一火车甘蔗装好车，我给你们每人发这星期的工钱和一天的加班费。'这些人说：'老板，行呀！我们干。'今天他赶车到了新奥尔良，取回了硬邦邦的钱，有两千七百四十五元。这个数目我是从一个快嘴那儿听说的，快嘴又是从管账的那儿知道的。庄园的老板以为这笔财富会发给为他干活儿的人，他打错了算盘，他会让我们白得。不干活儿的才有钱得，历来如此。先讲清楚，这笔买卖一半归我，另一半你们几个平分。为什么你我有区别呢？因为出谋划策的是我，这一招是我想出来的。我们弄到这笔钱的办法是这样的：屋子里现在有客人在吃饭，但到9点左右会走，他们来了才一个来钟头。即使他们没这么快走，我们的计划一样能实行。这么多钱要搬整整一晚，重得很。9点左右，叫聋子皮特和眨眨眼到房子下面不远的地方去，在那片还没动手砍的甘蔗地里放把火。现在风大，过两分钟便会烧得呼呼直叫。再那么吆喝一声，这地方大大小小的人都要赶去灭火，这一来房子里就只会剩下钱袋和女人让我们收拾。你听到过甘蔗地烧起来有多响吗？等着瞧吧，火噼噼啪啪，几个女人的叫声还能听得见？没那么大嗓门儿！这件事万无一失，怕只怕拿了钱没走多远让人逮住。现在如果你……"

"波士顿，"口哨大王迪克站起身打断他的话，"谢谢你们几位给了我一顿吃的，可是我得走啦。"

"你这是怎么啦？"波士顿也站起身，问。

"没什么，就是这事你们别把我拉扯上，这你也知道。我虽然也四处流浪，但这种事情可不干，偷东西不行。再见了，多谢……"

口哨大王边说边走，但没出几步突然停住了，波士顿拿着把大口径手枪对准了他。

"你给我坐下，"流浪汉头目说，"老子要是让你跑了毁了这件事，算老子是狗熊。你就待在这地方，看我们把事情办完。以那堆砖头为界，走出一步我就一枪收拾了你，你给我老实点吧。"

口哨大王迪克说："我就这个样，好说。你把枪口放下，让他们几个去干他们的事。我不走，像报纸上说的，还'在你们中间'。"

他说着走回来坐到那堆木头的一块木板上。波士顿放下手枪，说："这就行啦。记住，别想溜。这样的机会难得，就是要开枪打死个老朋友我也在所不惜。我并不想无缘无故动手伤人，不过为了这一千块，也得横下一条心干。以后我再也不想四处流浪了，打算到我知道的一个小镇上开个酒店，这么东奔西跑我已跑够了。"

波士顿·哈里从口袋里掏出块廉价银表，凑到火边看看，说："9点差15分。皮特，你跟眨眨眼现在就动手。顺这条路走，过了房子放火烧甘蔗地，要多放几把火，放了往堤上跑，从堤上再回来，别走大路，这样就不会遇上人。等你们回来时，那些人都去灭火了，我们只管进屋子捞钱。谁身上有多少火柴，一根一根全都拿出来。"

两个流浪汉马上动手把在场人的火柴全搜集拢来，口哨大王也贡献了他的一份，动作特别快。然后，他们俩在暗淡的星光下朝大路走去。

三个剩下的流浪汉中，护眼镜和印第安人汤姆两个懒洋洋地歪倒在木板上，盯着口哨大王迪克，眼神里明显流露出恶意。波士顿见不肯入伙的人还安分，松了口气。口哨大王迪克过一会儿站了起来，来回信步走着，但始终没敢越出雷池一步。

"这庄稼汉恐怕不会让你知道他家里放了钱吧？"他说着在波士顿·哈里跟前停了下来。

波士顿答道："什么事我都摸得一清二楚。我知道，他今天赶车到新奥尔良把钱取来了，现在你该回心转意跟着干了吧？"

"谈不上，我只不过问问罢了。他赶车用的是什么马？"

"两匹灰马。"

"是四轮双座马车？"

"正是。"

"车上有女人吗？"

"有老婆孩子，你说说，你这是为哪家早报在采访新闻？"

"我是闲得无聊才问问，今天下午天快黑时我在路上遇见辆车，大概就是这一辆，没别的。"

口哨大王迪克站在火边又吹起轻重分明的曲子来，伸手往袋里一摸，摸到了路上捡到的那只丝袜。

"这宝贝小丫头！"他脱口而出，笑裂了嘴。

他来回走时一看，只见庄园主的住房在大约七十五码外。当中还隔着树，他是透过树干的空隙看到的。朝他的这一面有大窗户，灯光通亮，照见了宽阔的游廊，还照见一片草地。

"你说什么来着？"波士顿厉声问。

"哦，没说什么。"口哨大王迪克答道，悠闲地走来走去，故意踢起地上的一块小石头。

嘴不停地在吹的流浪汉心里还想着："真是大方，不怕生人，又棒得很，还说'圣——诞——快——乐'。还真没想到会有这种事！"

贝尔米德庄园餐厅里正在开席，比预定时间晚了两小时。

餐厅和餐厅里的一切都古色古香，是家传的，而不是仿古的。餐盘十分贵重，历史悠久，式样奇特，没有一点时髦气息。墙上的画有名人在角落上签过名，吃的东西叫美食家也叹为观止。跑腿的仆人动作快，嘴不出声，上的菜很丰盛，保持了仆人和菜盘都被当成财产的时代的风尚。庄园主一家与客人的姓氏都是已载入两国①史册的家族的姓氏。他们的举止与言谈是很不随和的，可以说到了拘泥的程度。庄园主本人似乎兴致最浓，话最多，座上年岁比他轻的人要抵挡他的谈锋难而又难。为了赢得女伴的夸奖，年轻人的确曾多次想与他较量，但即使在瞄准了

---

① 原文在下文中出现了法文，所以两国该包括法国。但另一国是指英国或美国，从文中难以判断。

才放出箭时，庄园主答过话后便发出雷鸣般的大笑，叫人招架不住，只好认输。桌子上首是文静、和蔼可亲的女主人，她不时对这位或那位微微一笑，或者说句得体的话，或者投过一道赞许的目光。

在座人的话题太杂太散，无须细表，但最后谈到了流浪汉这个祸害，最近方圆若干里内的庄园都吃到了苦头。庄园主马上借题发挥，把嘴上的火力射向女主人，说她火上浇油。他道："每年冬天这些人沿河上下成群结伙，他们遍及新奥尔良，容不下的归了我们，而最坏的十有八九正是到我们这儿的人。早一两天新奥尔良发现让这支流浪大军已搅得过不了日子，突然对警察下了一道命令：'把他们统统抓起来。'警察抓了一二十个，剩下的三四千跑到了大堤上，可是这位太太（他用切肉刀不满地指指女主人）还给他们东西吃。这些人不干活儿，与我的监工作对，跟我的狗交朋友。太太，你当着我的面给他们吃的，我想阻拦你还要恐吓我。你说说看，今天你对多少人行了好，纵容他们以后游手好闲干坏事呢？"

太太想了想，一笑，答道："我记得有六个，可是他们有两个表示要帮着干点活儿，这是你亲耳听见了的。"

庄园主叫人招架不住的笑声又起。

"没错，干他们的本行。一个是扎花的，一个是吹玻璃的。哼，他们是想找工作！他们就没一个人表示愿意干体力活儿。"

好心肠的女主人说："可是另外一个说话文雅，在这帮人中间的确罕见。他还有块表，原来住在波士顿。我不相信他们个个都坏，我总认为这些人是受的教育不够。我看他们虽然胡须不停地长，但脑子没有开化，还像孩子。今天傍晚我们赶车回来遇上一个，不但脑子没开化，脸上还带稚气。他在吹《克瓦勒里厄》的插曲，吹出了马斯卡尼①乐曲的风格。"

坐在女主人左边的一个大眼睛少女把身子凑过来悄悄说道：

---

① 马斯卡尼（1863—1945），意大利歌剧作曲家。《克瓦勒里厄》为其著名独幕剧。

"妈妈,我猜我们路上遇到的流浪汉一定捡到了我的袜子,你想他今天晚上会挂起来吗?现在我只能挂一只。我的袜子有很多,你知道为什么我还要买双新丝袜?原来呀,是米迪阿姨说,如果你挂两只从没穿过的袜子,圣诞老人就会在一只袜子里装上好东西,庞姆先生往另一只里装,是不是好东西要看你圣诞节前一天说好话还是坏话,句句话都有报应。所以今天我对谁都特别好,特别有礼貌。你知道,庞姆先生有魔法,他⋯⋯"

女孩的话被一件意外的事打断了。

仿佛是烧尽了的流星的灰烬闯了进来,一团黑东西从窗而入当啷一声,落在桌上,把好些玻璃器皿与瓷器打成亮晶晶的碎片,反着光,光从并排坐着的客人间隙中穿过,照到墙上,墙上的光影看起来像一把大锯子,锯齿又深又圆,形状可怕,连今天到贝尔米德的客人听主人说起这件事都忍不住往墙上看。

女人用各种音调尖叫着,男人一跃而起,要不是时代已经变迁,他们准会拔出佩剑。

庄园主最先镇定下来,一把抓起射进的飞弹,放到眼前细看。

"好家伙!"他叫道,"下了一阵陨石!难道说现在人跟火星就建立了往来?"

"不对!应该说是金星①。"一位年轻的客人顶撞道。他满怀希望地朝几位还没答话的年轻女宾看看,就等她们夸奖他说得妙。

庄园主伸长手让这位不懂规矩的客人看,原来是只黑色长袜子。
"里面有东西。"他说。

接着,他把袜子翻了过来,袜子里掉出一块圆圆的小石头,外面包了层发黄的纸。他嚷道:"这是本世纪的首次星际传书。"他又对围在他身边的人点点头,若有其事地挪挪眼镜,仔细看着。刚一看

---

① 金星的英文为Venus,但该词又指罗马神话中美丽可爱的女神维纳斯。年轻人这话是一语双关。

完,他摇身一变,从一位谈笑风生的主人变成了果断的实干家。他马上摇响铃,对闻声轻手轻脚赶来的混血种仆人吩咐:"先叫韦斯利先生找里夫斯·莫里斯和十个他们信得过的精壮人手马上到前厅门口,叫他嘱咐这些人配备武器,多带绳索,拉犁的绳也带上。叫他赶快。"说完,他把纸上写的话大声念了出来:

房主:

　　路边旧砖堆空地上有五个坏蛋流浪汉,不算我。他们用枪逼着我动不了,我用这法子报信。有两个到你屋下甘菜地放火,等你们去救火时,他们就到你家抢钱。抢你发的工钱。麻翻你对路上掉了娃子的小孩说圣蛋快乐,她对我说了圣蛋快乐。先到路上抓放火的,再派人来答救我。①

口哨大王迪克

接着半小时内贝尔米德的人悄悄地、迅速地采取行动,结果,几个居心不良的流浪汉落网,牢牢关在空闲不住人的屋子里,个个垂头丧气,就等天明后的报应。第二个结果是来客中的青年男宾由于英勇立功,受到女宾交口称赞,捧上了天。第三个结果你自己瞧吧,英雄迪克成了庄园主的座上客,饱尝从未吃过的美味佳肴,侍候奉承他的还是漂亮的名门闺秀,乐得他嘴里塞得满满的还止不住吹口哨。他详详细细说了他对付波士顿·哈里等一伙歹徒的险遇,怎样巧妙地写了张字条,包着石头,塞进袜底,瞅准机会,悄悄一甩,把颗彗星扔进了餐厅亮着灯的大窗口。

庄园主赌咒发誓,不让流浪汉再流浪:说他是个好人,是个诚实人,应该有好报,不酬谢不足以表达感激之情。难道他不是救了他们,使他们免遭巨额损失,甚至更大的灾难吗?他告诉口哨大王迪

---

① 此段文字中迪克写了很多错别字(编者注)。

克，贝尔米德说话算话，他可以自己说一个数目。马上会为他安排一个适合他能力的工作；而且提升有望，庄园上工薪高、受信任的职位以后少不了他一份。

但大家说他现在一定劳累了，最迫切需要的是休息、睡觉。于是女主人对仆人吩咐了一声，仆人把口哨大王迪克带进仆人住的厢房中的一间屋子。没过多久，端进来一个铁澡盆，澡盆里盛着水，澡盆下垫了一块油布，流浪汉过夜也就在这屋子。

借着烛光，他细看了这屋子。里面有张床，床罩已经掀开，露出了雪白的枕头和床单，地上铺了块已经用破但很干净的红地毯。梳妆台上摆着面斜角镜，洗脸架上放着一只花碗、一只罐。有两三把椅子，是铺了软垫的。一张小桌上摆着书、纸、一个花瓶，瓶里的玫瑰是当天的。架子上挂着几条毛巾，一只白盘升里放着块肥皂。

口哨大王迪克把蜡烛端到椅子上，取下帽子轻轻放到桌子下。我们可以猜想他是觉得新鲜才仔细打量了一番，看清是怎么回事后他脱下衣服，叠好放在靠墙的地上，远远离着澡盆，但澡盆他并没有用。他把衣服当枕头，摊开手脚舒舒服服躺到地上。

圣诞节清晨，当沼泽地上出现第一道曙光时，口哨大王迪克醒了过来，本能地伸手抓帽子，他这才记起前天夜里他受到了命运之神的宠爱。他走到窗前，打开窗让清晨的新鲜空气吹醒头脑，把头脑里记忆的梦幻般好运气理出个头绪来。

就在他站到窗口时，他的耳朵听到了叫他害怕的不祥之声。

庄园里的农工大军想尽早干完分配给他们的活儿，都起身了。卖苦力无异于遇上巨兽，巨兽在咆哮着，声震大地。他这位穿着破衣烂衫追寻好运从没露过真容的穷王子虽然站在有魔法保护的城堡里，手紧抓着窗台，却仍在颤抖。

榨房里糖桶已经在滚动，发出雷鸣般的响声；赶车人吆喝着牲口在套车，铁链叮叮当当直响，与监狱里的脚镣响声相差无几；一台怪脾气的小型机车拖着一长列平台车皮在庄园的窄轨铁路上冒着气；半明半暗的天色中，隐约可见一长串农工在干活儿，把一星期砍的甘蔗装上火车，脚步匆匆，嘴还得叫唤。这就是一首诗，一首叙事诗（不对，该说是一出悲剧），其题材是干活儿，而活在世界上倒霉就倒霉在干活儿。

12月的天冷飕飕，口哨大王迪克的脸却在冒汗。他把头伸出窗外往下一看，见窗下十五英尺靠近墙处种了一溜花，有花必然有一溜松软的泥土。

他像窃贼一样轻手轻脚爬上窗台，翻到窗外，单用两手扒着，然后太平无事跳下来。房子的这一面附近似乎没有人，他猫着腰，快步穿过院子，到了矮栏杆前。他一纵身跳了过去，是出于害怕才有了股力气，像被狮子追着的羚羊能一跃跳过荆棘丛一样。闯过路边挂着露水的杂草，攀上滑溜溜也长着草的坡，到了长堤顶一条人走出的路上，他终于自由了！

东方已泛红，天开始发亮了。风吹着他的脸，向他致意，其实这位小兄弟自己就是个流浪汉。天上飞过几只雁，边飞边叫。一只野兔在他前面的路上蹦蹦跳跳，忽东忽西，随心所欲，好不自在。大河在静静流淌，当然没人能说得出河水的归宿。

一只长小花条胸口有褐色羽毛的鸟站在山茱萸的枝条上婉转地唱起了小曲，歌颂引诱那些傻乎乎的小虫爬出洞来的露珠。然而，小鸟突然不唱了，侧转头听着。

原来，是长堤的路上传来了活泼轻快、优美动听的口哨，像短笛一样又响亮又清脆。天上飞的大雁的歌声没有轻重缓急、抑扬顿挫，但地上的口哨声倒有，而且它带着一种野性的放荡不羁，小褐色鸟似曾熟悉，然而又不知道具体名目。这哨声听起来像一种所有鸟都熟悉的鸟声，但又掺和、夹杂了大量艺术的做作，这些东西叫它根本摸不着头脑，所以小褐色鸟只把头歪到一边听，一直听到哨声在远处消失。

小鸟不知道，那奇怪的叫声中它听懂的部分是鸟儿没吃早饭时的叫唤；但它很清楚，它没听出名堂的部分与它不相干；所以它一拍翅膀，像支褐色的箭一样射向了在长堤的小路上慢慢爬的又大又肥的虫。

一笔通知放款

　　那些日子养牛的人最富,他们是草大王、牛大王,主宰着草原,垄断了牛肉、牛骨头。如果当真心血来潮,他们坐得起金马车。养牛的人钱堆积如山,他们自己都觉得消受不了。不过他们花钱也够大方,他们买的表镶着大钻石,大得刺痛肋骨:加利福尼亚马鞍上钉着银钉,鞍是安哥拉产的皮制的;请客喝威士忌一请就是全酒店的人。已经做到了这一步,还叫他们怎么花钱呢?

　　那些有了妻室的牛大王花钱就不是这个样,由于没有机遇,这些有了枕边人的花钱天才也许会沉睡多年,但各位须知,却绝不会渐渐泯灭。

　　且说这种人中有一位名叫朗·比尔·朗利,也已娶亲,原在弗里奥河的支流巴瑟克尔河边养牛。他手头已有五十万,而且收入还在稳步上升,他从草原要到城市里来享受享受发家后的快乐。

　　比尔·朗利原来在荒郊野地过惯了,他走运,节俭,头脑冷静,一双千里眼最会认没打烙印的牛和离群的牛,于是从牛帮工变成了牛主。接着养牛业走红,命运女神殷勤得很,偏不怕荆棘刺,把财富送到养牛人的门口。

　　朗利在边境小城查珀罗瑟花大钱建了所住宅,这一来他成了俘虏,捆到了社会生活的战车上,他免不了要成为有名望的人物。他像匹野马那样,进了栏要挣扎一阵,后来就无计可施了。他无所事事,难以打发时间，最后便组织了查珀罗瑟第一国民银行，被选为行长。

有一天，一个患消化不良症、戴高倍老花眼镜的人把一张看来是官方证件的纸片塞到第一国民银行出纳员的窗口里。五分钟后，全行职员在银行检查大员的指挥下忙得团团转。

这位大员是杰·埃德加·托德先生，办事一丝不苟。

检查完毕，大员戴上礼帽，把行长比尔·朗利先生叫到一间单独的办公室。

"检查结果怎么样？"朗利的低嗓门儿不急不忙问道，"你有没有查出不规矩的事来。"

托德答道："朗利先生，你这家银行还经得起检查。你们的借贷符合要求，但是有一项例外。有一笔贷款问题严重，办得非常糟糕，我想你一定还不知道给你造成的后果的严重性。我发现有笔一万元的通知放款①贷给一个叫汤姆·默温的人，不但数量超过了给个人贷款的最高法定限额，而且未经批准，没有担保。这样，你就触犯了国民银行法中的两条规定，政府可以对你进行刑事起诉。有关这件事的报告——我是非写不可的，往金融监察长那儿一送，肯定又会转司法部处理，你看，这问题多严重。"

比尔·朗利舒舒服服靠在转椅的高背上慢慢转动着椅子，手搁在脑后，他把椅子转过一点后脸便正对着检查员。检查员看见银行家闭得紧紧的嘴竟然慢慢笑开了，浅蓝色眼睛还若无其事地眨了眨，不禁觉得奇怪。如果他认识到了事情的严重性，脸上绝不会出现这种表情。

"你一定不认识汤姆。"朗利说，还有些扬扬得意，"这笔贷款我知道。除了汤姆·默温一句话，没有任何担保。然而我早就发现，如果一个人言而有信，他的话就是最好的担保。当然，我知道政府的想法不同，为这件事看来我得去找汤姆。"

---

① 所谓通知放款是银行可以随时通知借款人偿还的贷款。

托德先生的消化不良症似乎突然加重了，他那双戴着高倍老花镜的眼睛呆呆望着大草原来的银行家。

朗利干脆利落地做了解释："是这么回事：汤姆听说里奥格兰德的罗基福德有两千头两岁的牛，每头八元可到手。我估计是什么地方偷搞来的货色，只求赶快脱手。这批牛运到堪萨斯市活的每头可值十五元，汤姆知道行情，我也知道行情。他有六千，我借给他一万做成这笔买卖。他的亲弟弟爱德三个星期前赶了牛去卖，现在该拿着钱回来了，他一回来汤姆就能归还贷款。"

银行检查员大吃一惊，按职责他该到电信局将情况电告主计长，然而他没有。他与朗利谈了三分钟，话干脆而有效果。他使银行家明白了大祸临头的危险，接着，他网开一面。

他对朗利说："今晚我要去希尔斯代尔检查那儿的一家银行，回来时再到查珀罗瑟，明天12点到你们行。如果我来时这笔贷款已经还清，我的报告上便不提起，否则，我就要公事公办。"

检查员说完一鞠躬走了。

第一国民银行的行长在椅子上又靠了半小时，然后点着根烟，往汤姆·默温家去。默温是个农场主，他穿着褐色衣，坐着在结生皮马鞭，一双脚搁在桌上，两眼聚精会神。

朗利靠到桌边，问道："汤姆，爱德已经有消息了吗？"

默温不停地结马鞭，答道："还没有。我猜爱德过不了几天就会回来。"

"今天有个银行检查员跑来多管闲事，查到了你的贷款。"朗利说，"你知道，我对这笔款放得下心，但借这笔钱违反了银行法。我没担心，知道不等来人查银行你的钱就还清了，可谁想这兔崽子偏逮着了我们，汤姆。现在我手头没现款，要不然我会让你拿了钱去还债。规定的期限是明天12点，到时我得拿出那笔贷款的现金，要不然……"

"比尔，要不然就怎么啦？"默温见朗利没往下说，问道。

"嗯，我看嘛，山姆大叔①就会不客气啰。"

"我来想办法，让你及时拿到钱。"默温说，还是只顾结他的马鞭。

"好吧，汤姆，我早知道你能想办法就会想办法的。"朗利说完转身朝门外走。

默温扔下马鞭去了城里唯一的另一家银行，是由库珀与克雷格办的私人银行。

"库珀，"他对前一个老板说，"我要用一万块钱，不是今天就是明天得到手。我在这儿有房子和地皮，能值六千，可做抵押。别的抵押品虽然没有，但有笔牛生意正在做，过几天赚的钱还不止那个数。"

库珀听了咳嗽起来。

默温说："这事你千万得答应我，这笔钱我是欠了别人的。现在非还不可，而借钱的人与我一起放牛守树林有过十年的患难交情。他要什么我都会给，就是要我放血我都会答应，他现在等着这笔钱。这人倒霉，会……反正他是要钱用，我得帮他的忙。库珀，你知道我是守信用的人。"

"这没问题，"库珀毫不怀疑地说，"但是你知道我还有个合伙人，不能想借钱出去就借钱出去。默温，即使你手头有最硬的抵押品，筹拢这笔款我们至少还得花一星期时间。我们眼下要送一万五千给罗克德尔的迈尔兄弟收购棉花，今天晚上这笔钱要上路，这一来我们的现金出现短缺。对不起得很，这事我们办不到。"

默温回到自己的小天地又编起马鞭来，下午4点来钟，他走进第一国民银行，靠在朗利办公桌前的栏杆上。

"比尔，那笔钱我今晚——实际上要到明天——为你想办法。"

---

① "山姆大叔"可指美国政府或人民，此处指政府。画中的山姆大叔是一个高而瘦的人，穿红白蓝三色燕尾服上衣和条子裤，戴高顶帽。此名源于1812年战时的纽约州。

"没关系，汤姆。"朗利满不在乎地说。

这天晚上9点，汤姆·默温悄悄走出他住的小木头房子。房子地处小城的边缘地带，附近到了这时候已见不到几个人。他腰里插着两支六发左轮手枪，头上戴顶垂边软帽。他快步穿过一条寂静的街，走过一条与窄轨铁路平行的铺沙的路，到了离城区两英里远的水池。默温在这里站住了，把一条黑色丝手帕蒙住下半边脸，又把软帽往下拉一拉。

过了十分钟，开往罗克德尔的火车从查珀罗瑟开了过来，停在水池边。

默温一手提着一支枪，从一丛荆棘后站了起来，向车头走去。但是，没等他走出三步，身后两只又长又有力的手把他先举了起来，然后脸朝下摔倒在草地上。接着一只重重的膝盖压到他背上，他的手腕被双铁钳般的手夹住了。他像个孩子般被制得不能动弹，眼见机车加足水，起动了，慢慢加速，跑得无影无踪，他这才被放了开来，站起身一看，原来是比尔·朗利。

"汤姆，事情哪儿用得着这么办呢？"朗利说，"今天晚上我找了库珀，听他讲了你们俩说过的话。后来我连忙赶到你家，就见你插着枪出来，便一路跟踪。回去吧，汤姆。"

两人肩并肩往回走了。

默温过了会儿说："我想不出别的办法。你通知我还款，我应该尽力量还。比尔，如果他们跟你认起真来，你怎么办呢？"

"如果他们跟你认起真来，你又怎么办呢？"朗利反问道。

默温说："我做梦也没想到过有一天我会拦劫火车，可是通知放款不同，我知道通知了便得还。比尔，再过十二小时那找麻烦的家伙就会来，我们总得凑点现款应付他们。也许我们能——哟，老天有眼啦！你听到了吗？"

默温飞跑起来，朗利也跟着跑，又听见远处传来悦耳的口哨声，夜晚听得分明，有人在吹《牛仔怨》，调子悲悲切切。

默温边跑边喊:"他就会吹这一首,我敢打赌……"

两人到了默温的家门口后,踢开门,没提防让放在房子当中的一个旧提包绊倒了。床上躺着个被太阳晒得发黑的、风尘仆仆的四方下巴的年轻人,在抽棕色的雪茄。

"消息好不好,爱德?"默温气喘吁吁地问。

"还可以。"能干的年轻人慢声慢气说,"刚坐9点30分的车到。货全出了手,十五。我看你也不想再踢那提包啦,两万九千现钞全在里面。"

圣罗萨里奥的两位朋友

到西部的列车早上8点20正点抵达圣罗萨里奥，一位夹着个厚厚的黑色公文皮包的人下车后迅疾往正街上走。还有些乘客在圣罗萨里奥下车，但他们有的慢吞吞进了铁路餐厅或者银圆酒店，有的在车站附近闲逛。

夹公文包的那位一举一动都表现出果断的气质，他个子虽矮，但身体结实。浅色的头发剪得很短，脸上没有胡须，表情严肃，戴副气派的金边眼镜。衣着讲究，是典型的东部款式。他的神态即使谈不上威严二字，却也沉着、自信。

过了三个路口后他到了县商业区的中心地带。在这里另一条大街与正街相交，构成了圣罗萨里奥生活与商业的枢纽。一个拐角上是邮局，另一个是鲁宾斯基服装商场，还有两个斜对着的是县城的两家银行：第一国民银行与国民牧业银行。刚下车的人走进了圣罗萨里奥的第一国民银行，进门后也没放慢脚步，直到出纳员的窗口才站住。银行9点开始营业，全体职工都已到齐，各就各位，准备迎接一天的工作。出纳员正拆看邮件时，发现窗口站了个陌生人。

"银行9点才营业。"他虽未动肝火却也没有好气地说。圣罗萨里奥采用城市银行规定的营业时间后，常有些人来得太早，对他们他都得说这句话。

"这我知道。"来者满不在乎地说，"请看看我的名片。"

出纳员接过一张干干净净的长方形小卡片一看，见上面印着：

杰·弗·西·内特尔威克
国民银行检查员

"嗯——呃——请到里面来——呃——内特尔威克先生。先生初次来，当——当然不知道先生公干。请到里面来。"

检查员立刻走进银行神圣的殿堂，出纳员恩德林格先生已到中年，考虑问题周到，处事谨慎，办法又多，他把检查员一一介绍给了每个职员。

"我原来以为萨姆·特纳不久后会来，"恩德林格先生说，"这四年我们行都是由萨姆检查。尽管银根吃紧，我们还算过得去。手头现金不太宽裕，但能抵挡得了风浪。先生，抵挡得了风浪。"

"我和特纳先生奉主计长调遣换了地方。"检查员说，抬出了上司，回答得干脆，"特纳到我原来去的印第安纳州和伊利诺伊州南部。我先检查现金，请吧！"

现金保管员佩里·多尔西已经在把现金往柜台上摆，交检查员检查。他明知道现金分文不差，不怕检查，但还是感到紧张，心怦怦直跳。银行里人人如此，来者冷若冰霜，办事单刀直入，不考虑情面，不留回旋余地，叫人见着先有三分胆怯。看来他这人永不会出差错，也不会放过差错。

他先抓起现钞，迅速地、几乎像变魔术般数了有多少沓。接着把海绵杯转过来，又一张张数。他那细而白的手指动作熟练，像钢琴家的手指在弹钢琴。他把金币哗啦一声倒在柜台上，用灵巧的指尖拨着。金币滑过大理石台面，沙沙沙响得悦耳。清点到五角和两角五分的零币时，只听到他不停地唱分数。最后是一角和五分的小币，也一个没漏。他叫人拿来天平，把金库里的白银一袋袋称过。每张支票和传票等单据他都查问了多尔西，就是先天收到的也不例外。尽管不缺礼貌,他那一丝不苟的态度叫人会没来由地害怕,结果使这位现金保管员脸发红,说话结结巴巴。

与特纳先生相比,新来的检查员大不相同。每次萨姆来银行先要大声问好,递烟,说一路听来的新闻。他与多尔西打招呼的话总是"你好呀,佩里!你还没有拐款潜逃嘛"!特纳查现金的方式也不同,他只是懒洋洋地数数有多少沓钞票,然后走进金库,用脚扒扒银袋,事情就算完了。至于五角、两角五分、一角的零钱呢?萨姆·特纳不屑一顾。如果把这些东西摆到他面前,他会说:"拿零碎钱来干吗?难道我是婆婆妈妈的人?"再说,特纳是得克萨斯人,银行行长的老朋友,与多尔西自小相识。

在检查员忙于数现金时,第一国民银行的行长汤姆·比·金曼少校(大家叫他为汤姆少校)坐着他那褐色老马拉的车在侧门下车进了银行。他看到检查员忙着数钱,也没理会,径直走进他的那个所谓"小马圈"(就是他放办公桌的栏杆里),拆阅来信。

在此之前,发生过一件极小的事,检查员尽管眼尖,还是没注意到。就在他开始查点现金时,恩德林格向银行的年轻通信员罗依·威尔逊使了个眼色,又向大门轻轻一摆头。罗依会意,戴上帽子,夹着收款簿从容不迫地出了门。一出门他直奔国民牧业银行。这家银行也在准备开门营业,但还没有顾客光临。

罗依是年轻人,说话随便,加上平日里打惯交道,大声嚷着:"喂,伙计们,你们可得小心啦!第一银行来了个新检查员,真是个了不起的人物。他连佩里的小毫子都一个个数,把一行的人全吓倒了,恩德林格先生叫我向各位先吹口风。"

国民牧业银行的行长巴克利先生坐在靠后的偏僻办公室里也听见了罗依在嚷,便问道:"金曼少校到银行来了吗?"这位行长个子大,有了把年纪,穿着像星期天去做礼拜的乡下人。

"他来了,行长,我出门时正好见到他的马车。"罗依答道。

"我请你带封信给他,一回银行你就交到他手里。"

巴克利先生坐下写信。

罗依一返回，立刻把装在信套里的信交给了金曼少校，少校看过后叠好塞进背心的口袋里。他在椅子上靠了好一会儿，似乎是专心思考什么问题，然后起身走进了金库。出库时拿了个老式大皮夹子，皮夹子的背面有几个金字：贴现票据。里面装的是借据和抵押单据。少校是个粗人，把皮夹里的所有东西往桌上一倒，开始分理。

这时内特尔威克数完了现金，他用铅笔飞龙走凤般在已经记下了数字的纸上写了些字，又打开黑公文包，在包里迅速写了几个数字，看来这包也是他的一个保密记录本。他一转身，一副眼镜的反光射在多尔西脸上没动。这等于是告诉多尔西："这次没你的事，可是……"

检查员话很干脆："现金无误。"说完大步流星到了一个会计员那儿，于是总账与平衡账的纸页哗啦哗啦响了起来，好几分钟没停。

"你多久结算一次存折？"他突然问。

"呃——每月一次。"那位会计员声音发抖，心想这一来不知要判多少年。

"可以。"检查员说完找上了总会计，总会计把外地银行的报告书和协调备忘录早准备好了，未发现任何异常。接着查存款的存根，沙，沙，沙，过矣！透支表册，没事！谢谢。嗯，还有银行未签署的支票，也没问题。

往下查到了出纳员。有关流通、未分红利、银行不动产、股份等等的问题如排炮般厉害，向来懒散的恩德林格先生在强大的火力扫射下紧张地揉着鼻子，擦着眼镜。

没一会儿内特尔威克发觉他身边站了个大个子，这人年已六旬，却健壮有精神，杂乱的胡须已经发白，头发也已变白，一双蓝眼睛炯炯有神，望着检查员的一副大眼镜能眨也不眨。

出纳员说："嗯——内特尔威克先生，嗯——这是我们的行长金曼少校。"

两个属于截然不同类型的人握了手。一个是一丝不苟、循规蹈矩、公事公办的典范；另一个觉得应少受拘束，放开手脚，听其自然。汤姆·金曼不是在某一个模型里铸造出来的，他赶过骡，放过牛，进过巡逻队，当过兵，当过司法员，找过矿，也养过牛。眼下他是银行行长，但当年在草原上，马鞍上、帐篷里、山间小路上共过事的老伙计都说他还没有变。在得克萨斯的牛价猛增时他发了财，组建了圣罗萨里奥的第一国民银行。尽管他心肠软，有时对往日的朋友过于慷慨，银行仍然兴旺发达，其原因是汤姆·金曼少校对人的了解并不亚于对牛的了解。近年牛生意萧条，银行损失不大的只有寥寥几家，少校的银行是其中之一。

检查员掏出怀表，说："现在检查最后一项，是借贷，我们可以马上着手吧？"

他检查第一国民银行的速度几乎是破纪录的，但也是彻底的，他办事件件如此。银行的管理井井有条，为他的工作提供了便利。全市另外只有一家银行，每检查一家银行政府付给他二十五元酬金。贷款与贴现估计只要查半小时，完了他能立即检查另一家银行，而且赶得上11点45分的火车。去他执行公务的地方的火车当天仅这一趟，如果错过，夜晚和星期天他都只得待在西部这座枯燥乏味的小城，内特尔威克先生办事急如星火的原因也就在这里。

"请跟我来，先生，我们一道查吧。"金曼少校的嗓门低沉，说话既带南方人的拖腔，又有西部人的鼻音，"行里最熟悉这些票据的是我。它们有的像腿软走不动的牛，有的像背上没打烙印的牛，但是赶到一堆几乎条条能值钱。"

两人在行长的办公桌边坐了下来。检查员先以闪电般的速度把票据从头翻到尾，累计出总数，发现与流水账上的借贷数相符。接着他检查金额较大的贷款，细细追问审批与担保情况。新检查员的脑子似乎忽而想到东，忽而想到西，就像一条四处乱嗅的猎狗。最后他挑出了部分借据，整整齐齐地叠到一起放在自己面前，其余的全推到一

旁。他说话了,是几句干巴巴的官腔:

"行长,考虑你们州农业歉收,畜牧业萧条,利息锐减,贵行的境况还要算相当好。账目做得准确及时,逾期票据数量很少,估计损失甚微。在经济全面复苏前,我建议收回大宗贷款,只放六十天和九十天贷款或者通知放款。现在还差一件事没有了结,我还不能结束在贵行的检查。这儿有六笔借款,总数约四万元。从票面看都有抵押,或者是股票,或者是债券,等等,价值七万。本来抵押品与借据应附在一起,但都没有。我想你们是放在保险柜或者金库里,请让我过过目。"

汤姆少校的浅蓝色眼睛望着检查员眨也不眨。

"错了,先生,抵押品既不在保险柜也不在金库,是我拿走了,没见到的抵押品由我个人负责。"少校的声音轻,但态度沉着。

内特尔威克没料会听到这样一句话,吃了一惊。狩猎快完了,他却突然有了重大发现。

"哎呀!"检查员刚开口又止,过了会儿才说,"请你把这件事解释清楚。"

"抵押品我拿走了。"少校还是这句话,"拿去不是自己用,而是解救一位朋友的危难。请上这儿来,我们好好谈谈,先生。"

他把检查员带到后面最僻静的办公室,关上门。里面有一张书桌,一张长桌,六把皮椅。墙上挂着个得克萨斯的公牛头,牛角尖距离五英尺,正对牛头挂着少校南北战争时驰骋疆场的骑兵军刀。

少校给内特尔威克搬了张椅子,然后自己靠窗口坐了下来,从窗口他可以看到邮局和国民牧业银行正面的石刻招牌。他半天没有开口,也许内特威克觉得该用冷冰冰的官腔打破冷冰冰的沉默,说道:

"你一定明白,由于你说不出所以然,后果将非常严重。你也知道按职责我不得不怎样做,我就只好公事公办,找联邦的审计长……"

汤姆少校手一挥,说:"我知道,我知道,你别以为我开银行不懂国民银行法和补充条例！你公事公办吧！我并没有向你求情。不过我刚才谈到了我的朋友，我非常希望你听我说说我朋友鲍勃的事。"

内特尔威克在椅子上坐了下来，他休想在当天离开圣罗萨里奥了。他得向金融主计长拍电报，得向联邦的审计长请求签发金曼少校的逮捕证。也许由于动用了抵押品，他会奉命关闭这家银行。检查员发现犯罪行为不是第一次，有一两回，被他查出的人的狼狈与惨剧叫他这位尽忠职守的人见了也于心不忍。他看到过银行的人跪下痛哭流涕，就为请求宽容一小时的时间，或者是放过一个过失。有位出纳员在他面前开枪自杀，死在办公桌边，没有任何一个人像这位西部的硬老汉能处变不惊。内特尔威克觉得如果他有话想说，那么他至少还应该耐心听。银行检查员把右手靠在椅子的扶手上，手指托着方下巴，等着听圣罗萨里奥第一国民银行行长的忏悔。

汤姆少校带着教训人的口吻说道："如果有人与你有四十年的交情，是有福同享有难同当的朋友，在你能帮得上一个小小的忙时，你会觉得义不容辞。"

检查员心里在嘀咕："这个小忙就是盗走价值七万元的抵押品。"

少校往下的话说得很慢，心潮起起伏伏，仿佛他没有想眼前的难关，而是在追忆往事：我和鲍勃本在一道当牛仔，又同在亚利桑那州、新墨西哥州和加利福尼亚的许多地方找过金银矿。我们俩都参加了1861年的战争，不过在不同的部队打仗。我们肩并肩打过印第安人和偷马贼；在亚利桑那山区里的一所小棚子里，我们饿过好几个星期，还被埋在二十英尺深的雪里；在风大得把天上的闪电都吹灭了的时候，我们还骑着马一道放牧。哎，我和鲍勃自从在安克巴牧场打牛烙印认识以后，一直同甘苦共患难。那时候我们同舟共济，不止一次闯过难关。当时的人对朋友尽心竭力，绝不会想到别人沾了你的光。今天你帮了他，说不定明天你遇上群阿柏支族印第安人，又用得着他帮你对付。或者你让响尾蛇咬了一口，要请他把腿用带子绑起来。或者，你又会邀他骑着马去喝威士忌。所以，是有来有往。如果你对别人不够朋友,到需要人帮忙的时候你哪会有脸面求人呢?鲍勃这人更是不寻常,他的情分你想也想不到。

"二十年前,我是这个县的司法官,便叫鲍勃当了副手。那时候养牛还不吃香,我们也没发财。我既当司法官又管税收,当时还觉得挺满意。我结了婚,生了一儿一女,一个四岁,一个六岁。县政府附近有所舒适的房子,县里不收房租让我白住,我慢慢积蓄了点钱。公务大都由鲍勃承担了,我们俩原来共过患难,吃够了苦,历够了险。我不说假,夜里听到雨和雪粒打得窗子啪啪响,你还是暖暖和和,舒舒服服,无忧无虑,第二天早上起来把胡须刮得干干净净,等着人叫你'先生',过上了这种日子觉得真是美滋滋的。再说,这远远近近一带地方要数我的老婆孩子最好,我还有位老朋友跟着我享受时来运转的快乐,也穿上了白衬衣,所以我自认为是个幸福人。的确,那时候我的生活过得美满。"

少校叹口气,往窗外瞟了一眼。银行检查员挪挪身子,用右手托着下巴。

少校又说话了:"有年冬天,全县的税款来得快,我忙得不可开交,积了一星期没往银行送。我把支票塞进一个烟盒里,现金塞进一个口袋里,统统锁到司法官办公室的大保险箱。

"那个星期我太累,几乎闹出病来。神经过度紧张,夜晚睡一觉还恢复不了,医生给这种现象取了个科学名称。我开始吃药,所以这一来,我晚上睡觉除了别的事,脑子里还老想着钱。倒不是我放不下心,因为保险柜很可靠,知道怎样开的只有我和鲍勃。星期五夜晚口袋里放着大约六千五百元现金,星期六上午我照例去办公室。保险柜还锁着,鲍勃坐在办公桌边写个没停。我打开保险柜,发现钱不见了。我叫鲍勃看,还闹得全县政府都知道出了事。这件事关系到我,也关系到他,但奇怪得很,鲍勃一点也不着急。

"两天过去了,没发现任何线索。偷钱的不可能是外贼,因为保险柜不是撬开的。少不了有人在说闲话,一天下午我老婆艾丽斯带着两个孩子来了,她气得直跺脚,两只眼通红,大声嚷道:"这帮杂种胡说八道!汤姆、汤姆!"眼见着她就昏了过去,我好不容易才把她救醒过来。她低着头哭个没停,自从嫁给我汤姆·金曼以来,这还是头一回哭。我的两个孩子杰克和齐勒总是野得像小老虎,平常一让他们上县政府来他们就会扑过去爬到鲍勃身上,这时却变成了两只吓破了胆的小兔子,靠在一起站着直发颤,他们还是头一遭遇上了大风浪。鲍勃本在办公桌边忙着,见这情形走了出去,什么也没说。这时一个大陪审团在开会,第二天上午鲍勃到大陪审团承认偷了钱,他说他打扑克玩输了钱。十五分钟后他们认定有罪,给我送来逮捕证,逮捕了这个多年来与我知心贴肉的人。

"我照办了,但接着我对鲍勃说:'那儿是我的家,这儿是我的办公室,无论是缅因州,还是加利福尼亚,或者佛罗里达①,在法庭开庭前,你都可以去。你的事归我管,责任由我来担,到时候你再上这儿来。'

"他听了不以为然,说:'谢谢你,汤姆,我还以为你会把我关押起来。下星期一法庭开庭,如果你不反对,我就在办公室附近走一走。我只求你一件事,如果不算过分的话。只要你能让两个孩子常到院子里打打闹闹,我就高兴了。'

"我答道:'那好办。他们可以,你也可以。你就跟过去一样,到我家来吧。'内特尔威克先生,你说说,人不能把贼认作朋友,但是,你也不能把朋友转眼之间认作贼吧?"

检查员没答话,这时,外面传来了火车即将进站时的汽笛声。是南方开来的窄轨火车,在圣罗萨里奥靠站了。少校竖起耳朵听了会儿,又看看表。火车正点到达,刚好10点35分。少校往下说道:

"于是鲍勃守在办公室里看报抽烟,我另请了一名副手代替他的

---

① 缅因州在美国东部的最北面,佛罗里达州在最南面,而加利福尼亚州在美国最西南,此处这三州借以指美国版图内的所有地方。

工作,这件案子刚发时的风波不久后便平息了。

"有一天,办公室里只有我们俩,鲍勃走到我跟前,我在坐着。他的脸阴沉沉的,往年他一夜不睡防备印第安人时,或者跑马放牧回来时,脸上也是这种模样。

"他说:'汤姆,这比抵挡印第安鬼还难,比躺倒在沙漠里见不到水影还不好受,不过我会坚持到最后,你了解我的性格。不过,要是你能向我有那么丁点儿大的表示,比如说,你对我讲一声"我了解鲍勃",那么事情就会好办得多。'

"我觉得奇怪,说:'你这是怎么啦?你自己清楚,只要我能使得上一分力帮你,我绝不会只使半分,你就别打哑谜了吧。'

"他只说了句'那好吧,汤姆',便又拿起报纸看,再点上支烟。

"直到开庭的前夜,我才知道是怎么回事。那天晚上上床时我又觉得昏昏沉沉,头脑不清醒。到半夜时,我睡着了。等醒过来一看,竟然是站在县政府的走廊里,连衣服都没穿好,鲍勃抓着我一只胳膊,我家的特约医生抓着另一只,艾丽斯在使劲摇我,都快哭了。他没让我知道便出去请医生,等医生赶来,我已不在床上,失踪了,他们到处找。

"医生说:'是梦游。'

"我们全都回到家里。医生说了些梦游人所做的怪事。我因为到外面跑了一趟,身上发冷。正好我老婆当时不在房间里,我打开房里一张旧衣柜,看见一床大被子,拿了出来。一拖被子,失窃的钱袋掉了出来,鲍勃第二天上午为了这袋钱就要受审,被判有罪。

"我失声叫起来:'这鬼东西怎么会钻到这儿来呢?'在场的人都看到了我的一副大惊失色相,但鲍勃马上明白了。

"他脸上照旧是往日那副神态,'你这不安稳的鬼东西!我看到你把钱放进去。你开保险柜,拿钱,我都看到了,还跟在你身后,我隔着窗瞧见你把钱藏进了衣柜。'他说。

"'那么你为什么要说是你偷了钱呢？你这混蛋、糊涂虫、蠢货！'

"鲍勃只答了一句：'我不知道你没醒。'

"我发现他眼朝房门边看，原来是杰克与齐勒站在那儿。这时我才明白过来，在鲍勃的心目中，怎样做才算得够朋友。"

汤姆少校没往下说，眼又朝窗外望。他看到国民牧业银行里有人伸手把正面大玻璃窗后的黄窗帘全放了下来，其实，太阳并没有晒到玻璃窗，用不着把窗帘全放下来。

内特尔威克在椅子上挺直了身子坐着，少校说的事他耐着性子听了，越听越腻味。他觉得他说的事与现在的事无关，肯定不会产生效果，心里暗笑西部人把感情看得太重，而把正经事看得太轻，应该少讲点朋友义气。显然，少校要说的话已经说完，但全部白说了。

"那些抵押品没有了，请问与这个问题直接相关的话你还有没有要说的？"检查人问。

"哼，抵押品没有了！你这话从何说起，先生？"汤姆少校在椅子上一转身，蓝眼睛里两道光直逼检查员。

他从衣服口袋里掏出一卷用橡皮圈扎了起来的纸，塞进内特尔威克手里，站起身。

"抵押品都在这里，包括股票、债券等等，你数现金时我把它们与借据分开了。你亲自过目，看看是否相符。"

少校先进了营业厅，检查员又惊又气又无计可施，跟着也进了营业厅。他感到自己上了当，但又不仅仅是上当，他被人玩弄、利用，完了一脚踢开，而自己到头来还不知道是怎么一回事。也许，这也是存心与他们当检查员的人过不去，但是他没把柄可抓，将这件事写进正式报告势必被人嘲笑。他还感到对这件事现在他根本摸不着头脑，以后也别想摸得着头脑。

内特尔威克有苦难言地一张张查验过抵押品，果然与借据相符，他便夹起黑公文包，站起身。

他怒气冲冲瞪大眼瞧着金曼少校,说道:"你听着,你开始说的那些话,那些叫人误解而你又一直都讳莫如深的话并不高明,不关正事,又没味道。我不明白你安的什么心,为什么要这样干。"

汤姆少校心平气和低头看着他,说:

"老弟,森林里、草原上、峡谷之中你不明白的事还多着哩,不过我得感谢你听我这个啰里八唆的老头子讲了件怪事。得克萨斯的老年人就爱讲自己经历的风险,还有我们的老朋友,但是家乡人早有了一套办法对付,只要我们一说'很久很久以前',他们就会跑开,这样我们只好把我们的事说给找上门来的陌生人听。"

少校微笑着,但检查员的脸冷冰冰,他鞠了一躬,大步冲出银行。大家看到他斜穿过街口,走直线进了国民牧业银行。

汤姆上校坐到办公桌边,从背心口袋里掏出罗依给他的信。他已经看过一次,但只是匆匆看的,现在他又看了起来,眼里浮现出几分得意的神情。信是这样写的:

汤姆:

听说山姆大叔的一条快犬到了你们行检查,这样,也许过两小时就会到我们这里。想请你给我帮个忙,我行现在只有现金两千二百元,而法定最低限额为两万。昨天快天黑时我借给了罗斯和费希尔一万八千买一批吉布森牛,不到三十天工夫他们的这笔交易做成便会有四万。尽管如此,银行检查员还是只认我手头的钱。我又不能把借据拿给他看,因为只是空头借据,并无抵押品。你知道,平克·罗斯与吉姆·费希尔是天底下的第一流好人,绝不会做对不起人的事。你一定记得吉姆·费希尔,在埃尔帕索赌纸牌时就是他一枪打死了那庄家。我已电请萨姆·布雷德肖的银行给我两万,赶10点35分的火车送达,总不能让银行检查员抓住两千二百的碴子封我的门。汤姆,请你拖住检查员,拖住他,哪怕把他绳捆索绑踩到脚下也得拖住。火车到后注意看我们正面的窗户，款送到后，我们放下窗帘为号。不到这时候别放手，汤姆，这次全仗你了。

你的老伙伴
国民牧业银行行长
鲍勃·巴克利

少校边把信撕成碎片扔进字纸篓，边得意地咯咯笑出了声。

"这没王法的混账老牛仔！二十年前我当司法官时欠他的那情分这次多多少少是个报答。"他心安理得地咕哝着。

好汉的妙计

在多多少少还算公平的格斗中,小山羊西斯科杀过六个人,暗地里谋杀的多一倍(主要是墨西哥人),而伤的数字更大,他自己谦逊,没有数过。所以,一个女人爱上了他。

山羊年已二十五岁,看起来仅二十岁,而一家办事谨慎的保险公司准会估计,他末日到来的时间很可能是在二十六岁。他住址无定,但总在弗里奥河与格兰德河之间一带地区。他杀人或因为脾气躁,有杀性;或因为要逃脱逮捕,或因为寻开心,反正是想到杀人就会杀人。他没遭逮捕一是因为他开枪比追捕他的哪个司法人员和巡逻队员[①]都快六分之五秒,二是因为骑的那匹杂色马认识从圣安东尼奥到马塔莫拉斯灌木林和霸王树林里的每条羊肠小道。

爱上小山羊西斯科的姑娘叫托尼娅·佩雷斯,她半像大美人卡门半像圣母,另外呢——嗯,没错,凡半像卡门半像圣母的女人必定另外还会像点什么,我们就说她另外还像蜂鸟吧。她住在弗里奥河隆沃尔夫渡口一小片墨西哥人住地附近的一所茅屋里,她家还有位说不清是父亲还是祖父的人,地道的阿兹特克族[②],大约尚不满一千岁,看守一百头山羊,喝龙舌兰酒终日喝得昏昏沉沉。茅屋背后有特大一片带

---

① 这里巡逻队员指在美国人口稀疏地区执行警察任务的巡逻队员。
② 阿兹特克人为墨西哥中部一土族人。

刺的丛林，最矮的树也已二十英尺高，密密麻麻，几乎长到了门口，山羊骑着他的杂色马就是走过这片迷宫似的霸王树林来会女朋友的。有一次，他像条蜥蜴一样，高高趴在茅屋的屋梁上，亲耳听到托尼娅与司法员带的一帮人周旋，矢口否认认识他。这姑娘不但声音柔和，美如卡门，脸像圣母，而且心好，只是说起话来英语里夹杂着西班牙语。

有一天，州民兵团团长给驻防拉雷多的某连队的杜瓦尔上尉连讯带讽写了封信，说上尉管区的杀人犯和亡命之徒过得好不逍遥自在。这位团长是兼任了巡逻队司令官的。

上尉晒得发黑的脸气成了猪肝色，在信上批了几行字，派巡逻队的列兵比尔·阿达姆逊送给了巡逻队的桑德里季少尉。少尉带着五个人驻守在努埃西斯河某地的水塘边，维持治安。

桑德里季少尉的草莓色脸上泛起了美丽的玫瑰红，他把信往裤子的后口袋里一塞，连翘起的黄色八字胡都咬下了一截。

第二天上午，他翻身上马，只身到了二十英里外弗里奥河的隆沃尔夫渡口墨西哥人住地。

桑德里季身高六英尺二，像北欧海盗长得金发碧眼白皮肤，文静有如教会中的执事，却又厉害如机枪。他从这家串到那家，耐心打听小山羊西斯科的下落。

巡逻队找的那个人骑着马独往独来，有仇必报，冷酷无情，墨西哥人害怕他远胜过害怕法律。山羊有个嗜好，就是开枪撂倒墨西哥人，看着他们乱蹬腿。单纯为了开心，他就会叫他们跳着踢腿舞去见上帝，如果惹恼了他，他肯定会无所不用其极。还有什么造孽的事他干不出！他们一个个摊开巴掌，耸着肩，说"谁知道呢"？还不承认认识小山羊。

但是也有一个姓芬克、在渡口开了家商店的人例外，他的国籍多，懂的语言多，兴趣多，主意也多。

他对桑德里季说："问这些墨西哥人没用，他们害怕，不敢说。

大家都叫这家伙小山羊，其实他姓古多尔，他到过我店里一两次。我想，你有可能遇上他的地方是……我看还是不说为好。我现在扣扳机的时间比以往已慢了两秒，这个变化使我不得不多想想。但这山羊有个女朋友在渡口，只一半墨西哥血统，山羊常来看她。这姑娘住在霸王树林边的那屋子，沿那条没水的小河下去一百码。也许她——不行，我想她不会说。但她住的屋子得牢牢盯住，盯住没错。"

桑德里季骑马到了佩雷斯住的屋子。太阳已经偏西，霸王树林的大身影盖住了茅草屋。山羊关进了羊圈，等着夜晚降临。几只小羊爬到树枝围起的羊圈上，吃着树叶。那墨西哥老头躺在草地上，垫着床毯子，已让龙舌兰酒醉得糊里糊涂，也许在做梦，梦见与皮泽洛①为在新世界发的横财而碰杯的那些夜晚。看他脸上的那么多皱纹，他似乎真是有了这一大把年纪。托尼娅站在屋门口，桑德里季坐在马鞍上望着她都看傻了眼。

那些杀人得心应手的高手个个自负，小山羊西斯科也不例外。要是他知道有谁原来把他敬若神明，却突然不把他放在眼里（哪怕只是一时间不放在眼里），准会咽不下这口气。

托尼娅以前从没见过他这样的人，他似乎就是阳光，就是晴天，就是男性美。他一笑时，似乎太阳又重新升起，霸王树林投下的身影随之消失。她原先认识的人都又小又黑，连山羊也不例外，尽管本领非凡，但个子比她大不了多少，黑头发全是直的，一张脸像冰凉的大理石，大白天贴着也觉得冷。

至于托尼娅自己如何，虽然也可描写几笔，但你还得充分发挥你的想象力。她的头发是蓝黑色，从当中一线分开，紧贴在头上。眼睛很大，充满南美人的忧郁，所以她看起来就有几分像圣母。她的举动和神态都表明，她深藏着火一样的强烈愿望。巴斯克省②的吉卜赛女人

---

① 皮泽洛（1475—1541），西班牙军人，曾征服印加（Inca）帝国。
② 指西班牙的巴斯克省。

一心只想让别人着魔，托尼娅像那儿的吉卜赛女人，也希望能使人倾倒。至于蜂鸟的特性，那还保留在心里，如果她没穿上鲜艳的红裙和深蓝色的短上衣，使你联想起这种奇异的鸟，你根本就不能看出来。

那位新见到的像太阳神的人物向她讨水喝，她把挂在茅屋墙上的红水罐里的水倒了出来。桑德里季不敢太麻烦她，下了马。

我不愿窥探别人的行动，也不自诩能了解别人内心的思想，但既是作者，我该把故事说下去。还没过一刻钟，桑德里季就在教托尼娅怎样编生皮六股绳了。托尼娅对桑德里季说，她觉得过于寂寞，只有巡回牧师送给她的一本小小的英语书和她用瓶子喂奶的一只瘸腿小山羊能给她解解闷。

这一来不由人不猜想，山羊的墙脚会让人挖空，而民兵团长那封讥讽的信也势必落空。

回到住地以后，桑德里季少尉夸下海口：他或者要叫小山羊西斯科倒在弗里奥的草原上啃泥巴，或者叫他上法庭受审，这话说得确有几分气概。一星期他骑马去弗里奥河的隆沃尔夫渡口两次，教托尼娅怎样用略带淡黄色的纤纤细手编绳，但编来编去绳还是长不了多少，编六股绳易教难学。

这位巡逻队员知道，他去那儿说不定哪次会撞上山羊。他的武器不离身，眼不住地往屋后的霸王树林里望。这一来，他有可能既得到蜂鸟姑娘又能制服贼。

当黄头发的鸟类学家在进行他的研究时，小山羊西斯科并没闲着，在干他的本行。在昆塔纳溪一个小镇上的酒店里，他发了火开枪，把镇上的法警打死，而且枪弹从铁徽章正中通过。打死人后气冲冲骑着马跑了，还嫌不解恨，一枪只打死个拿零点三八口径老式左轮枪的老头，是好汉的当然觉得不够味。

人做了坏事后接着会痛快一阵，但痛快过了便是空虚，山羊走着走着也突然感到空虚。他很想见到他的心上人，希望尽管有了这件事，她还是他的人。他盼着她能把杀人说成勇敢，歹毒说成爱心专

一,还盼着托尼娅把挂在茅屋墙上红水罐里的水倒给他,告诉他用瓶子喂奶的山羊羔长得很好。

山羊掉转马头走向树林。霸王树林沿阿罗约翁多河绵延十英里,尽头是弗里奥河的隆沃尔夫渡口。马嘶叫着,它善辨方向,知道要往哪儿去,其本领绝不亚于有固定线路的电车。到了目的地,拖着四十英尺长的系马绳,它可以尽情吃肥美的草。

在得克萨斯的霸王树林走比在亚马孙河探险一路更艰难更乏味。奇形怪状的仙人掌或者用它弯弯曲曲的躯体,或者伸出肥大、多刺的手拦住你的去路。这里是它们的一统天下,其种类不胜枚举。这种鬼怪般的暗绿色植物似乎不用土壤和雨水就能活命,还长得茂盛,走得嘴发干的行路人与它们根本不能相比。越是在有路可走的地方越是长得多,比比皆是,结果,你就会被诱进死胡同,又折回头,这一来便分不清东南西北。

在这种林子里如果迷了路,你就成了钉在十字架上的贼了,①不得好死,不但肉会被钉刺穿,而且前后左右有狰狞的怪物飞。

但山羊与它的坐骑不会。那匹杂色宝马时而左,时而右,时而绕弯,走在这种最扑朔迷离的路上。就这样七转八转,离隆沃尔夫渡口便越来越近。

山羊骑在马上边走边唱。他只知道一首歌,便唱着这首歌;只知道一个法则,便守着这个法则;只认识一个姑娘,便爱着这个姑娘。他是个头脑简单的人,所有想法一成不变。他的嗓门儿像得了气管炎的土狼,但每次他想到要唱歌时,便拉开这嗓门儿唱。这是一首住帐篷闯荒郊的人的传统歌曲,开头两句的大意是:

> 你别欺侮我的露露姑娘
> 要不你等着瞧吧……

---

① 古代的西方有用十字架钉死犯人的做法。

这首歌杂色马听惯了，满不在乎。

即使是最不知趣的人唱过一段时间以后也会停下来，免得世上的噪音太多。所以，在离托尼娅的屋子已不到一两英里时，山羊也只好不再唱了。倒不是他觉得自己的歌声已不悦耳，而是他的嗓子已经疲劳。

杂色马似乎是经过马戏团训练的，在迷宫般的霸王树林七旋八转后，他的主人看到了些标记，知道隆沃尔夫渡口已近在眼前。果然，树林变稀疏了，他看见了屋子的茅草屋顶，还有河畔的那棵朴树。又走了十几码，山羊勒住马缰，透过霸王树林中的空隙仔细观察了一阵，才下了马，丢开缰绳，像印第安人那样猫着腰往前走，没弄出一点声响。灰色马很在行，站着没动，也不叫唤。

山羊悄悄溜到树林边缘，躲在仙人掌后看动静。

离他十码远处，他心爱的托尼娅坐在屋外没太阳的地方专心编生皮绳。编绳无可非议，谁都知道，女人有时会干一些稀奇古怪的事。但是如果把真相全部披露出来，我得交代她把头靠在一个金发高个子男人健壮的胸上，那男人用一只手搂着她，教她编六股绳，可惜反反复复教，她的纤纤细手仍旧没学会。

桑德里季听到有轻轻的响声，而且并不陌生，向黑乎乎的树林里看了看。如果有人突然拔出六发左轮手枪，枪出鞘时会发出这种响声。但这响声只听到了一次，而且托尼娅需要他细心教怎样动手指。

接着他们在死亡的阴影下说起情话来，7月的下午静悄悄，他们的话字字句句传到了西斯科的耳朵里。

托尼娅说："你记住，我不叫你千万别再来，他很快会到这儿来。今天一个牛仔在商店说三天前在瓜达卢普河看见了他。每次他到了这么近的地方准会来。要是他来发现了你，非宰了你不可。所以，为了我着想，我不叫你千万别再来。"

"那行。"巡逻队员说，"还有呢？"

姑娘说："还有就是把你手下的人带到这儿来干掉他，你不杀他他会杀你。"

"他这种人不会投降,我敢肯定。哪位带兵的要是跟小山羊先生干,不是你死就得我亡。"桑德里季说。

姑娘说:"非杀了他不可,不杀他,你我在世上别想过得安稳。他杀了很多人,让别人也把他杀了吧。带你手下人来,别叫他溜了。"

"你原来很看得起他。"桑德里季说。

托尼娅放下手中的绳,扭转身,把一只浅黄色的手臂搭到巡逻队员肩上。

"原来是原来!"她用流利的西班牙语说,"我原来没见过你,没见过你这虎背熊腰的彪形大汉。你长得结实,又对人好,有心肝。认识了你谁还稀罕他?把他干掉吧,不干掉我白天黑夜都提心吊胆,怕他来害你或者害我。"

"我怎么知道他什么时候来呢?"桑德里季问。

托尼娅说:"他来这里会住上两天,有时是三天。帮人洗衣的路易莎老太太有个小儿子叫格雷戈里奥,他有一匹快马。我写给你的信请他送,信上会说你们怎么干掉他最好,你等着格雷戈里奥的信吧。亲爱的,多带些人来,千万千万小心。他们叫他小山羊,但他开枪打人比响尾蛇咬人还快。"

桑德里季说:"山羊耍弄枪是把好手,这不用说,可是我干掉他会一个人来。能干掉来我一个就够,不能干掉多来人也没用。上尉写给我的信里有一两句话太难听,办这件事我不想任何人帮忙。山羊先生来了你告诉我,别的事我自有办法。"

"我叫格雷戈里奥给你送信,我早知道你比那个从不露笑脸的小个子杀人王勇敢。奇怪得很,我原来怎么会看上他呢?"姑娘说。

谈到这里时间已晚,巡逻队员该回营地。他把身材小巧的托尼娅一只手高高托了起来,算是行告别礼,然后才跨上马。在夏日梦幻般的下午,连空气都昏昏入睡,纹丝不动。泥糊的烟囱里冒出的烟成直线上升,像吊着铅锤的线。屋子里在煮菜豆,炉子上的铁罐噗噗作响。十码外的霸王树林静悄悄的,没有任何响动。

桑德里季骑着黄褐色的高头大马走下弗里奥河渡口陡峭的河岸,山羊看着他的背影消失了才悄悄走到自己坐骑旁,翻身上马,又沿着迂回曲折的来路往回走。

但没走多远,他勒住马在寂静的树林里等了半小时。半小时后,托尼娅听到他那不成腔调的歌声越来越近,忙跑到树林边去迎接他。

山羊很少露笑脸,但这次看见她时笑了,还挥着帽子。他一下马姑娘便扑进了他怀里。山羊用温柔的目光看着她,他厚厚的一头黑发乱蓬蓬。两人一相会他内心的感情泛起一阵涟漪,平日里总是木然的黑黝黝的脸也就略有变化,不完全像是一副泥面具。

"你好吗?"他紧紧搂着她,问。

她答道:"你这么久没来,我等得都发疯了,亲爱的。你走的那片林子活像魔鬼插针的针垫,可是我还是天天往里望,眼都快望穿了,林子里又望不了多远。亲爱的,你来了就好,我不骂你。你小子真是坏!也不常来看看你心上人!进来歇着吧。我给你的马喂水,用那根长绳把它系到桩上。水罐里有凉水,你喝吧。"

山羊亲吻着她。

"让这儿的人知道了我叫女人给我系马可不行。"他说,"姑娘,还是我来管马,就请你到屋子里给我倒一壶咖啡,谢谢你了。"

除枪法好外,山羊还有一个优点,是他颇为得意的。在女人面前,用墨西哥人的话来说,他心肠软得像豆腐。他对她们百般体贴,说起话来总是彬彬有礼,从来不恶声相向。他会毫不留情地杀死她们的丈夫和亲兄弟,但绝不会气冲冲地动她们一个指头。这一来,许多受到过山羊先生礼遇的女人公然表示不相信那些有关他的传言。她们说,听来的事不该件件都信。男人气不过,用豆腐心肠的人干的坏事做证据驳斥她们,她们便说很可能他是出于迫不得已,无论怎样,他对女人没有过错。

既然山羊有这个对女人无比殷勤的性格,而且他引以为荣,你可能会想,那天下午他躲在霸王树林里耳闻目睹的事(至少是那两人中有一人的作为)对他来说一定难处置。然而,这种非同小可的事叫山羊善罢甘休又不可想象。

天黑以后,几个人在茅屋里点着盏灯笼吃饭,吃的有菜豆、羊排、罐头桃、咖啡。吃过饭,那老祖宗抽了根烟,把灰毯子往身上一裹,成了木乃伊,他的山羊早关进了羊圈。托尼娅洗了几个盘子,山羊用块面粉袋布把盘子揩干。她的一双眼亮晶晶的,讲起山羊上次走后她的小天地里发生的琐碎事来滔滔不绝,与以往他每次来没两样。

后来,托尼娅抱着吉他坐到草坪的吊床上,唱起了悲悲切切的爱情曲。

"宝贝,你还像以前那样爱我吗?"山羊边问边往口袋里找卷烟纸。

"跟以前没两样,亲爱的。"托尼娅答道,一双黑眼睛盯着他没动。

他站起身说:"我得到芬克店里买点烟。我以为衣服里还放着一袋,一摸没有,我去一刻钟就来。"

托尼娅说:"快去快来。我问你,你这次在我这儿住多久?你要是明天走那可会叫我伤透心了,难道就不能跟我托尼娅多住几天?"

山羊打了个哈欠,说:"这次我也许住两三天。我东奔西跑了一个月,想多歇歇。"

他买烟去了半小时,回来时托尼娅还躺在吊床上。

"我怎么会有这种莫名其妙的感觉呢?"山羊说道,"我觉得每棵树后都埋伏了人,守着要打死我。以前什么时候都不像现在这样,我总提不起精神。也许我是在胡思乱想,我想一大早不等天亮就悄悄走。我在瓜达卢普河撂倒了个荷兰老头,那一带人现在肺都气炸了。"

"你用不着怕,我的大英雄还会害怕谁不成?"

"要说干仗我可不是个小兔子,不过现在我住在你家,我不希望来一帮人上这儿找我。要不然,不该倒霉的人也许会倒霉。"

"你得守着我托尼娅,没人会知道你在这里。"

山羊警惕地看看河上游和下游黑乎乎的地方,再望望墨西哥人住的村里昏暗的灯光。

"我就走着瞧吧。"他最后说。

半夜里一个人骑着马到了巡逻队员的住地,一路叫唤着"喂!喂"表示他来并无恶意。桑德里季带着一两个人出来看是谁在喊叫。来者自称多明戈·萨莱斯,住在隆沃尔夫渡口,要交给桑德里季一封信,是帮人洗衣服的路易莎老太太叫他送的,因为她儿子格雷戈里奥病得厉害,发烧,骑不了马。

桑德里季点亮灯,看了信。信的全文是:

> 亲爱的:他来了,你刚走他就出了霸王树林。开始他说至少住三天,后来,天渐渐晚了,他像条狼(要不就像狐狸)一样,走来走去没有个停,又是四下里看,又是竖着耳朵听。不多久,他说他得在天亮前趁没人起身摸黑走。后来他似乎怀疑我变了心,他用从来没有过的眼神看着我,叫我害怕了。我赌咒发誓说还爱他,是他的人。最后他说我必须用事实证明我没有变心。他觉得就是眼下都有人在埋伏着,等他从我家里骑马出去时杀死他。他说,为了逃命,他要换上我的衣服,穿着我的红裙和蓝上衣,裹着我的褐色头纱出门,再骑上马跑。但是他又说,他走前我得换上他的衣,穿着他的长裤子和衬衫,戴上帽子,骑着他的马从茅屋走到河对岸的大路,然后又回来。在他走前我得这样做,他才能知道我有没有变心,是不是有人埋伏着要一枪打死他。这可不得了。我在天亮前一小时得这样做。亲爱的,来吧,杀掉这个人,我就成了你的托尼娅。别做活捉他的打算,赶快杀掉他了事。不管怎样,你得那样做。你得多提前些时间来,躲进我屋子附近的小棚子里,那里是放马车和马鞍的地方。小棚子里

黑乎乎的。他会穿我的红裙子和蓝上衣，裹着褐色头纱。给你一百个吻。一定要来，痛痛快快一枪打死他。

你的托尼娅

桑德里季三言两语向手下人解释了这封信与公事的关系，几个巡逻队员不赞成他单独去。

"我对付他轻而易举，那姑娘牵制住了他，这一回他别想先动手向我开枪。"少尉说。

桑德里季备好马，骑着往隆沃尔夫渡口去了。到那儿他把马系到河里的一丛灌木上，拔出温切斯特手枪，小心翼翼地向佩雷斯家的茅屋摸去。月亮只有半轮，天上还挂着团团白云。

马车棚是个埋伏的绝妙地方，巡逻队员顺利躲了进去。他看见茅屋的屋影下系着匹马，还听见马不耐烦地踢得坚硬的泥土地嗒嗒响。

他等了将近一小时才有两个人从茅屋里出来。一个穿着男装，一翻身上了马，跑过马车棚，直奔村边的渡口。另一个穿裙和短上衣，裹头纱，站在朦胧的月光下，目送骑马的人远去。桑德里季想不等托尼娅回来就下手，以为她并不愿看这种事。

"举起手来！"他端着温切斯特连发枪，从车棚出来高声喝道。

那人忙转过身，但没有举手，于是巡逻队员开枪了。接连三响，又补上两枪，打死小山羊西斯科不能吝惜子弹。尽管月光朦胧，十步远处不愁打不中。

睡在毯子里的老祖宗被枪声惊醒，再一听，又听到一声临死的惨叫。他站起身，咕咕噜噜埋怨现代人太不安分。

红头发高个子鬼一般蹿进茅屋，身子东倒西歪。他伸出一只手取下挂在钉上的灯笼，另一只手把封信摊在桌上。

他大声说："佩雷斯，你来看这封信是谁写的？"

"哟，天哪！是桑德里季先生。"老头子说着走了过来，"先生，这信是小山羊写的呀！大家都这么叫他，就是托尼娅跟的那人。

大家说他是个坏家伙,我也不知道是怎么回事。托尼娅睡着后他写了这封信,叫我老汉交给多明戈·萨莱斯,说是要送到你那里去。这封信怎么啦?我年纪太大,不知道。真他妈活见鬼,这世道太不像话。我家没什么好酒给你喝,没什么酒喝。"

听了这番话,桑德里季无计可施,跑了出去,扑到他的蜂鸟身上,可惜蜂鸟没一根羽毛能动了。她没有好汉们的天性,也不懂得复仇的奥妙。

那骑着马跑过马车棚的人已经到了一英里外,用粗嗓门儿不成腔调地唱着:

   你别欺侮我的露露姑娘
   要不你等着瞧吧……

剪 狼 毛

杰夫·彼得斯说起他这行的职业道德来，总是口若悬河，滔滔不绝。

他说："我和安迪事事配合默契，唯独对骗子的道德标准所见不同。安迪有安迪的想法，我有我的见解。我不会赞同安迪不择手段见人就捞钱的做法，而他埋怨我瞻前顾后，考虑合伙人的利益少，有时我们争得不可开交。有一次，我们你一言我一语都不相让，最后他竟把我比作洛克菲勒①。

"我说：'安迪，我知道你这话的用意，但我们是多年的朋友，我听了不会计较，你过后冷静下来再想想，也会觉得后悔不该挖苦人，法院送传票的人至今还没上过我的门。②

"一年夏天，我和安迪商量好，到肯塔基州山区一个叫青草谷的小镇休息一段时间。我们装作是贩马的正派人，去那儿避暑。我们在青草谷完全歇了手，没做任何惹人恨的缺德事，甚至没让人看过空头橡胶园开发计划书的一字一句，也没亮出过个什么巴西钻石，③所以当地人对我们很有好感。

---

① 美国石油大王洛克菲勒曾捐出大笔钱给慈善事业，但又由于非法活动多次受法院传讯。彼得斯把安迪比作洛克菲勒是讽刺他既要行骗又要顾道德。
② 这是十分委婉的劝告，意即如果安迪逢人就骗，总有一天会被法院传讯。
③ 此处所提的两件事都是诈骗行为的例子。

"有一天,青草谷最大的五金商闲逛到我和安迪住的旅店,与我们在侧厅里一道抽烟,谈天说地,我们跟他很熟,因为下午常在县政府的院子里丢圈套桩玩。他嗓门儿大,脸色红润,呼吸费力,胖得出奇,但也最讲究体面。

"我们谈完当天要闻后,这位默基逊先生(他姓此姓)小心翼翼而又满不在乎地从衣兜里摸出封信给我们看。

"他打着哈哈说:'你们看,竟然有这种事!把这种乌七八糟的信寄给了我!'

"我和安迪不用过目便知道是怎么回事,但我们装糊涂,把信从头到尾看了一遍,原来是个换伪钞的老把戏。用打字机打的,说用一千元真钞票可以换五千元行家也难分真假的伪钞。信上还说伪钞是用华盛顿财政部一个职员偷出的版印制的。

"默基逊还说:'异想天开,把这种信寄到我这儿来!'

"安迪说:'收到这种信的人多着哩!如果你根本不回信,他们只好作罢。回了信他们会再写信来,叫你带钱去做交易。'

"'可是把信寄到我这儿是异想天开!'默基逊说。

"过几天他又来了,说:

"'伙计们,我知道你们是好人,所以信得过你们。我开玩笑给这群混蛋回了信,他们来信叫我去芝加哥,说动身时打个电报给一个叫杰·史密斯的人。到那里后去某个街口等着,会有一个穿灰衣服的人来,故意把一张报纸掉在我面前。见到他我问一句掺了多少水,他便知道我是来人,我也知道他是接应的人。'

"安迪摇着头说:'果然,就是那老把戏。这种事我在报纸上见过多次。接上了头他把你带进旅店的一个房间,里面一个叫什么琼斯之类的人就等着剥你的皮。他们向你亮出崭新的真钞票,然后你要多少都换给你,以一换五。你眼见他们替你把钱装进一个小包,以为没问题。以后你打开一瞧,不用说,成了一堆废纸。'

"'哼,他们要骗我是做梦。'默基逊说,'我如果傻乎乎没头

脑,哪能在青草谷干得了最赚钱的买卖?塔克先生,你说他们给你看的是真钞票,对吗?'

"'我每次都——我看报纸上都是这样说的。'安迪说。

"默基逊说:'伙计们,我有把握,这帮家伙骗不了我。我把两千元放到衣兜里,到那儿捉弄他们一次。只要我比尔·默基逊的眼睛死死盯着他们拿出来的钱,他们就别想再混回去。他们出五元换一元,只要有我对付他们,看他们不吃五换一的亏!我比尔·默基逊惯会做买卖,有这个本事。就这么办,看我的吧,我去芝加哥,跟杰·史密斯一换五,我叫他偷鸡不着反蚀一把米。'

"我和安迪劝默基逊别打如意算盘捡这种便宜,可是越不懂行的人偏偏越要充内行,默基逊听不进劝告。我们算是白说,他下定了决心与社会公害较量,叫那些玩假钞骗术的家伙搬起石头砸自己的脚,也许他们会得个好教训。

"默基逊走了以后,我和安迪坐着好大一会儿没吭声,在冥思苦想打鬼主意。平常闲着什么事也没有时,我们总是各用心计提高本领。

"过了好大一会儿,安迪说:'平常我们闲聊时,你说干事要讲点良心,我从来没赞成过你那一套,也许我做得不很对。这次例外,我看我们会想法一致。我觉得我们不能让默基逊先生单独去芝加哥跟换假钞票的家伙打交道,去了绝不会有好结果。要是我们从中帮上一把,别让这种事发生,你说说,我们都会乐意吧?'

"我站起来长时间握着安迪的手。

"'安迪,我也许多少有些埋怨过你做事没心肝,现在那些话我全收回。原来你是嘴硬心肠软,你这就更了不起。你说的这件事我刚才也在考虑。'我说,'默基逊眼见错打了算盘,要是我们听之任之,那不光彩,没脸面。现在既然他下了决心去,我们就跟着他,别让骗子得手。'

"安迪赞同我的话,更可喜的是他一心一意要让骗子摔个跟头。

"我说:'我这人不信因果报应,也不爱讲仁义道德,但是眼见

别人要把劳神费力千辛万苦积起来的家业往不择手段、危害社会的骗子手上送,那我也不能见危不救,袖手旁观。'

"'说得对,杰夫。'安迪说,'如果默基逊一定要去上这个当,我们就一路跟着他,把自己挣的钱这么白白扔掉我见了过意不去。'"

于是我们去找默基逊。

"他说:'两位,芝加哥有这种便宜捡难道我还会不捡?我非煎出点油不可,要不就把锅砸了。但是有劳你们的大驾,烦两位跟我跑一趟,我真是三生有幸。也许以后到一换五的彩票兑现时,你们能帮点忙。有了你们两位在一起,跑这一趟就算是消遣好玩。'

"默基逊在青草谷放出的风是他要跟彼得斯先生和塔克先生到西弗吉尼亚州去几天,谈一笔铁矿买卖。他给杰·史密斯发去一份电报,说他于某日前往拜望,这样我们三个便动身去了芝加哥。

"一路上默基逊尽想美事,不但预测结果,而且乱吹事成之后回想起来会如何高兴。

"他说:'在沃巴什路与莱克街的交叉路口西南角有个穿灰衣的人,他故意把报纸掉在地上,我问他掺了多少水。唉哟,哟,哟!'说完他放声大笑,笑了五分钟。

"有时候默基逊脸上没有了笑容,不知在想什么。到这种时候,无论想着什么,他就话特别多。

"伙计们,这件事在青草谷我绝不会说出去,给我一万元也不说,说了在那儿还会有我的立足之地吗?但我对你们两位很放心。我想收拾这些危害社会的强盗匹夫有责,让我来给他们一点颜色看看。一换五!杰·史密斯出了这个价,他是跟比尔·默基逊打交道,出了这个价就得照这个价做买卖。'

"晚上7点我们到了芝加哥,默基逊与穿灰衣的人约好9点30分会面,我们在一家旅店吃过晚饭后到默基逊的房间消磨时间。

"默基逊说:'现在我们来商量商量,想出个对敌的万全之策。伙计们,假设我在与那穿灰衣服的家伙装模作样谈买卖,两位走了过来。当然是碰巧遇上。你们假装又意外又亲切,叫一声你好,默克,还与我握手。我把那人拉到一旁,说你们是青草谷开杂货食品店的詹金斯和布朗,人品可靠,现在到了外地也许愿意碰碰运气。'

"'肯定他会叫我把你们也带去,只要你们愿意换。你们说说看,这主意妙不妙?'

"安迪看看我,问道:'杰夫,你说呢?'

"我答道:'行啦,现在听听我的办法。依我看,这件事在这里马上了结,用不着再浪费时间。我从衣服里掏出支镀镍的零点三八手枪,把圆筒转了好几圈,弄得咔咔响。

"'你这丧尽天良作恶多端的坏种猪狗,把两千元拿出来放到桌上!'我对默基逊说,'痛快点,要不然有你的好瞧。我本是个软心肠人,可现在也只能走极端。'他把钱掏出来以后我又说,'就是有了你这种人,才非设监狱和法院不可。你到这儿来是为抢别人的钱,你以为别人想剥你的皮,你就可以抢别人的钱吗?这可不行,先生。你不让别人发不义之财却自己要发不义之财,比换假钞的坏十倍。你在老家上教堂,装成正人君子,现在跑到芝加哥当强盗,想来个黑吃黑。你起心抢劫的那些家伙其实是靠对付像你今天这样也想占便宜的卑鄙小人,才有了条稳稳当当的生财之道。你怎会知道换假钞的人骗几个钱是因为家里老老小小还有一大帮人靠他活命!就是你们这些伪君子想不劳而获,就是你们搞得这个国家乌七八糟,卖彩票,开空头矿,做股票交易,窃听机密。没有了你们,这些事会绝迹。你想打劫的换假钞的人也许花了多年苦功才学到了这一行,他们每干一次都得拿自己的钱冒险,甚至得准备坐牢,掉脑袋。你到这儿来骗他们靠着正派人的身份打掩护,仗了块自己店的漂亮招牌做幌子,堂堂正正,有恃无恐。要是他们拿了你的钱你可以叫警察,要是你拿了他们的钱,他们只好当了一身灰衣吃晚饭,哑巴吃黄连。我和塔克先生早看透了你的底细,这才跟着来,让你吃点苦头遭报应。你这猪狗不如的伪君子,这钱就算你贡献出来了。'

"我把两千元塞进衣服里面的口袋,都是二十元一张的。

"我对默基逊说:'再把表拿出来。不是我想要,把表放到桌上,你坐在椅子上,等表转过一小时才能走。要是你喊叫起来,或者不到时间就走,我们就把你的丑事在青草谷闹得满城风雨,人人皆知,你在那地方是有地位的人,我想你的地位总不只卖两千元吧?'

"说完,我和安迪走了。

"安迪在火车上好久没言语,后来才说:'杰夫,我想问你一件事,行吗?'

"我答道:'十件百件都行。'

"他问:'难道我们跟着默基逊刚走时你就打好了这个主意?'

"我说:'那当然,难道我还会有别的打算不成?你不也是这样想的吗?'

"安迪又有半小时没言语,我发现有时候安迪并不完全理解我脑子里的一套伦理道德。

"他说:'杰夫,等你以后有闲工夫时,你把你的良心道德画成一张图表,再加上图表说明,让我有时也参考参考。'"

决 斗

奥林帕斯山[①]上,众位神明躺在悬崖边,身旁放着琼浆玉液,一齐注视着凡间,发现各城市还有所不同。你会认为,他们眼中的城市一定像大大小小的蚁丘,无所谓特色,其实不尽然。据神话说喝琼浆玉液是他们的唯一消遣,因此在喝着琼浆玉液时,在这样高的地方研究蚂蚁的习性就不是为消遣了。然而,他们在比较村庄与城市时,无疑会觉得还有些趣味。他们自然也早知道(也许,许多凡人也知道),纽约在全世界的城市中首屈一指,无与伦比。我马上要向一对夫妇讲的一个小小的故事就是以纽约为题材。丈夫穿着双安息日用的拖鞋,坐在椅子里抽烟。妻子抓着张报在看,也许是因为菜还在锅里煮,也许是因为孩子没醒,她有了空闲。我常坐在地上对人讲国王丢掉性命的悲剧,也会先来些这样的话。

纽约市居住着四百万神秘的陌生客,他们来这儿的方式多种多样,原因也各异,有上美术学校的,有伪造钞票的,有卖鹤的,有参加一年一度的服装业年会的,有为宾夕法尼亚修铁路的,有因爱钱的,有为上舞台的,有图旅费便宜的,有施展才智的,有应聘的,有要实现伟大抱负的,有经长途跋涉来的,也有爬货车来的,还有漂洋过海来的,反正来了就要算进纽约的人口。

[①] 奥林帕斯山位于希腊东北部,为古代神话中众神所住之处。

但是，每个人一踏上曼哈顿①的石头路，就得开始搏斗，直打到或者是他取胜，或者是他的对手取胜。没有回合之间的休息，因为根本没有回合可分。这场搏斗从一开始就是不急不忙进行的，但一直要打到底。

你的对手是纽约市，从渡船把你送上岸开始，你就得与他交手，直打到或者是你战胜它，或者是它征服你。这一来，你或者会腰缠万贯，或者只剩一星期的房租。

这场决斗会决定你将成为纽约人，或者成为被踩在脚下的外人与仇敌，二者必居其一，不可能出现第三种结果。你或者赞成，或者反对；或者爱，或者恨；或者是知心朋友，或者被抛弃。你得明白，纽约是格斗场上的将军。它不但想用武力征服你，而且会用女妖的法力迷惑你。妖妇的、名将的、美酒的、音乐的以及药物的本领纽约兼而有之，而且登峰造极。

在别的城市，你虽为异乡之客，但你想游荡或居住多久就可游荡或居住多久。比如说，波士顿曾养育了你，在芝加哥你可以住到头发变白，可以喋喋不休谈孩童时的往事，不会有人来骂你一顿。在别的城市你也许会成为那儿的栋梁，在纽约却休想。在别的地方你可以嘲笑那儿的建筑，说当地的与你老家的相比如何相形见绌，不会有人来为难你。但是，在纽约，你或者得做纽约人，或者就成了现代特洛伊木马②中的敌兵，你对故乡的眷恋就是你藏身的木马。

以上这一大段冗长的说教仅仅是一个引子，为的是引入两个小人物——威廉与杰克。这两人都是从西部来的，在西部时他们是朋友。

---

① 曼哈顿是纽约的市中心区，摩天大楼林立。此处借指纽约。
② 古希腊传说，特洛伊王子帕里斯访问希腊，诱走王后海伦。希腊人因此远征特洛伊，围攻九年不下。第十年，希腊将领奥德修斯献计，把一批精兵埋伏在一匹大木马腹内，放在城外，佯作退兵。特洛伊人以为敌兵已撤，把木马移到城内。夜间伏兵跳出，打开城门，于是希腊兵一拥而入，攻下特洛伊城。现在通常用来比喻在敌方营垒里伏兵里应外合的行动。

他们到这座大城市来碰运气。

刚到渡口,纽约挥起右手一拳打在一个的鼻子上,左手一拳打在另一个的下巴上,告诉这两人搏斗从此开始。

威廉经商,杰克学美术。两人都年轻,有抱负,于是他们还手了,紧紧咬住对方。他们大概是内布拉斯加州人,要不就是密苏里州或明尼苏达州人。他们出门是为闯个功成名就,为奋斗,为金钱,所以他们像两员名将一样,毫不示弱,直取这座城市的要害。

过了四年,威廉与杰克吃午饭时相遇了。商人吹着口哨,像阵三月的风一般进了餐馆,把丝礼帽往服务员身上一扔,一屁股坐到给他端过来的椅子上,接过菜单,尽挑名贵菜。而画家呢,到这时才得以点点头,点过头以后,他脸上露出了得意的笑。

"比利,你算是完啦。"他说,"纽约使你变了样。这地方制服了你,按它的模式把你捏成了另一个人,在你全身打上了它的烙印。你与我今天见到的成千上万个人已经是一模一样,要不是因为你那洗衣店的标志,我还认不出你来。"

"法国软干酪。"威廉末了点的是这东西,"你怎么啦?哟,你这是第一次来纽约呀?我觉得这里什么都好,我已经满足了。你听我说,原来我以为西部就是整个世界,除了西部别的地方都没有什么了不起,我会在一望无际的大平原上无拘无束地到处跑,在杂货店里我挖苦过东部来的肥皂推销员。但那时我没见到纽约,杰克,这里我觉得什么都好。现在六马路对我来说就是西部。你有没有听过克鲁索①唱歌?他满足于一个荒岛。"

"得了吧,比利。"画家轻轻弹着香烟,说,"你还记得我们到东部来时在路上谈起这座了不起的大城市时是怎么说的吗?我们慷慨激昂说要打败它,绝不让它占我们的上风。我们原来怎么样以后也怎么样,绝不让纽约摆布我们。老兄,你现在被打翻了。你已从西部人

---

① 指英国作家丹尼尔·笛福著名小说《鲁滨孙漂流记》中的主人公鲁滨孙·克鲁索。

变成东部佬啦!"

"我不懂你这话是什么意思。"威廉说,"我现在不像在老家那样,逢到该穿漂亮衣服的场合会穿蓝裤子、印度条子布背心、羊驼呢上衣。你说我被纽约按它的模式捏成了另外一个人,可是请问,这个模式有什么不好呢?如果你在罗马,就得学南欧人的那一套。我觉得,与纽约比较起来,别的所谓城市都成了仅在打信号旗时火车才停的车站,在我脑子里的火车时刻表上,芝加哥、圣乔、法国的巴黎是带星号的车站,就是说,你得摇红旗,每隔一周的星期四才上客的车站。我喜欢哈得逊河畔的这块地方,无论什么时候都有事干,有人打交道。我卖自动泵,一年挣八千,生活阔绰得像帝王。昨天人家介绍我认识了约翰·盖茨①,我还带了个酒商的妹妹坐汽车兜风,亲眼见到电车轧死两个人。晚上看埃德娜·梅演出。谈起西部来我得告诉你件事,前几天晚上我大喊大叫把旅社的人全吵醒了。我做了个梦,梦见我在奥什科什的木板道上散步。杰克,你对纽约有什么不满呢?我不喜欢的事只有一件:得摆渡。"

画家呆呆地看着墙纸,说:"纽约像条蚂蟥,吸整个国家的血,凡是来这儿的人都得进行一场搏斗。如果不把它比作蚂蟥,也可以把它比作神像、火神爷、魔王,全国的天真的人,有天才的人,还有长得美的人,都得向它顶礼膜拜。每个外来人都必须与这个庞然大物交手,拼搏一场。比利,你被打败了,纽约永远战胜不了我。我憎恨它像人们憎恨罪恶、瘟疫,或者说——讨厌它像讨厌低劣杂志的彩色画。我不稀罕它地盘大、势力大。在我所见的城市中,它的百万富翁是最贫穷的,伟大人物是最渺小的,乞丐是最神气十足的,美人是最难看的,摩天大楼是最低矮的,娱乐场所是最枯燥无味的。老兄,它撞倒了你,而我离它的战车轮还很远。纽约讲究外表的华丽,就好像

---

① 约翰·盖茨(1885—1911),美国金融家,靠垄断倒钩铁丝生产发迹,后因在纽约进行股票投机蚀本。

中国人，总要把一身收拾得漂漂亮亮。在财富主宰的城市中我过得下去，在贵族主宰的城市中也过得下去，然而这座城市是最乌七八糟的。它标榜文化，却又无比野蛮；吹嘘自己高尚，其实卑贱已极：把外面的一切都贬得一文不值，殊不知自己眼光最为狭隘。我要的是西部世界纯洁的空气，开阔的胸怀。如果我能明天回到那儿，我绝不会拖到后天。"

"这块牛身上最嫩的肉片你不喜欢吗？"威廉问道，"得啦，别胡闹，毁掉这地方有什么好处？这地方最了不起！在萨克拉门托的大酒店自动泵我一台也卖不了，这儿一家可卖二十台。你看没看萨拉·贝纳尔演①的《安德鲁·麦克》？"

"比利，纽约算是把你毁啦。"杰克说。

"那怕什么？"威廉说，"明年夏天我要在莱克龙孔科马买栋别墅。"

半夜里，杰克打开窗，坐到窗口。眼下的景色使他舒了口气，尽管他已见过一百次，也一百次有过感慨。

窗下的纽约市像个奇怪而美丽的梦境，高低不一的房屋像断崖，排列在深谷和蜿蜒的溪边。有的如山峰高耸，有的排成长行，像荒凉的峡谷边一长线单调的玄武岩岩壁。这座美妙而无情、迷人而叫你眼花缭乱、会把你毁灭的城市的主体就是这些房屋，但主体部分凿有数不胜数的平行四边形、圆形、正方形，里面透出五颜六色的亮光来。从幽暗处传出的人的声音、气味、动静像是这座城市的灵魂，反映出种种无节制的欢乐、爱、恨及其他种种人类的情感。种种事情都摆在他眼下，有好的也有坏的，世界各地有的这里都不缺，能或给你教益，或使你高兴，或使你激动，或使你富裕，或使你贫穷，或使你高升，或使你跌落，或使你受益，或使你完蛋。他看到的纽约就是这个样，了解的纽约就是这个样。

---

① 萨拉·贝拉尔（1844—1923），法国著名女演员，以其音色与演技见长。

有人敲门,是给他送来份电报。西部发来的,有这么几个字:

回归即答应你。多利①

他请送电报的人等了十分钟,写了回电:暂不能归。写完他又坐到窗边,观赏纽约的夜景。

说起来这个故事算不上是故事,但我想知道其中的两个人物哪一个在与纽约的较量中取胜了。所以,我找到一位见多识广的朋友,把两人的情况告诉了他,他回答说:"请别来打搅我,我要去买圣诞节的礼物。"

所以,这个问题还悬着,你就自己判断吧。

---

① 多利为女子名。

布莱克·比尔藏身记

洛斯皮诺斯车站的站台上坐着个瘦高个子,他的身体倒很结实,脸红扑扑的,鹰钩鼻子,像威灵顿[①]。眼小而目光咄咄逼人,睫毛是淡黄色的,两只脚前后甩个不停。坐在他身边的是个胖子,无精打采。胖子似乎是瘦高个子的朋友,生活中存在的这样两种截然不同的人反正都是人,像有的衣服正穿反穿都是衣服一样。

无精打采的人说:"哈姆,有四年没见到你了,你现在要去哪里?"

脸红扑扑的人说:"得克萨斯。阿拉斯加天太冷,我受不了,得克萨斯的天气暖和。我对你说说我在那里的一段奇遇吧:

"一天上午,我在一个加水站下了国际号列车,下来了就没再上去。下车的地方是一片牧区,一家不知道另一家的事,连纽约都比不上。那种地方隔上二十英里才有人家,各家每餐吃什么你连气味也嗅不着。不比纽约,这家的窗就对着那家的。

"我也看不到哪里有路,于是信步走着。草长得齐鞋高,豆科灌木大得像桃树。你还以为是进了私人的桃树林,不知什么地方会蹿出牛头犬来咬你一口。我足足走了二十英里才见到住房,房子很小,与铁路的小车站相差无几。

[①] 威灵顿(1769—1852),在滑铁卢击败拿破仑的英国名将。

"屋门前的树下坐着个人,小个子,穿白衬衫,褐色工装裤,脖子上系着条粉红领带,他正在卷烟。

"我说:'你好。不速之客上门欢不欢迎?有吃的吗?需不需要人干活儿?'

"'请进。你就坐那凳子上吧,我没听到你的马蹄声。'他彬彬有礼地说。

"'马没骑来,我走路来的。不敢多麻烦,就不知你家里有没有三四加仑水。'我答道。

"'你满身是灰,可惜我们洗澡的设备……'

"没等他说完,我说:'我是渴得很,身上脏点没关系。'

"他取下挂在墙上的红水罐,给我倒了一大杯,然后问道:'你愿干活儿吗?'

"我答道:'干干再说吧,这一带很安静,对吗?'

"'是这样,'他说,'有时候——我也是听人家说的,一两个月见不到有人来。我到这里才一个月,这牧场我是买了人家的,卖主又往西去了。'

"'这地方我喜欢。'我说,'人有时需要安静,不与别人往来,我得找点活儿干。我会管酒店,管盐矿,讲演,看股票行情,搞点中量级拳击,还有弹钢琴。'

"'你能放羊吗?'小个子牧场主问。

"'你是问我放没放过羊吧?'我反问。

"'是能不能放,就是能不能管住羊群?'

"'我明白了你的意思。'我说,'你是问我能不能赶着羊到处跑,能不能吆喝羊,当只牧羊狗。这事嘛,我大概还干得来。我没有放过羊,可是我在汽车里看过羊吃草,羊好像是不会伤人的。'

"'我少个人看羊。'牧场主说,'墨西哥人一个也靠不住。我只有两群羊,要是你乐意,早上你就赶着我的羊出去。不多,才八百头。报酬是每月十二元,吃饭不在内。你要在草原上守着羊,晚上睡

在帐篷里。饭得自己烧,但柴和水会送到你帐篷里,这事容易干。'

"我说:'一言为定,我就干这活儿。我也来学学画上的牧羊人,头上戴圈花,手上拿根弯手杖,身上穿件宽松衣,还要吹吹笛子。'

"第二天上午,小个子牧场主帮我把羊赶出栏,放到两英里外大草原的一个山坡上吃草。他反复叮嘱我别让羊离群,到中午时要把羊赶到水塘边喝水。

"'天黑以前我赶着马车把你的帐篷、用具和吃的送来。'他说。

"'好吧。'我说,'别忘了带吃的东西,还有用具,帐篷你千万得送。请问,尊姓是不是佐利科弗?'

"'我名叫亨利·奥格登。'他说。

"'知道啦,奥格登先生。'我说,'我叫珀西瓦尔·圣克莱尔先生。'

"我在奇基托牧场放了五天羊后了解了羊的习性,与大自然离不开的东西当然并不难了解。我比克鲁索的山羊更寂寞,①我见过的许多人比起这些羊来强得多,跟羊做伴不如跟人做伴。每天晚上我得把羊赶进羊栏,然后自己烧饭,吃的是玉米窝窝、羊肉、咖啡。睡在巴掌大的帐篷里,帐篷外就听到野狼嗥。

"第五天夜晚,我把很值钱但不能做伴的羊关进栏以后,走回了牧场主住的房子。

"走进门我说:'奥格登先生,我们俩都要放随和些才好。羊点缀自然风光再好不过,也让人有了八元一身的衣料,可是叫他们在吃饭时或在火炉旁做伴就万万不行。要是你这儿有牌打,有色子丢或者消遣的书看,你都拿出来给我解解闷吧。我需要过点精神生活,就是把谁的脑瓜子砸了开开心也行。

"这位亨利·奥格登不比一般牧场上的人。他戴戒指,有大金表,领带结得端端正正。他的脸不见表情变化,戴在鼻梁上的眼镜总

---

① 《鲁滨孙漂流记》中的主人公鲁滨孙·克鲁索在孤岛曾遇到山羊。

是擦得闪闪亮。有一次我在马斯科吉看到一个杀害六条人命的家伙上绞架,他与那家伙长得一模一样。不过呢,我在阿肯色认识的一位传教士你要是见到了准会以为是他的亲兄弟。他长得像谁我倒不在乎,我只希望有个伴,圣人罪人都行,只要不是头羊。

"他放下手里的书本,说:'哟,圣克莱尔,我知道刚开始你一定觉得寂寞,我也不否认自己也觉得寂寞。羊你该关牢了,不会往外跑吧?'

"我答道:'跟关谋杀百万富翁的凶手一样,跑不了。我会早早回去,不让你的羊受委屈。'

"听我这样一说,奥格登拿出副牌,两人打了起来。守了五天五夜羊,打打牌像是逛百老汇。每摸到一张好牌,我兴奋得像赚了一百万。后来亨利·奥格登变得随和了些,讲了卧铺车厢一个女人的事,我笑了足足五分钟。

"这说明生活的好坏只是相对而言的,饱够了眼福的人叫他看什么都不稀奇。如果你让他放一段时间羊,叫他看最乏味的戏他都会笑破肚皮,叫他与谁玩玩牌他都高兴得不得。

"后来奥格登拿出一瓶威士忌,把他的羊完全丢到了脑后。

"'大约一个月前,报纸上登了件火车抢劫案,你还记得吗?'他问,'列车员的肩头挨了一枪,抢走的现金有一万五,报上说案犯是单枪匹马。'

"我说道:'我还记得。不过这种事常发生,过不了多久得克萨斯人就慢慢忘了,抢劫犯抓到了呢还是逍遥法外?'

"奥格登说:'已经逃走了。今天我看到报纸上说,警方追踪到了这一带。抢走的钱全是埃斯平纳斯市①第二国民银行刚印发的钞票,有了这条线索,警察一路跟踪,追到了这一带。'

"奥格登又倒了些酒后把酒瓶推给我。

---

① 美国并无埃斯平纳斯市(Espinosa City),国民银行更无权印发钞票,此说均系作者虚构。

"我喝了一小口酒,说:'据我看,劫车的罪犯逃到这一带躲藏起来并不奇怪。牧场上藏身是再好不过的,只有鸟、羊、野花的地方谁还能找到亡命之徒?你知不知道——'我把亨利·奥格登周身上下打量一眼,说,'这个单枪匹马干的家伙是个什么模样?报上有没有说他多高,是胖是瘦,有没有镶牙齿,穿的什么衣服?'

"奥格登答道:'一点也没说,这家伙戴着面罩,谁都瞧不清他,但他们知道劫车犯名叫布莱克·比尔。因为他总是独往独来,这次又在车厢里掉了块手帕,手帕上有名字。'

"我说道:'不用说,我看布莱克·比尔会往牧场上逃,他们抓他不到。'

"奥格登说:'抓到他的人得赏金一千。'

"'我用不着得这种钱。'说完我正眼看看牧场老板,'你每月给我十二元,已足够用了,我需要的是休息。等我挣够了路费,再回特克萨卡纳。我父亲不在了,母亲还住在那里。'我又意味深长地看了奥格登一眼,说,'布莱克·比尔说不定上——一个月前上这儿来买——买了个小牧场,还……'

"住嘴!'奥格登从椅子上跳起来,眼露凶光,'你这是指桑骂槐,说……'

"'别误会,没人指桑骂槐,'我说,'我只是做一种假设。要是布莱克·比尔到这儿来买了个牧场雇我给他放羊,也像你这样厚道,把我当朋友,他根本用不着担心我漏风。大丈夫总是大丈夫,别管他放羊也好,在火车上闹出了事也好,你这该明白我的意思了吧?'

"奥格登有好一阵脸发青,后来他大笑起来,开心得很。

"他说:'你的确不会,圣克莱尔。如果我是布莱克·比尔,我对你放得下心。今晚我们再打两盘,你要是愿意跟抢劫火车的家伙打,我们就来。'

"我说:'我已对你讲明了。我嘴上怎么说,心里便怎么想。'

"打过一盘,我趁洗牌时问奥格登是什么地方人,听起来只是闲聊着问。

"他回答说:'密西西比谷人。'

"我说:'那地方虽小,但很好,我常去那里。可是那地方的被子有些发潮,饭菜也味道不好。我是太平坡人,你去过那里吗?'

"'那里太干燥。'奥格登说,'你要是到了中西部,提起我的名字你就别担心脚冷,喝的咖啡也特别好。'

"'得啦。'我说,'我不是想打听你的私人电话号码,也不想知道你有哪门子荣耀亲戚,那不关我的事。我只想让你知道,你请的看羊人很可靠。你别再疑神疑鬼,别再神经质。'

"奥格登又大笑着说:'你又来啦!如果我是布莱克·比尔,知道你怀疑上了我,又心里害怕,你想想看,我一枪收拾了你岂不干脆?'

"我说:'不可能。有胆量单枪匹马抢火车的人不会做出这种小人才干的事来,我见多识广,知道这种人最讲朋友义气。我不敢自称是你的朋友,奥格登先生,我只是你的一个羊倌而已。不过,要不是这关系,我们也许早就成了朋友。'

"奥格登说:'你现在不要想放羊不放羊,还是发牌吧。'

"大约过了四天,中午时分羊在水塘边喝水,我在埋头煮咖啡,没提防来了个不速之客,他的马蹄踏在草上听不到响声,看服装就知道身份。他的打扮不像堪萨斯市的侦探布法罗·比尔,也不像城里捕狗的巴顿·鲁热。看他的下巴和眼睛,他不是干武打这一行的,所以我断定只是个暗探。

"'你在放羊?'他问。

"我答道:'嗯,你明摆着是个好眼力的人,难道我还敢说我在翻新旧铜器或者给自行车飞轮上油?'

"他说:'听你讲话看你的模样你都不像个放羊的人。'

"我说:'听你讲话看你的模样倒是都可以知道你是什么人。'

"接着他问我是给谁干活儿,我指给他看小山下两英里外的奇基托牧场,他这才告诉我他是副警长。

"这位暗探说：'有个叫布莱克·比尔的家伙抢了火车，逃到这一带，我们追他一直追过了圣安东尼奥。你见没见过，或者听没听说过这个月附近有陌生人来？'

"我说：'有倒是有一个，听说在弗里奥河卢米斯的农场上，墨西哥人的住地。'

"副警长又问：'听说了他一些什么？'

"听说生下才三天。'我答道。

"'你替他放羊的这人什么模样？'他问，'这地方是不是仍归乔治·雷米所有？他在这儿养了十年羊，就是没养出个名堂来。'

"'老头把羊卖了，往西去了。'我对他说，'一个月前，另一个人想养羊，买了他的。'

"这人是什么模样呢？'副警长又问。

"我答道：'他嘛，是个荷兰人，又大又胖，络腮胡，蓝眼睛。我看松鼠要是跑到了地上他就分不清它和羊了，也许乔治老头这笔买卖捞了他一大把。'

"副警长又唠了些不着边际的情况，还把我烧的饭吃了三分之二，这才骑着马走了。

"当天晚上，我把这件事告诉了奥格登，说：'他们像章鱼，把触角全部张开了，要捉拿布莱克·比尔。'然后我把副警长的问话，我对副警长怎样谈他的情况，以及副警长对这件事后来说了些什么，向他和盘托了出来。

"奥格登说：'哼，得啦！布莱克·比尔闯了祸，我们别引火烧身，我们还有自己的事。把橱里的威士忌拿出来，我们为他平安无事干一杯，如果——'他说着咯咯一笑，'如果你不嫌弃他是抢劫火车的罪犯的话。'

"我说：'只要是朋友的朋友，我就为他干杯。我相信，布莱克·比尔是这种人，所以为了布莱克干杯，祝他平安无事。'

"我们俩喝下了酒。

"过了两星期,该剪羊毛了。得把羊赶回来,让许多墨西哥邋遢鬼拿着剪刀剪毛。所以在他们来的前一天下午,我在山坡上把羊赶到一起,穿过山谷,沿弯弯曲曲的小河赶回来,关进羊栏,让它们安安稳稳睡觉。

"离开羊栏后我走进屋,看到亨利·奥格登在小床上睡着了。我猜他或者是因为贪睡,或者是因为撑不开眼皮,或者是得了养羊人的特种病才睡了。他的背心敞开着,嘴大张着,鼾声如雷。我看着他,心里好不奇怪,在想:'乖乖,睡得像死猪,连嘴也不闭,不怕风往嘴里灌。'

"男人倒霉就倒在睡着了,睡着以后,他再聪明,再有力气,有实力,有勇气,有影响,有家庭背景,又能有何作为?他的冤家要把他怎样就怎样,他的朋友更不用说。他本人已人事不知,只顾做他的美梦。女人睡着以后不同,无论她的睡态如何,你不会在这时候害她。

"我没管他,喝了杯威士忌,还替奥格登来了一杯。趁他睡着时,动手找起东西来,要好好享受享受。他桌上放着些五花八门的书,有介绍日本的,有介绍排水知识的,有介绍医学知识的,另外放着些烟叶,正中我的下怀。

"我抽了几口,只听见亨利·奥格登仍然在呼呼打着鼾。无意中我往窗外一看,本来是看看剪毛棚。剪毛棚边有条小路,这条小路连着另一条小路,另一条小路通向条小河。

"我看到五个人骑着马往房子这边走来,马鞍上全横着枪,其中一个是与我在帐篷里谈过话的副警长。

"他们过来后摆开了阵势,端着枪,个个警惕起来。我睁大眼一瞧,认出了这队护法骑兵的首领。

"我招呼道:'先生们,你们好,下马歇一歇吧。'

"为首的催马上前,举起枪,把枪口对准我,想打我露出窗口的哪部分就可打中哪部分。

"'两只手放着别动,我们先谈谈,把话说个明白。'他说。

"我说：'你放心吧，我不聋也不哑，你问我什么我回答什么。'

"他说：'我们在追捕布莱克·比尔，五月这家伙在卡蒂号车上抢了一万五千元，现在每个牧场每个人都得检查。你叫什么名字？在这场上干什么？'

"我答道：'队长，我干的活儿是珀西瓦尔·圣克莱尔，名叫放羊。今天我把牛——说错了，是把羊关在这儿了。明天墨西哥人要来给羊理发，我想是用剪刀剪。'

"这牧场的老板在什么地方？'为首的又问我。

"我说：'队长，你别急，要是抓到了你刚才讲的这坏家伙难道不赏钱吗？'

"队长答道：'赏金是一千，但得抓着他，还得认准确实是他。报告消息的没听说有赏。'

"我懒洋洋地抬头望了望万里无云的蓝天，说：'看来明天不下雨后天就会下。'

"'如果你知道布莱克·比尔这家伙在哪里，有什么习性或者藏身的手段不说出来，那你也有罪。'他声色俱厉地说。

"我慢声吞气答道：'我听见个骑马的剑客说，一个墨西哥人在纽斯河皮德金的商店告诉一个叫杰克的牛仔，他听说半个月前，一个放羊人的表亲在马塔莫拉斯看到了布莱克·比尔。'

"队长仔细打量我一番，才打定主意做笔交易，说：'想要我怎么办就说吧，你这家伙真是守口如瓶。如果你真让我们抓着了布莱克·比尔，我自己掏腰包——我们大家掏腰包，给你一百块，你本来是什么也捞不着的。现在你看行吗？'

"'马上兑现吗？'我问。

"队长与几个手下人商量了一阵，大家把口袋里的钱掏了个精光，结果总共凑得一百零二元三角，另外还有上等烟叶，值三十元。

"我说：'队长你再过来些，我说给你听。'他于是走到了我跟前。

"我说：'我穷得很，是世界上的一条可怜虫，一个月里辛辛苦苦我只能挣到十二元，得守着一大群牲口，不让它们跑散了，而这些家伙别的事都不想，就想四处乱跑。我觉得自己是块上等料，偏偏做这下等事，原来以为羊就是羊排的人却落到今天这步田地。我在世上没地位就得怪壮志未酬，还有就是从斯克兰顿到辛辛那提一路上那些人酿的酒，什么杜松子酒啦，法国苦艾酒啦，数不胜数。如果万一你也经过这一带地方，千万要去试。可是话说回来，我这人从没背叛过朋友。他们有钱的时候我总是守着他们，如果我遇上了倒霉事，我绝不抛弃他们。'

"我往下说道：'但这一次不同，其实谈不上朋友不朋友。一个月十二元只够点头之交，叫我吃黑豆和玉米窝窝也不是什么朋友情分。我是个穷苦人，在特克萨卡纳还有个母亲，父亲已去世了。你们要找布莱克·比尔到这屋子来，他躺在你们右边那间房子的小床上睡着了。我听他说话就知道，他是你们要抓的人。'我又解释说，'我和他原来只有几分交情，而我现在又不比从前，要不然，你就是摆座金山银山在这里，也别想叫我出卖他。就怪每星期豆子有一半生了虫，帐篷里柴又不够烧。'

"我说：'各位进去要多加小心，有时候他脾气躁。你们想想他近来干了什么事，如果猛不防来了人抓他，他还有什么手段使不出来？'

"听我说完，几个人都下了马，把马系上，子弹推上膛，器械拿在手，蹑手蹑脚摸进了屋，我不怀好意地跟着就等看热闹。

"领头的把奥格登摇醒过来，他一跃而起，另两个等着领赏的忙过来一齐抓住了他。奥格登尽管个子小，却有能耐，在众寡悬殊的情况下也与他们干开了。

"'你们这是干什么！'他被打翻在地后叫着。

"'就抓你布莱克·比尔先生，没别的。'队长答道。

"'这是胡闹！'奥格登火气更旺了，说。

"'胡闹的是你。'警官说,'卡蒂号车并没什么事跟你过不去,到火车上乱来的人自有法律收拾他。'

"警官骑在亨利·奥格登的肚皮上,把他的口袋先细细搜查了一番。

"'你这么干要吃苦头,我可以证明我的身份。'奥格登说,身上冒出了汗珠。

"'我也可以。'队长从奥格登上衣的口袋里掏出了一把埃斯平纳斯市第二国民银行的新钞票,说,'你究竟是什么人难道不看这一把票子还看你自己印的什么名片不成?起来跟我们走,好,认罪吧。'

"亨利·奥格登站起身系好领带,他们搜出了钱以后他什么也不再说。

"'想得倒美呀!'警长说,'溜到这地方,买下一个难得有人来的小牧场,躲藏得这么巧妙我算是头一回见。'

"一名警察到剪毛棚里把另一个放羊的人找了来。这是个墨西哥人,叫约翰·萨利斯,他给奥格登备好鞍。几名警察都上了马,团团围住奥格登,手里端着枪,准备把他押往城里。

"临走前,奥格登把牧场托付给了约翰·萨利斯,交代他怎样剪羊毛,在什么地方放羊吃青草,好像是有把握过几天就能回来。

"几小时后,原来在奇基托牧场放羊的那个珀西瓦尔·圣克莱尔把一百零九元(连工资带昧心钱)揣到口袋里,骑着牧场的另一匹马往南去了。"

脸红扑扑的人没再往下说,张大耳听着。远处矮山中传来了汽笛声,是列货车开来了。

他身边无精打采的胖子哼哼鼻子,慢慢地、鄙夷地摇摇他的大脑袋。

"斯莱彼,怎么啦?有了不高兴的事?"另一个问道。

"那倒没有。"无精打采的人又哼哼鼻子,"只是你讲的事我听不顺耳。你我前前后后已是十五年的朋友,以往我不知道你有,也没听人说过你出卖过谁、帮警察抓人的事。可是现在呢,你喝了人家的酒,跟人家打了牌,又向警察告发他,就为那几个钱。我看你是变啦。"

脸红扑扑的人说:"后来我听说,有位律师为他据理力争,又找到其他证据,这位亨利·奥格登已证实无罪,他并没再吃苦。他给过我好处,我并不愿跟他过不去。"

"他口袋里的钱是怎么回事呢?"无精打采的人问。脸红扑扑的人答道:"是我看见警察过来了,趁他睡着没醒放到他口袋里的,我就是那布莱克·比尔。你看,斯莱彼,火车已经来了,趁车加水时我们正好爬上去。"

各有所长的结局

春天向《艺神》杂志的编辑韦斯特布鲁克飞来一个媚眼,使他乱了方寸。他照例在百老汇一家大饭店吃过中饭后本要回办公室,走着走着,抵不住春姑娘的引诱,脚变得不由自主。这就是说,他往东走进了二十六大街,穿过春日里车水马龙的五马路,又在生机盎然的麦迪逊广场的行人道上溜达。

这块空气清新的小天地的景色很可比作一首田园诗,其主色是绿色,无论植物的颜色或者人工装饰的颜色主要都是这个色。

人行道间新冒出的草呈铜绿色,绿得不祥,使人想起那些夏秋时节来这里的无家可归的人。不知为什么,树上的嫩芽会使人想起吃四毛钱一餐的饭时,那道鱼上撒的东西。头上的天空是发暗的蓝绿色。眼前唯一绿得自然、真实的是那些新油漆过的长凳,其色调介于腌黄瓜与隔年买的很快发黑的雨衣之间。然而,在纽约生纽约长的编辑韦斯特布鲁克看来,这里的景色美不胜收。

现在,无论你是夹在进还是出麦迪逊广场的人群中,你都得大致了解一下这位编辑的心情。

韦斯特布鲁克正春风得意,踌躇满志。不到十天时间,四月份的一期《艺神》已销售一空,基奥卡克的一位代销人来信说,他满可以再卖出五十本,只可惜无货。杂志的老板给他(编辑)加了薪,他家新雇了个手艺好的厨师,只是这位厨师很怕警察,当天的早报全文刊登了他在出版商宴会上讲话的全文。清晨他离开上城区的家时,他那位年轻美貌的妻子唱了首歌给他听,悠扬的歌声现在仍在耳边回响。近来她迷上了音乐,天天早上苦练。他称赞她技艺日见长进,太太听了喜不自胜,一把搂着他。他把春天看成一位训练有素的护士,温柔而技术高超,把复苏的城市看成一座医院,现在这位护士正轻移细步,在巡视病房。

韦斯特布鲁克编辑在广场的一排排长凳间信步荡着,长凳上坐满了人,有流浪汉,也有无法无天的孩子的保护神,突然有人扯住了他的衣袖。他以为遇上了叫花子,转过冷冰冰的脸,打算分文不给。一看,才知扯住他的人是道尔——沙克尔福德·道尔,一身不干不净,衣服都快破了,再加上还有一条一条的皱,都看不出他竟然还是位文人。

趁编辑惊心未定时,且介绍一下道尔的略传。

道尔爱写小说,与韦斯特布鲁克早就相识,有段时期,他们堪称朋友。当时道尔还有两个钱,住在一所像样的公寓里,离韦斯特布鲁克家相距不远。他们两家常一道看戏上餐馆,道尔太太与韦斯特布鲁克太太成了莫逆之交。后来命运开了个小小的玩笑,断了道尔的财源,让他搬到了格拉墨西公园附近。那地方房租便宜,天花板上有八盏枝形吊灯,墙上有大理石壁炉,往日气派,但现在你坐在自己的大箱子上可以看到老鼠公然在房间里玩游戏。道尔想以写小说为生,他时不时也能卖出一篇。他给韦斯特布鲁克送去许多,《艺神》采用了一两篇,其余的退了稿。每退一篇稿,韦斯特布鲁克都要认认真真、一本正经写封信,详细说明不能采用的原因。对什么是好小说韦斯特布鲁克编辑自有他的一套标准,道尔也有自己的一套。道尔太太关心的主要是能筹集到什么盘中餐,有一天,道尔向太太谈一些法国作家如何如何写得高明,喋喋不休,结果到吃饭时两人吃的却是一个小学生肚皮饿时一口都能吞下去的东西,道尔遭了她的埋怨。

道尔太太说:"这一顿饭像莫泊桑①的小说一样,不成样子,算不上佳作。不过呢,我的确希望你像马里恩·克劳福德②那样写出长篇巨著来,还能写出埃拉·惠勒·威尔科克斯③式的十四行诗,吃得上餐后甜点心,我现在还吃不饱饭。"

沙克尔福德拽住韦斯特布鲁克的衣袖时就是在这种处境,离功成名就还路漫漫,编辑好几个月都没有见过道尔了。

"哟,沙克,你就这样呀!"韦斯特布鲁克说过这话后又有几分尴尬,因为这样说等于是笑对方已经落魄。

道尔还拉扯着他的衣袖没放,说:"坐一会儿吧,这地方就是我的办公室,我这个模样不能到你那儿去。嗯,坐下吧,坐坐不丢脸。别的凳子上的倒霉鬼会以为你是个志得意满的小偷,绝不会知道你只是个编辑。"

"抽支烟吧,沙克。"韦斯特布鲁克编辑说着小心翼翼地在难看的绿色长凳上坐了下来。每次他即使退让,也不会失去翩翩风度。

道尔见了烟像是王鱼见了翻车鱼,也像女孩子见到巧克力奶油,伸手抓了过去。

"我刚刚……"编辑刚开口。

"嗯,我知道,你不用说,"道尔说,"给我根火柴。只耽误你十分钟时间。你是怎么躲过了我的门卫④的眼睛闯进我的圣地来的呢?你看门卫现在也走了,拿手里的棍子赶狗,因为狗不认识牌子上的字'勿踏草地'。"

---

① 莫泊桑(1850—1893),法国作家,一生共写了三百多篇短篇小说和六部长篇小说,以其写作短篇而跻身于最优秀的作家之列。道尔模仿莫泊桑,但并不成功,他太太因此说出这话。

② 马里恩·克劳福德(1854—1909),美国小说家,多产,有时一年里竟写出三部长篇,尚未问世出版商便预付一万元稿酬。

③ 埃拉·惠勒·威尔科克斯(1850—1919),美国记者与诗人,曾出版二十本诗集。

④ 道尔的解嘲说法,指警察。

"你的创作进展如何？"编辑问。

道尔答道："你看看我的样就知道如何。你的眼神是又为难，又带善意，又坦率，可是你别这样望着我，你也别问我为什么不去找份工作，比方说卖酒，赶马车。我决心拼搏到底。我知道我的小说写得好，有一天你们也得承认好。我会使你改口，不说'很遗憾'，而说'拿钱去'，但到那时我又不愿再跟你打交道。"

韦斯特布鲁克躲在眼镜后的一双眼睛里流露出的是惋惜、同情、怀疑，心里却什么都明白，执掌稿件生杀大权的编辑遇到稿件采用不了的作者时，都会有这种神情。

"我寄给你的新作你看了吗？就是那篇《惊魂》。"道尔问。

"仔细看过了。这篇小说使我犹豫了好一阵子，沙克，这一点不假，的确有些可取之处。我还写了封信给你，以后退稿时一道寄给你，只可惜……"

"有什么就直说吧。"道尔冷冷地说，"反正说可惜既不起安慰作用，也不会觉得刺耳，我想知道的是为什么。你请说吧，先说优点。"

韦斯特布鲁克轻轻叹口气，不急不忙说："全篇的情节有独到之处。描写呢，数这一篇最好。至于结构，也还不错，只是有几个薄弱环节，还要做些修改、加工。倒是篇好小说，然而……"

"我的文字没问题，对吧？"道尔打断他的话问。

编辑说："我一直肯定你有你的文风。"

"那么问题出在……"

"还是那个问题，在高潮出现前你像位画家，但高潮一到你就成了拍照片的人。"韦斯特布鲁克编辑说，"沙克，我不知道你究竟中了哪门子邪，你写起东西来确实就是这个样。我看把你比作拍照片的人还不恰当，拍照尽管不可能用平面表现立体，但毕竟记录下了一瞬间的真实。你结尾每篇都让你那只秃笔毁了，写得平淡无奇，我已给你指出过多次。如果在起伏的情节后你把小说引向高潮，用艺术作品需要的鲜明色彩着上颜色，那么邮递员送到你家的厚厚的、自己写好信封的退稿就要少得多。"

"哼，少不了小提琴演奏和脚灯！"道尔大声挖苦道，"你脑子里就少不了那个俗套。要是写绑架，绑架人就得长黑八字胡，被绑架的小姑娘贝西一定是金发，她妈妈一定会跪在聚光圈里举起双手说：'苍天在上，如果绑架我爱女的恶贼不遭报应，做母亲的不报仇雪恨，我誓不甘休！'"

韦斯特布鲁克编辑无动于衷，得意地一笑，说："我想，在实际生活中，做母亲的会说出这样的话，或者是类似的话。"

"除了舞台上，什么时候什么地方也不会有这种事。"道尔不让步，说，"我告诉你，她在现实生活中会怎样说吧：'什么？贝西让一个不认识的人带走啦？哎呀呀，真是祸不单行！把我另一顶帽子拿来，我这就去警察局。怎么就没有人看着她呢？奇怪！得了吧，别碍手碍脚，让不让我收拾好呀？不是这一顶帽子，是那顶棕色的，镶了天鹅绒帽带。贝西一定是叫鬼迷了，平常她见了生人就害怕。粉是不是扑得太多啦？见鬼！我算是倒了大霉！'"

道尔接着说："她会说出这种话。现实生活中人们感情冲动时不会一下子变成英雄，讲话也像念诗，完全不可能有这种事。在这种时候如果他们还能说出什么话，也是使用每天都使用的语言，甚至还有些语无伦次、思路不清。"

韦斯特布鲁克编辑也加重了语气说："你有没有从地上抱起过被电车轧得血肉模糊的孩子的尸体，放到已吓得发呆了的母亲面前呢？你有没有做过这种事，有没有听到母亲在悲哀绝望中说起话来滔滔不绝？"

"我没有，难道你有过？"道尔反问。

韦斯特布鲁克皱皱眉，说："当然没有，不过我完全能想象她会说什么。"

"我也能。"道尔说。

到了这种地步，韦斯特布鲁克编辑得进行开导，叫这个不知天高地厚的作者哑口无言。《艺神》杂志中的小说主人公说些什么话岂能容未出茅庐的人信口开河，与杂志的编辑唱反调呢？

他说："你得听我说，沙克，我对生活再外行也知道，人的内心如果突然出现极度悲伤，感情的表达形式必须与这种变化一致、协调、相称。表情与感情的必然一致在多大程度上需要自然，多大程度上应该做艺术加工谁都难说。李尔[①]当国王时的连篇妙语水平远在年迈昏聩时吹的胡话之上，失去幼狮的母狮发出的狂吼远比平日的咆哮恐怖。但是，人无论男女都有一种所谓下意识的神秘知觉，这种知觉是由一种深刻和强烈的感情引发的，是不知不觉地从文学作品中和舞台上获得的，同时又促使文学作品与舞台用具有这两者的价值和戏剧性效果的语言表达那一类感情，这也是千真万确的事。"

"我倒想请教大编辑，文学作品与舞台的技艺从何而来？"道尔问。

"实际生活。"编辑扬扬得意地答道。

小说作者站了起来，做出一连串手势，却没有说话，他还没有找到恰当的言辞表达他的歧见。

附近长凳上一个邋遢流浪汉睁开一双红眼睛，觉得非在道义上帮他遭作践的兄弟一把不可。

"杰克，揍他一顿。"他用沙嗓门儿对道尔喊。

"爷们儿到广场来是为想正经事，谁叫他跑到这地方嚼舌头！"韦斯特布鲁克装作满不在乎看看表。

"你说具体些吧，《惊魂》有哪些不足之处，你该往一边扔？"道尔问，心急得像火烧。

韦斯特布鲁克答道："加布里埃尔·默里从电话里知道他未婚妻被闯进屋的强盗用枪打死了时，他说——我记不起原话，但……"

"我记得。"道尔说，"他是这样说的：'总机真他妈的混蛋，

[①] 李尔即莎士比亚悲剧《李尔王》中的李尔。把王国平分给大女儿与二女儿，真爱父亲但不善逢迎的小女儿却一无所得。后李尔被两个得了王国的女儿赶出门，死在荒郊。

老是拆我的线。'（接着对他的朋友说）'汤米，你说说看，一颗三二子弹会不会打出个大窟窿来？这事够倒霉啦，可不？汤米，你给我把架上的酒拿来。不对，是当中的，旁边没酒。'"

编辑没等道尔来得及争辩，又说道："还有，贝伦尼切拆开丈夫的信看到他跟修指甲的女人私奔了时说——让我想想——"

作者插话道："她说的是：'得啦，这是怎么搞的！'"

韦斯特布鲁克说："这些话说得荒唐，把高潮毁了，使小说突然一落千丈。更糟的是，违背了现实生活。没有人在突然遇到不幸的事件时，会说出这些太俗气的话来。"

道尔不服输，没刮胡须的嘴哑得直响，说："不对，无论男女，人们在真遇到意外的事情时，说话不会文绉绉，会自然，还带点粗野。"

编辑站起身，那神气完全是以内行自居。

道尔把手按在他衣服的翻领上，问道："我们刚才谈的那两部分人物的行为和话语如果你认为符合生活的真实，韦斯特布鲁克，你就会采用《惊魂》，对吗？"

编辑回答："我如果认为符合，很可能会。但我已对你说得很清楚，我不这样看。"

"如果我能证明我做得对呢？"

"沙克，对不起，恐怕我现在没有时间再跟你辩论下去了。"

道尔说："我不想辩论，只想向你用生活实例证明我的看法正确。"

"那你怎么办得到？"韦斯特布鲁克诧异地问。

作者认真地说："你听着吧，我自有办法。我就盼着杂志社承认我的小说忠实于生活论完全正确，我奋斗三年只是为了这一天。现在我不但囊空如洗，而且欠了两个月房租。"

编辑说："我为《艺神》杂志选稿时搞的一套与你的看法相反，销售量已经从九万上升到……"

"四十万，其实本可以到一百万了。"道尔说。

"你刚才不是说可以用实例证明你的高见吗？"

"是的，如果你能给我半小时时间，我就能证明我对，我以路易丝为实例。"

"你太太？怎么啦？"韦斯特布鲁克大声道。

"是这样，并非她出了事，而是她可以证明。"道尔说，"你知道路易丝一直很爱我，对我很钟情，她认为我是一块真金。正因为我怀才不遇，受人冷落，她才对我爱得更深，更钟情。"

"她的确是位可爱、难得的终身伴侣。"编辑表示赞同，"过去她跟我太太还是形影不离的朋友。沙克，有这样的好太太我们两人真是好福气。过几天你晚上带你太太来，我们一道吃顿有火锅的便饭，以往我们吃得多。"

"等以后吧，"道尔说，"等我买了件新衬衫再去。现在我把我的想法告诉你。吃过早饭——就喝了点茶和燕麦片粥，我快从家里出来时，路易丝对我说她要去八十九大街看她姨妈，下午3点钟回家。她总是很守时，一分钟也不误，现在是……"

道尔朝编辑放表的口袋看了一眼。

"3点差27分。"韦斯特布鲁克看过表后说。

"我们正好来得及。"道尔说，"我们马上去我家。我写一封短信给她，放在桌上，她一进门就可以看到，我和你躲到餐厅的门帘后。我在信上说，我带着位相好走了，从此以后永不见她，因为她不理解我的文艺天性需要什么，而相好的很理解。我们可以观察到她看过信后的行动，听到她说的话。这样我们就能知道谁说的一套对，是你的还是我的。"

"那可不行！"编辑边说边摇头，"这样做是不择手段，怎么能拿你太太的感情开这种玩笑呢？我不赞成。"

"你放心吧。"作者说，"你能体贴她，难道我反而不？这样做不但对我有好处，也对她有好处，我写了小说总得推销出去。你别担心路易丝。她身体好，又有头脑，心敲敲打打都碎不了。只观察一分钟，一分钟后我出来向她做解释。韦斯特布鲁克，非常感谢你给我一次机会。"

韦斯特布鲁克尽管不大情愿，总算答应了。他跟我们所有人一样，也想看看活体解剖，所以会答应下来。谁要是没动过手术刀，就请站出来为他设身处地想想吧，可惜世界上的野兔和豚鼠的数量还不够。

两位要做文艺试验的人离开广场，先脚步匆匆往东，然后往南，走到了格拉墨西公园。小小的公园四周围着高高的铁栏杆，公园换上了漂亮的绿春装，喷泉像面镜子，映照着它的风采。铁栏外是一片年久失修的房子，往日住过有身份的人，现在一幢幢东倒西歪，好像在窃窃私语，埋怨往日的荣耀已被人遗忘，却原来，荣华已如流水去！

在公园以北的一两个街口，道尔带着编辑又往东，没走多远后进了一所高而窄的公寓，公寓的正面装点得过于花哨。两人好不容易爬上五楼，道尔已气喘吁吁，打开了一套前房的门。

门一开，韦斯特布鲁克编辑只见房间里空空荡荡，恻隐之心油然而生。

道尔说："哪儿有椅子你坐哪儿，我来找笔和墨水。哟，这是什么东西？路易丝写的信，一定是今天上午她出门时留下的。"

他拿起放在房间当中桌上的一封信，撕开信封，抽出信大声念起来，从开头一直念到结尾，韦斯特布鲁克每个字都听到了。信是这样写的：

亲爱的沙克尔福德：

你看到这封信时我已在百里之外，而且越走越远。我在西部剧团的歌舞团找到了工作，今天中午12点动身。我不愿饿死，所以决定自谋生路，我不会再回来。韦斯特布鲁克太太跟我一道去，她说她守着个既像留声机，又像冰山，又像字典的人再也过不下去了,也不会再回来。我们悄悄练唱歌跳舞练了两个月。希望你功成名就,万事顺利!再见。

路易丝

道尔丢下信,双手颤抖着,声音也颤抖着,捂住脸大喊:

"苍天,你为什么要赐给我这杯苦酒?既然她虚情假意,那么让上苍最珍贵的礼物——忠诚与爱情成为叛徒与恶贼的别名吧!"韦斯特布鲁克编辑的眼镜掉到了地上,嘴唇发白。他用一只手摸着上衣的纽扣,不由自主说:

"沙克,怎么会见到这种鬼信?这不是要人的命吗,沙克?你说,沙克,真他妈的见鬼,是吗?"

部长的良策

在得克萨斯州旅行你可以走一千英里直线,如果你走曲线,距离与时间就要大幅度增加。得克萨斯的云会迎着风慢慢飘。夜鸥的叫声凄凄凉凉,与在北方的夜鸥叫得大不一样。如果天旱之后降下一场大雨,那么你瞧吧,一夜之间,石头般坚硬的土里能开出百合花,而且分外美丽。汤姆格林县一度被视为具有典型的得克萨斯风光的地方,究竟有多少新泽西州人和罗德岛人进入那地方密不透风的灌木丛后消失了我已记不清。然而立法机构的利斧把它砍成了几个县,每个跟欧洲的王国地盘差不多。现在立法机构的会议在州正中附近的奥斯汀召开,当住在里奥格兰德乡下的代表收拾芭蕉扇和亚麻衣准备去首府赴会时,住在州另一端准备赴会的议员却把大衣扣得严严实实,围着围巾,穿着油光光的长靴在雪地里走。谈谈这些事只是为了提醒你,国旗上西南部的这颗大星昔日是个共和国,有时候那里发生的事情不合什么规矩,也不受区划的限制。

得克萨斯州保险统计历史部部长原是个不大不小的官,现在没有了这个职位,这个职务现如今仅掌管保险一项,统计与历史已从政府部门的名称中消失。

在1887年,州长任命卢克·孔罗德·斯坦迪弗为该部部长。斯坦迪弗当时五十五岁,地道的得克萨斯人,他父亲是首批来此开发和定居的人。斯坦迪弗本人在州里与印第安人干过仗,当过兵,进过巡逻队,曾被选为议员。要说学问,他不敢夸口,但若论经验,他大有一套。

如果说得克萨斯在别的方面有所不足,这个共和国却封赏特多,从不忘有功之人。它无论在共和国时期还是成为一个州之后,一直不停地把荣誉和实惠授给它的儿女,是它的儿女改变了它的荒凉面貌。

所以卢克·孔罗德·斯坦迪弗被委任为保险统计历史部部长。他父亲埃兹拉·斯坦迪弗原当过特里县的巡逻队队员,是地地道道的民主党人,又运气好,住在政治地图上一个没有议会代表的地区。

斯坦迪弗在接受这份荣誉时对这个部门究竟是干什么的以及他能否胜任还不清楚,但他毕竟接受了,而且是通过电报接受的。他原来在一个偏僻的小镇管测绘地图,这是份干不出名堂的闲差,他很少有上劲的时候。接到任命后他立即起程,动身前他查阅了《大英百科全书》中所有以I、S与H[①]开头的条目,想借助这部又厚又重的大部头搞清他的职责和该做的准备工作。

任职几星期后,新部长松了口气,对委派他管理的这个重要的大部门少了几分惧怕。渐渐地他对部里的工作熟悉了,这一来他的生活很快恢复了往日的平静。他办公室里有位戴眼镜的老职员,这人像部可靠而万能的好机器,无论部里首脑如何变更,他还是稳坐他那把交椅。老头姓考夫曼,他把部里的门道慢慢教给了新上司,却又不使新上司感到是得了他的真传,就像有人有本领叫轮子顺顺当当转而不错齿。

事实上,保险统计历史部并没有挑州里的重担,它的主要工作是协调外地保险公司在本州的业务,又有法律条款作为准绳。至于统计嘛,是这么回事:你给县里的差官写信,再摘录别人的报告,每年写出一份自己的报告,内容有粮食产量、棉花产量、大胡桃产量、生猪

[①] 英语中"保险""统计"与"历史"三词分别为insurance、statistics、history,即分别以I、S、H开头。

头数、黑人与白人人数等许许多多项目，数字单位有"蒲式耳""公顷""平方英里"之类，干完这些就万事大吉。历史呢？这方面只有接待任务。有些对历史有兴趣的老太太会找你详详细细谈她们往日这个会那个会的历程，每年还有二三十人写信给你，说找到了塞缪尔·豪斯顿①的折叠刀，或者别的什么名人的酒瓶、步枪之类，全都经过考证，绝对无误，要求政府出钱收购。有关历史的工作主要是往信函格里塞材料。

8月的一天下午，天气热得叫人难受，部长在办公室里的椅子上歪靠着，两腿跷起搁在铺着绿绒布的部长办公桌上。他抽着烟，眼睛望着窗外发呆。州政府议会的窗下没有树，他只觉得远处的一切都在颤动。也许他在回想生活中经历过的风风雨雨，往日惊心动魄的险遇和奔波，回想现在分道扬镳甚至魂归西天了的朋友，回想文明与和平带来的变化，但也许心里正美滋滋的，想的是州议会圆顶大厦里的议员们没有忘记他的功劳，给了他一个惬意舒适的宝座。

部里的公务用不着多操心。保险业务容易办，统计工作还没到时候，历史无人问津。考夫曼老头办差效率高，已是几朝元老。康涅狄格州一家保险公司违反本州法规办事，老头把它制得服服帖帖，高兴之下破例想开开心，请了假半休。

办公室里异常安静，门开着，只偶尔听到门外别的部里有些响动。隔壁财政部里一个办事员把袋银圆往地上一撂，银圆哗地一响，一个打字员在不急不忙打字，打字机发出断断续续的、不大清晰的嗒嗒声。州地质局里响起一声沉闷的敲木头声，像是一只啄木鸟喜爱大楼里的阴凉，飞了进来，想啄虫吃。后来又听到走廊里隐隐约约有衣服的沙沙声和破旧鞋子走路的踢踏声，由远而近。那人走到门口停住了，昏昏欲睡的部长正背对着门。接着说话了，嗓门儿柔和，部长蒙

---

① 塞缪尔·豪斯顿（1793—1863），美国政治家及将军，曾两度任得克萨斯共和国总统，后当了十三年美国参议员。

眬中没有听清，但知道来人有些为难和迟疑。

说话的是女性。有些堂堂男子对穿裙子的人无论其裙子质地如何，总是彬彬有礼，部长也是这种人。

门口站着位未老先衰的女人。命运不济的姐妹数不胜数，她就是其中之一。她周身上下穿着黑色衣服，而黑色总是贫穷的标记，丧失欢乐的象征。看一张脸的轮廓她才二十岁，但看脸上的皱纹她已不下四十岁。也许，在十二个月时间里她一下就跨过了二十年。然而，青春并不甘这样早早衰退，还要顽强不屈地表现自己，仍在她身上发出微光。

"对不起，太太。"部长说着把脚放了下来站起身，座椅跟着一摇，只听到嘎的一响。

"先生是州长吗？"模样可怜巴巴的人问。

部长先深深一躬，把手放在有双排扣的衣服前胸，犹豫起来，最后他决定讲真话。

"嗯，不是，太太，我不是州长，我的头衔是保险统计历史部部长。太太，您有什么事需要我效劳吗？先请坐下，太太。"

来人坐到了端给她的一张椅子上，也许单纯因为体力不支才坐下的。她摇着把扇子，虽系便宜货，却也说明她尚存一息原有的风雅。她的穿着表明她几乎穷到了极点，她眼前的这人不是州长，但和蔼、质朴、多礼而不做作，经过四十年风霜的脸皮肤黑而粗。她发现他的蓝眼睛明亮有神，这双眼并不减当年他驰骋沙场时的神采。一张嘴紧闭着，在他与塞缪尔·豪斯顿这头雄狮面对面相抗衡那一天，在反对他想退出联邦的日子里，他的嘴就是这样紧闭的。现在他卢克·孔罗德·斯坦迪弗到了保险统计历史部，这里得讲究艺术与科学，他也就得注重风度与仪表。在家乡时他不修边幅，现在就大不相同了。现在他头戴黑色大垂边软帽，身穿长燕尾服，俨然一副官派，尽管他这个部位列官厅之尾。

"太太，你要见州长吗？"部长问，用的是对女性说话时惯有的文雅声气。

"也不一定。"来客迟疑起来,"见倒是想见。"接着,她被对方同情的目光所鼓舞,和盘道出了她的困境。

事情其实太平常,一般人听了会觉得乏味,而不会产生怜悯。原来是婚后生活不幸,她嫁的丈夫是个没心肝的畜生、强盗,挥霍无度,全无道德,胡作非为,连最低生活费也不供给她。甚至,这个不成器的家伙还动手打她。事情就发生在前一天,有她一边太阳穴上的伤痕为证,其原因是她要点吃饭钱,便触犯了他的天规。她不失为一名女性,尽管发生了这种事,还为她的凶神恶煞的丈夫做了辩解,说他当时喝醉了,没喝醉很少动手打她。

这位脸色苍白的苦命女人说:"我只盼州里能给我一点救济,听说最早来这里的人有过家属领到救济的事。还听说跟墨西哥人打过仗的,开发乡下有功的,赶走过印第安人的,州里以往都分给他们土地。我父亲这些事都做过,可是什么也没有得到,他也从来不愿意要什么。我想我只有去见州长,所以这就来了。如果父亲可以得到点什么,州里也许会给我。"

"你讲的事完全可能有,太太。"斯坦迪弗说,"不过这些老功臣和最初定居的人早发了土地证,时间隔得久了。我们到土地局查查,就很清楚。令尊的大名是……"

"阿莫斯·科尔文,先生。"

"哎呀呀!"斯坦迪弗激动得站起身,解开了扣得紧紧的衣服,嚷道,"你是阿莫斯·科尔文的女儿?太太,你不知道,我和阿莫斯·科尔文有十多年的深交,亲如手足哩!我们在凯厄瓦打过仗、赶过牛,肩并肩巡逻几乎跑遍了得克萨斯。我想起来了,我见过你一回,那时你还是个六七岁的娃娃,骑在匹小黄马上来回走。我和阿莫斯到你家是为了吃点东西,我们在追墨西哥偷牛贼,跑遍了卡恩斯城。乖乖隆地咚!你就是阿莫斯·科尔文的小女儿!你听没听您父亲说起过卢克·斯坦迪弗?哪怕是偶然提起,好像他跟我只有一面之交似的。"

来客苍白的脸上掠过淡淡一丝笑容。

她说:"我记得他很少谈别的事,每天一说起来总离不了他跟你在一起的经历。临去世前不久,我听到他说,有一次印第安人把他打伤了,你在草丛里爬到他身边,送来壶水,而他们那些人……"

"得了吧,得了吧,哟,那算得了什么!哼!"斯坦迪弗大声说,把衣服纽扣又迅速扣上,"太太,你说说,那王八羔子——对不起得很,太太——尊夫的大名呢?"

"本顿·夏普。"

部长哼了一声又坐到椅子上。他的最有交情的朋友的女儿,这位穿褪了色的旧长衫的弱小女人竟嫁给了本顿·夏普!本顿·夏普是得克萨斯州这一带最声名狼藉的坏家伙,原来偷过牛,是无法无天的亡命之徒,现在好赌,到处横行霸道,仗着自己名声大,枪法好,在边境的大些的城镇称王称霸,很少人敢"冒犯"本顿·夏普。甚至执法人员也只求能与他相安无事,夏普打枪又快又准,而且命大,遇上危难能不伤一根毫毛。斯坦迪弗猜不透这只恶鹰怎么会配上阿莫斯·科尔文的小鸽子,他便问起了由来。

夏普太太叹口气。

"说实话,斯坦迪弗先生,我们开始一点也不了解他,要是装起样来,他对人非常热情温和。那时我们住在戈利亚德的小县城里,本顿骑着马到那儿住了些时候,我想当时我比现在长得漂亮。结婚后的第一年他对我很好,他投保了五千元人寿险,为的是我。但最近这半年他就差没把我杀了。我常想,还不如让他杀了好。有时候他缺钱花,倒恬不知耻地骂我没什么供他开销。后来父亲死了,留给我一所小房子,在戈利亚德。他这个当丈夫的逼我把房子卖了,弄得我一无所有。我身体弱,不能工作,几乎活不下去。最近我听说他在圣安东尼奥赚了钱,赶到那里,找到他,求他多少给我些钱,结果他给了我这个。"她说着一摸太阳穴上发紫的伤痕,"我这才来奥斯汀找州长。有一次我听父亲说过,他可以从州里得到一片土地或者一笔钱,但是他绝不会伸手要。"

卢克·斯坦迪弗站起身,把椅子往后一推,向摆设漂亮的大办公室茫然扫了一眼。

"向政府要这些东西手续非常麻烦。"他慢悠悠地说,"要发公文,请律师,经过查勘,取证,到法院,够你等的。"部长深锁双眉继续说道,"我不知道我管辖的这个部有没有权办理。太太,这只是保险统计历史部,听名称就像是管不了。不过有时候马鞍垫也会有伸缩性,太太,你就在这儿稍坐一会儿,我到隔壁房间去看看情况。"

隔壁房间的州财政部部长坐在高而牢靠的围栏里看报纸。这一天的公务快告结束,几名职员懒洋洋地伏在桌上,就等下班时间到。保险统计历史部长走进门,把头伸进窗口。

财政部部长是个老头,须发雪白,个子小,反应敏捷,见到斯坦迪弗像年轻人一样一跃而起,迎上前来,这两人是多年的老朋友。

"弗兰克大叔,"部长用的是所有得克萨斯人对财政部部长惯用的称呼,"你手头还有多少钱?"

财政部部长说出了刚结算出的数目,精确到几角几分,约数是一百多万。

部长轻轻吹着口哨,眼里露出了希望的光芒。

"弗兰克大叔,你认识或者听说过阿莫斯·科尔文吗?"

财政部部长马上答道:"非常熟悉,一个大好人,贡献不小,最早到西南定居的就有他。"

斯坦迪弗说:"他女儿就坐在我办公室里,她一贫如洗。嫁给了恶棍、杀人不眨眼的本顿·夏普。这家伙用光了她的家当,伤透了她的心。她父亲建设得克萨斯州有功,州里现在应帮帮他女儿,花两千元就可以替她买回房子,让她有个安身之处,这种事得克萨斯州不能拒绝。弗兰克大叔,你拿钱来,我这就去给她,正式手续我们以后补办。"

财政部部长被弄得莫名其妙。

"斯坦迪弗,你这是怎么啦?"他说,"主计长不认可,我一分一文也不能动,每拿出去一块钱,就得拿进一块钱的单据。"

部长现出了些不耐烦的神色。

"单据我开给你。"他说,"他们叫我到这儿是为干什么来着?难道叫我吃干饭?这点事我部里还管不了?就记到保险统计历史部的账上吧。阿莫斯·科尔文来的时候得克萨斯还是墨西哥人、印第安人和响尾蛇的世界,他为了打出个白人的天下日夜拼死拼活,他不就是让统计了的人吗?把阿莫斯·科尔文女儿毁了的人正是想搞垮你、我和老得克萨斯人流血流汗创建的基业,这不也是有统计数作证的吗?查查历史吧,单星州①现在是联邦里最了不起的州,那些出过力的人的子孙有了难处过不了日子时,州里不是从来就没有见死不救吗?如果统计历史部管不了阿莫斯·科尔文女儿的事,那我下次议会开会请求把我这个部撤销算了。弗兰克大叔,你就把这笔钱给她算了吧。只要你肯给,公文上的字由我签。如果以后州长,或者主计长,或者哪位老兄老弟找麻烦,那你等着瞧吧,我把这件事对老百姓去说,不怕老百姓会不赞成。"

财政部部长的表情是又佩服又吃惊。另一位部长说到最后声音变大了,尽管这一通话很重感情,但多少说明州里一位不大不小的部长是否有头脑。几个职员支棱起耳朵听。

财政部长劝慰道:"听我说吧,斯坦迪弗,你知道这件事我很愿意帮忙,但是你也得冷静地想想。财政部里的一分一文钱要花都得由立法机构划拨,主计长开了支票才能提取,我做不了主用一分一文,你也不行。你那个部不管花钱,甚至不算职能部门,仅仅是个事务部门。这位太太领救济唯一的办法是向立法机构提出申请,然后……"

"去他妈的什么立法机构!"斯坦迪弗说完转身要走。

---

① 得克萨斯州的州旗为一颗星,单星州的名称由此而来。

财政部部长叫住了他。

"斯坦迪弗，我这里私人捐赠一百元，解解科尔文女儿的燃眉之急。"说着他伸手拿小提包。

"弗兰克大叔，别费事啦，这倒用不着，"部长的声气放缓和了，"她还没有提出这种要求。再说，她的事落在我手上了。现在我算是明白了叫我管了个什么狗屁部，只抵得上一本历书或者一个旅馆的登记处。但是只要由我管着，既不会把阿莫斯·科尔文的女儿拒之门外，也不会干出越权的事来，你就瞧着保险统计历史部吧。"

部长回到办公室后显得心事重重，不知多少次，他把桌上的墨水瓶打开又盖上，盖上又打开，既像是完全有心，又像是完全无心这样做的，最后才说话，"那你为什么不离婚呢？"他提出了个意想不到的问题。

"我付不起离婚的费用。"来客说。

"我觉得我这个部的职权现在似乎突然间小了许多。"部长用一本正经的声气说道，"统计已经到了头，历史分文不值。不过，你还是找对了地方，太太，部里会把你的事管到底。太太，你刚才说你丈夫在哪里？"

"昨天都还没有离开安东尼奥，他现在住在那里。"

突然，部长放下了部长架子，拉着这位未老先衰的弱小女人的手，用往日走小路时和坐在篝火边时说话的声气问道：

"你的名字是阿曼达，对吗？"

"对，先生。"

"我记得是，我听你爸爸常说这名字。我说呢，阿曼达，你找的是你父亲最好的朋友，州政府一个大办公室的首脑，你有难处会帮你解决。过去打仗放牛有了危难总是多亏你父亲搭救，现在我想问你一件事。阿曼达，你手头的钱是不是还够你维持两三天？"

夏普太太苍白的脸上出现了微红。

"足够，维持几天都可以，先生。"

"那就行,太太。你现在回你在这儿落脚的地方去,后天下午4点钟再到办公室来,到那时候我很可能给你一个明确的答复。"说到这里部长犹豫起来,还显得有点窘,"你说你丈夫保了五千元人寿险,对吗?你知不知道保险金一直在付呢,还是没付?"

"五个月前他预付了一年的保险金,保险单和收据还放在我箱子里。"夏普太太答道。

"好,这就行。这一类东西得好好保管,说不定哪一天会派上用场。"斯坦迪弗说。

夏普太太告辞了。没多久,卢克·斯坦迪弗回到他下榻的小旅店,查了报纸上的火车时刻表。又过半小时,他脱下上衣和背心,往肩上挂了个形状古怪的手枪套,枪套落在靠近左腋窝处。他塞进一支短管零点四四口径手枪,然后再穿上衣服,走到火车站,登上5点20分的火车去圣安东尼奥。

第二天上午,圣安东尼奥的《快报》登出了一条大快人心的消息:

本顿·夏普遇劲敌

——得克萨斯西南头号亡命之徒在金线餐馆殒命
本州要员快手自卫击毙特大恶棍

昨夜11时本顿·夏普与另两人走进金线餐馆,坐到一张桌边。夏普杯不离口,边饮边照例高声喧闹。三人落座后五分钟,店里进来位先生,个儿高,衣着体面,已有一把年纪,殊不知这位系现任保险统计历史部部长卢克·斯坦迪弗阁下。

斯坦迪弗先生走到夏普所靠墙边,打算在近旁餐桌入座,却不料把礼帽挂到墙上的衣帽钩上时,礼帽未挂稳,打到夏普头上。夏普火冒三丈,转身破口大骂。斯坦迪弗先生未动肝火,表示道歉,但夏普仍恶语伤人。斯坦迪弗先生近前对这无赖又说了几句,但声音太轻,旁人未能听得一字,夏普气得蹦跳。这时斯坦迪弗先生已走开几步，站着没动，上衣敞开，两手交叉搁在前胸。

夏普裤后口袋从不离枪，这时伸手便掏。此人素来手快心狠，令人丧胆，一掏枪至少曾使十来人丧命。据在场人称，尽管夏普动作迅速，对方掏枪却更是快如闪电，这一绝招西南部人见所未见。夏普正举枪时（也有叫人目不暇接之神速），斯坦迪弗先生右手变戏法般亮出了一支闪亮的零点四四，还未见手动，一枪便命中本顿心脏。这位保险统计历史部新部长早先必定打过印第安人、当过巡逻队员多年，否则运用零点四四手枪不可能有如此高超技艺。

照例今天将举行听证，据信斯坦迪弗先生不会有任何麻烦，因为所有在场目击者众口一词，云此举系自卫。

夏普太太按约定时间到了部长的办公室，见这位大人正悠闲地在啃一只金黄色苹果，他坦然地、毫不犹豫地向她说出了这一天要说的事情。

"太太，我迫不得已这样，要不然自己得完蛋。"他痛快淋漓地说，然后转身对老职员道，"考夫曼先生，请你查查人寿保险公司的档案，看看他们出没出过问题。"

考夫曼是把什么事全都装在脑子里的，说道："不用查，没出过，所有损失他们都是在十天内照赔的。"

过了一会儿，夏普太太起身要走。她已打定了主意，在城里等赔款。部长没挽留她。她是个女人，部长此时不知对她该说什么得体，休息和时间会带给她所需要的东西。

但就在她走时，卢克·斯坦迪弗说了几句与他这个部工作有关的话：

"太太，对你的问题保险统计历史部用了最妥善的办法解决。按公事公办的原则这件事很难办，统计不相干，历史不沾边，但我可以说，根据保险条例办我们完全有根据。"

绿 色 门

你不妨假设此刻你吃过了晚饭,在百老汇路①上走,打不定主意该看悲剧消遣,还是到杂艺场看点正经东西,②结果一支烟抽了十分钟才抽完。突然有人抓住了你的手,转头一看,原来是个漂亮女人,长着双动人的眼睛,珠光宝气,穿的是俄国黑貂皮衣。她把个热腾腾的奶油圆面包往你手心一塞,亮出把小剪刀,一刀剪下你大衣上的第二颗纽扣,莫名其妙说了声"平行四边形"便飞也似的往横街跑,边跑边回头望,就怕你追上来。

这种事情纯粹是奇遇。你会追那女人吗?不会。你一定是窘得脸发烧,一声不响扔掉圆面包,沿百老汇街继续走着,边摸摸第二颗纽扣的扣眼。只有极少数幸运儿单求新奇之心尚未泯灭,如果你不是这种人,一定就是那个样。

一心猎奇的人历来不多,书中所载的冒险家大都为办成一件事,只是方法各异而已。他们的行动有着明确的目的,或为寻金羊毛③,或

---

① 百老汇路是纽约的著名大街,为剧院与夜总会集中区。
② 杂艺场是表演各种短节目的场所,有演唱、演奏、舞蹈、技艺、笑话等,典型的消遣地。作者此处用的是反语,把看悲剧说成消遣,杂艺场的节目说成正经东西。
③ 希腊神话故事。忒萨利亚国王子伊阿宋的叔父篡夺王位后,令伊阿宋去科尔喀斯觅取金羊毛。伊阿宋得赫拉帮助,和许多英雄乘坐阿耳戈快船,历经艰险到达目的地。科尔喀斯国王企图加害伊阿宋,公主美狄亚爱上伊阿宋,施展巫术帮助他夺得金羊毛,回国后美狄亚再施巫术使伊阿宋夺回王位。

为寻圣杯，①或为得女人之爱，或为得财宝，或为得王位，或为得美名。而单纯碰巧的人并无明确目的，机缘莫测，以后遇上什么全在未知之列。这种人中可算为典型的是位浪荡子，他有次回家时的一件事值得一叙。

不畏险但不求奇的人有勇气，是好汉，古往今来为数极多，从往日的十字军到今日去帕利塞德②的人都在此列。他们使历史和小说变得丰富多彩，也给写历史小说这行的人带来了财富。但他们个个有身手要显，有利益要图，有美名要留，有怨恨要泄，所以，这些人并不真追求奇遇。

在我们这座大城市里，姻缘与奇遇像两个形影不离的伙伴，日夜不停地在街上寻找着真正的有心人。当我们在马路上走时，它们暗暗瞅着我们，变换各种方式挑逗。例如，偶一抬头时，我们可能看到某个窗户里伸出个头，那脸与我们心目中理想人物的很相像；在一条熟睡了的大街上，我们冷不防听到一所紧闭着门窗没人住的房子里发出声痛苦而恐惧的尖叫；马车夫没把我们送到熟悉的人家，却把车停在一个不认识的人家门口，门一开有人笑脸相迎请我们进屋；一所不知谁住的高楼上会飘下一张纸，就落在你跟前，纸上写着字；在来来往往的人群中，我们与某个陌生人的眼光不期而遇，双方都流露出憎恨、喜爱或畏惧；天突然落下一阵雨，与我们共伞的竟是位素昧平生的姑娘或郎君；随时随地我们都可能遇到人掉手帕，打手势，丢眼风，这都是奇遇的引线，有无意失落的，有单独放出的，有高兴时抛下的，神秘莫测，变化多端，带着危险，让我们拾到了，然而我们没几个人愿意抓住这些引线，沿着引线追踪。陈规像根棍棒，把我们制服得不能动弹，我们会随手扔掉这些引线。等到有一天一辈子的枯燥

---

① 圣杯为耶稣在最后的晚餐中所用之杯，耶稣在十字架上受难时所流之血有一部分滴入此杯；后有一传说为接血人将杯带到英格兰后圣杯失踪，另一传说为天使将圣杯从天上带到人间，交一群勇士保管，置于一山顶，凡有罪孽的人寻至山顶圣杯便不翼而飞。

② 帕利塞德是美国纽约州及新泽西州沿哈得逊河西岸的绝壁。

生活要完结了，我们才会醒悟，发觉我们的情场经历无声无色，不过是结一两次婚，或者是用保险柜收藏个丝绸蝴蝶结，或者是跟一个脾气大的人闹一生别扭。

鲁道夫·斯坦纳是个真心追求奇遇的人，他几乎天天夜里要从他住的公寓出来，想遇到些意料不到的不寻常事。在他看来，生活中最有意味的事只要你再走过一个街口就会发生。有时候碰运气的心理使他走上了迷途，他曾在车站待过两夜，被狡诈的骗子骗过好些回，有次让人灌了花言巧语的迷魂汤，损失了表和钱。但他依然兴致勃勃，不放过一切机会追求奇遇。

一天晚上，鲁道夫在老市中心沿着一条穿城马路闲逛。两旁人行道上行人如潮，有脚步匆匆往家里赶的，也有在家里闷得慌，出来光顾餐馆吃饭的。

这位兴致勃勃的年轻人衣冠楚楚，悠闲地走路，眼睛四下里瞧。白天他在一家钢琴店站柜台，他的领带上装饰的不是根别针，而是黄晶圈。有一次他写信给一家杂志的编辑说，利比①小姐写的《朱尼的爱情考验》是对他的生活最有影响的书。

走着走着，他听到人行道旁有牙齿发颤的响声，觉得奇怪，一看，原来是摆在一家餐馆前的玻璃盒的牙齿发出的，再瞧瞧又发现餐馆边房子的楼上高挂着牙科诊所的霓虹灯招牌。一个大个子黑人穿得怪里怪气，上身是红绣花衣，下身是黄裤子，头戴军帽，见到行人有愿接他的名片的，他才送上一张。

牙科医生做广告的这种方式鲁道夫已司空见惯。往常他从这种散发牙科医生名片的人身边经过时不接名片，但这天晚上例外，黑人手巧，竟塞给了他一张，他非但未拒绝，而且一笑，佩服他的高招。

往前走了几步后他瞟了一眼名片，竟有他没想到的事，觉得有趣，把名片翻过来再看看。原来名片的一面是空白，另一面写着三个

---

① 利比是作者杜撰的作家。

字：绿色门。再一抬头，只见前面三步外的一个人把黑人给他的名片扔了，鲁道夫捡了起来。上面印的是牙科医生的姓名和住址，还有"补牙""架桥""镶牙"时间表及吹嘘手术"无痛"等大话。

热心奇遇的钢琴店售货员站在十字路口旁想了一会儿，然后他横过马路，走过一个路口，再横过马路，混进了人流中往回走。再从那黑人身边过时，他故意没有瞧那黑人，只顺手接过递给他的名片。走出十步他一看，见上面仍写着"绿色门"，笔迹与第一张名片上的完全相同。地上还有他前前后后的行人扔掉的三四张，空白面朝上。鲁道夫把它们翻过来，发现都印着牙科诊所自吹自擂的话。

鲁道夫·斯坦纳本是个一心求奇遇的人，但难得使奇遇之神向他招两次手。现在已经招了两次手，他于是就开始追寻。

鲁道夫掉转身慢慢向大个子黑人走去，那黑人仍站在装着咯咯发响的牙齿的玻璃盒边。这次他从他身边过时没接到名片，尽管黑人的穿着花哨古怪，神态却是粗犷中有庄重，遇上愿接名片的人他会彬彬有礼送上一张，遇上不愿接的并不强求。每隔半分钟他会像车上的售票员那样，也像在演大歌剧那样，拉开粗嗓门儿吆喝一声，吆喝的什么也听不清。这次他不但没有给名片，而且鲁道夫觉得他那黑得发亮的大脸现出了冷淡的、近似鄙夷的表情。

这表情让追求奇遇的人见了不大好受。他认为尽管没有说，那黑人只当自己高抬了他。无论那张神秘的纸片上写的几个字是什么意思，反正黑人两次都只当他与众不同，值得送。现在黑人似乎是怪他既不聪明，又少灵性，不配解开这个谜。

年轻人站到人流外，把他认为一定会有奇遇的房子上上下下看了一眼。房子共五层，底层是家小餐馆。

二楼关着，似乎堆放着帽子和毛皮衣。三楼的霓虹灯招牌一亮一灭，是牙科医生的诊所。往上的招牌五花八门，有手相师的，有裁缝店的，乐队的，内科诊所的。再往上的窗户挂着窗帘，窗台上放着白牛奶瓶，显然是住房。

鲁道夫打量一番后快步走上高高的石头台阶进了屋子。他一口气爬了两层铺了地毯的楼梯,在楼梯口站住了。走廊上光线暗淡,点着两盏小气灯,一盏在他右边,离得远,一盏在左边,离得近些。他朝离他近的一头望去,看见昏暗的灯下有一张绿色的门。犹豫了一会儿后,他仿佛看到了那会拿名片变戏法的黑人鄹夷的目光,便直朝那张绿门走去,敲了敲。

他敲过以后好大一会儿里面才有声响,可见当真会有奇遇。各种各样的事都出在这种绿色门后!有聚赌的,有滑头鬼设下巧计勾人上当的,有美人儿胆大幽会的,因此到了这种地方,冒冒失失一敲门各种可能性都会出现,或遇险,或出人命,或得爱情,或大失所望,或受到奚落。

房间里隐隐有衣裙的窸窣声,接着门慢慢开了。门里站着位姑娘,不到二十岁,脸无血色,脚发软。她放开了门把手后,身子有气无力地晃起来,伸出一只手想抓住什么。鲁道夫赶忙抱起她,放到靠墙的一张掉了色的卧榻上。他关上门,借着闪闪烁烁的煤气灯把房间四下里看了一眼,干净倒是干净,但主人穷到了极点。

姑娘躺着一动不动,像是昏了过去。鲁道夫急了,眼到处望,想找个圆桶,昏过去的人得放在圆桶里滚。但再一想又不对,是溺水昏过去的才用圆桶滚。他取下帽子给她扇着,这一招收了效,因为帽边碰着了她的鼻子,她睁开了眼睛。年轻人这才发现,姑娘的脸是他的心久久向往的脸。灰眼睛里的眼神坦率,小鼻子稍稍往上翘,棕色头发鬈曲着,像豌豆藤上的小须。他追求奇遇的目的就在这里,这一次看来不虚此行。可惜的是,这张脸又瘦又惨白。

姑娘定睛看着他,然后一笑。

"我昏过去了,是吗?"她用微弱的声音问道,"哎,有谁能不昏过去?叫你也十天什么都不吃,你试试看!"

"我的妈呀!"鲁道夫说着一跃而起,"你等等,我马上就来。"

他冲出绿色门,跑下楼梯。二十分钟后,他赶回来了,用脚尖踢着门,叫她开。他双手搂着一大堆吃的,有杂货店买的,也有餐馆买的,往桌上一放,是奶油面包、各色冷肉、蛋糕、馅饼、腌黄瓜、牡蛎、一只烤鸡、一瓶牛奶、一瓶滚烫的茶。

"真是荒唐,人还能够不吃饭?"鲁道夫大声说,"这种事以后千万别再干!现在吃饭吧。"他把她扶到桌边坐下,问道:"有杯子倒茶吗?"姑娘答道:"窗口边的架上有。"等他拿了茶杯再转身时,只见她高兴得眼闪闪亮,已开始吃起来,而且凭着女人心细的天性,挑的是纸袋里一条大腌黄瓜。他笑着抢走她手里的黄瓜,倒了满满一杯牛奶,嘱咐道:"先喝牛奶,再喝茶,然后吃只鸡翅膀。等到恢复了元气,明天才可以吃腌黄瓜。我做你的客人,我们一道吃,行吗?"

他端来另一把椅子。喝过茶,姑娘开始有了血色,眼也变明亮了,她狼吞虎咽般大口吃起来。桌边还坐了个年轻人她满不在乎,吃的东西是人家买来的她只当没关系,这倒不是因为没把陈规放在眼下,而是因为饿得慌,理所当然要抛开人为的客套。但是等到渐渐地体力恢复,有了精神后,她也感到该讲点应有的礼节,向他说出了自己究竟出了什么事。原来,这种事每天发生上千起,纽约人已习以为常。她原在商店当售货员,工资微薄,还受到"罚款"(是进商店老板腰包的罚款),后来又生病上不了班,接着丢了饭碗,陷入绝境,却没料这位追求奇遇的人来敲她的绿色门。

但在鲁道夫听来,她说的经历就像诗《伊利亚特》[①]和小说《朱尼的爱情考验》一样感人肺腑。

"没想到你会受这种磨难。"他说。

"说起来是够凄惨了。"姑娘的声气庄重。

"你在纽约没有亲戚或者朋友吗?"

"一个也没有。"

[①] 《伊利亚特》为希腊著名史诗,相传为荷马(Homer)所作。

鲁道夫没马上接话，过了会儿才说："我在这世上也是孤身一人。"

"我看这样更好。"姑娘的话来得唐突，但年轻人一听她竟然巴不得他孤身一人，内心很有几分高兴。

突然她撑不开眼皮，深深叹口气，说："我很想睡了，现在我恢复了正常。"

鲁道夫起身拿好帽子。

"那我就告辞了，夜晚睡上一大觉对你有好处。"

他伸出只手，姑娘握着手说了声"再见"。但是看眼神她还有所求，内心的思想表露得那么明显、坦率、叫人感动，年轻人用言语做了回答。

"好，我明天再来看看你身体恢复得怎样，短时间你还少不了我。"

她似乎就关心他是怎样来的，倒忘了他来救了她，走到门边时问道："你怎么会敲我的门呢？"

他看了她好一会儿，想起那两张纸片，心头突然觉得又酸又难受。如果它们落到了另一个与他同样追求奇遇的人手中，结果会如何呢？他当即打定主意，不把事实真相告诉她。绝不能让她知道他心中完全有数，她是出于痛苦的生活所迫，才采用了这种少有的权宜之计。

"我们店有位顾客住在这屋子，我是说错了你的门。"他说。

绿色门关上了，在房间里什么他都没看见，只看见她的一丝微笑。

走到楼梯口他站住了，出于好奇心看了看四周，然后他沿走廊走到尽头，再折回来，爬上另外一层，要看个究竟，他发现这所房子每扇门都是漆成绿色。

他迷惑不解，下了楼，回到人行道上，那穿得怪里怪气的黑人还在。鲁道夫拿着两张纸片走到他面前。

"请问，你为什么给我这两张纸片，它们是怎么回事？"

黑人咧开大嘴笑着，态度亲切，表现出得了老板拉生意的那手真传劲儿。

他往前面一指，说："先生请看那儿，不过恐怕第一场你已赶不上了。"

鲁道夫顺他指的方向看去，见到一家剧院大门的霓虹灯亮着新上演剧目的剧名：《绿色门》。

黑人说："先生，我听说这剧好看得很哪。剧院的人给了我一块钱，叫我在散发医生的名片时也帮他散发几张。医生的名片你要不要？"

回到他住处近旁的街口，鲁道夫喝了杯啤酒，点了根烟。出店门后烟还没抽完，他扣上衣服，往后挪挪帽子，对着街口的灯柱毫不犹豫地说：

"反正是一回事，我相信是命里注定，鬼使神差我见到她。"

有人因追寻奇遇而得姻缘，现在这件事的结局肯定说明，鲁道夫·斯坦纳便是这种人之一。

一 千 元

"一千元!"托尔曼律师庄重严肃地重说了一遍,"钱你这就拿去。"

吉利恩少爷边数着薄薄一沓每张五十元的新钞票,边做个鬼脸一笑。

"这个数目真叫人哭笑不得。"他满不在乎地对律师说,"如果有一万元,拿到手你尽可以大手大脚地花,脸上有光彩,甚至干脆只五十也好对付。"

"刚才向你宣读了你叔父的遗嘱,就不知道你句句话都留心听了没有。"托尔曼律师用职业性的干巴巴语气说,"我想提醒你一条:立遗嘱人要求你在用完这一千元后立即向我们说明怎样用掉的。这是遗嘱上写清楚了的,我想你会完全尊重你叔父的遗愿。"

"那理所当然,"年轻人有礼貌地说,"尽管这一来我得增加开销。我也许要雇一名秘书,算账我从来就不内行。"

吉利恩回到他的俱乐部,在俱乐部里找了个人,他平日里称为老布赖森。

老布赖森四十岁,遇事沉着,与人交往少。他坐在角落里看书,见吉利恩走过来,叹了口气,放下书,取下眼镜。

"老布赖森,你听我说,我给你讲件有趣的事。"吉利恩道。

"弹子房里有人,你对那儿谁说都行,你的事我不爱听。"老布赖恩说。

吉利恩卷了根烟,道:"这件事不同寻常,我就愿对你说,弹子房里叮叮当当不是个说话的地方。我叔叔去世了,我刚从他请的两个吃法律饭的人那儿来,他给了我一千元整数的遗产。你说说,拿了一千元你能干什么?"

"我还以为塞普蒂默斯·吉利恩该有五十来万的家当。"老布赖森说,对这件事毫无兴趣,就像蜜蜂对醋瓶毫无兴趣一样。

"他的确有。"吉利恩高兴地附和着,"有趣就有趣在这儿。他把整整一车金币扔给了一种微生物,具体说来就是好多钱给了发明了一种新杆菌的人,剩下的却又用来新建一所医院再消灭这种杆菌。除此之外只有一两个人沾了点小小的光,两个管家各得一只戒指和十元钱,我当侄儿的得一千元。"

"你从来没缺过钱花。"老布赖森说。

"数不清的钱。"吉利恩说,"要说给钱花我叔叔大方得不能再大方。"

"还有谁得了钱?"老布赖森说。

"再没别人。"吉利恩对着烟皱眉头,又心神不安地用脚踢着长沙发,"有位海登小姐是我叔叔收养的人,就住在他家。她性格文静,还爱音乐。她爸爸弄不清是什么人,只知道偏偏跟我叔叔是要好的朋友。我刚才忘了说,她也得了一个戒指和可怜巴巴的十元钱。我还不如就得这么一点点东西好,得了我买两瓶酒,戒指送给服务员,整个事情就算了结。老布赖森,你别拿架子、说难听的话,告诉我吧,拿了一千元该怎么办。"

老布赖森擦擦眼睛,笑了笑。吉利恩知道,老布赖森一笑便不会有好听的话。

他说:"一千元大事小事都可办。有人拿着能买一个幸福的家,连洛克菲勒都瞧不上眼。另一个人也许送他太太去南方,救下他太太一条命。一千元也可以买纯牛奶,供一百个孩子从6月吃到8月,保住其中五十个人的命,你又可以在哪家有名的美术馆用它买来半个小时的痛快,一千元还可供一个有远大抱负的孩子上学,我听说柯罗①的一幅真迹昨天在拍卖行卖的就是一千元。你可以到新罕布什尔州的某个小城镇花一千元过上两年的体面日子,也可以花一千元租用一夜麦迪逊广场花园,向听众谈假定继承人②的不稳定性,如果还有人听你讲演的话。"

吉利恩并不生气,说:"你少来点说教别人反而喜欢你,我只是问你,我拿了一千元该怎么办。"

布赖森轻轻一笑,说:"你呀?得啦,博比·吉利恩,你该办的事只一件,就是给洛塔·劳里埃姑娘买个钻石耳坠,然后滚到爱达荷州的哪个牧场去。我建议你去养羊的牧场,因为我最讨厌羊。"

吉利恩起身说:"多谢了。老布赖森,我早知道找你可靠,你说的话正好对路。我就想将这笔钱整花,因为怎么用完的我得交代清楚,零打碎敲交代起来太麻烦。"

吉利恩打电话叫来一部马车,对车夫说:"到科伦拜恩剧院后台门口。"

洛塔·劳里埃小姐正在化妆,马上要登台演出,下午剧场观众爆满,就在这时服装师告诉她吉利恩先生求见。

"请他进来。"劳里埃小姐说,"博比,你怎么赶在这时候来?我还差两分钟就要演出了。"

"摸摸你的右耳朵根,"吉利恩一本正经说,"摸摸你一定会有好事,我耽误不了你两分钟。给你买件小东西做耳坠,怎么样?价钱在三个零前带个一的我付得起。"

"那随你的便吧。"劳里埃小姐高兴地说。

---

① 柯罗(1796—1875),法国画家。
② 当有更近的亲属诞生时,假定继承人便不能继承。吉利恩本应是叔父的继承人,但前文提到其叔父将大笔财产送给发现新杆菌的人和捐赠新建医院,所以这句话是挖苦吉利恩的话。

"亚当,把右手套拿来。喂,博比,德拉·斯塔西前几天晚上戴的那根项链你看到了吗?在蒂法尼买的,两千二。不过呢,当然——亚当,你把我的腰带往左拉拉。"

"劳里埃小姐出场领唱第一个节目合唱!"唤演员出台的人在外面喊道。

吉利恩坐上等候在外的马车。

"如果你有一千元会怎么花?"他问车夫。

马车夫不假思索地用沙哑的嗓门儿答道:"开家酒店。我知道一个可以大把花钱的地方,在一个街口,是栋四层楼的砖房。我都数得出有些什么,二楼是中国餐馆,三楼是修指甲的和外国人,四楼是赌场。如果你想把钱投在……"

"你别误会,我只是问问而已。车子按钟点算吧,我不叫停你就一直赶。"吉利恩说。

在百老汇过了八个街口,吉利恩轻轻用拐杖敲敲,叫车停下,下了车。一个盲人坐在人行道上卖铅笔,吉利恩走过去站在盲人面前。

"请问,如果你有一千元会怎么花呢?你能告诉我吗?"他说。

"你是刚从马车上下来的,对吗?"盲人问。

"是的。"吉利恩说。

"我猜你是个好人,要不然不会白天坐马车。你看看这东西,好吗?"卖铅笔的人说。

他从上衣口袋取出一个小册子,拿给吉利恩。吉利恩打开一看,原来是本银行存折,这盲人竟存了一千七百八十五元。

吉利恩把存折还给他,上了马车,说:

"我忘了件事,请你把车赶到托尔曼——夏普律师事务所,在百老汇××号。"

托尔曼律师透过金边眼镜怀疑地、没好气地看着他。

吉利恩笑嘻嘻地问:"对不起,我想问一个问题,该不会唐突吧?不知海登小姐除了一只戒指和十元钱外还得到我叔叔的什么东西吗?"

"没有。"托尔曼先生说。

"谢谢，先生。"吉利恩说着出门上了马车，叫车夫赶车去他叔叔家。

海登小姐在书房写信，她个子小，苗条，身穿黑衣，但那双眼睛一定会引起你的注意，吉利恩旁若无人地走了进去。

"我刚从老托尔曼的事务所来，"他解释说，"他们在所里清理卷宗，发现了个……"吉利恩开动脑子想一个法律用语，"发现了遗嘱的修正件或补充件什么的，上面说老头子经再次考虑后慷慨解囊，再给你一千元。我正要上这儿来，托尔曼叫我把钱带给你。你拿去吧，最好数一数，看看是不是一千。"吉利恩把钱放在桌上她手边。

海登小姐脸色变白了，连叫两声："哎呀！哎呀！"

吉利恩侧过半边身子，看着窗外。

"我想，你肯定知道我爱你。"他低声说。

"对不起。"海登小姐说，拿起了钱。

"就不行吗？"吉利恩问，暗自有些高兴。

"对不起。"她又说了句。

"我写个便条，行吗？"吉利恩笑着问。他在书房的大书桌边坐了下来，她给了他纸和笔后走回自己的写字台。

吉利恩是这样写明这一千元的开销的：

不肖子孙罗伯特·吉利恩遵逝者遗愿，将上天所有之一千元交付世上最好、最亲爱的姑娘。

吉利恩把他写好的纸装进信封，鞠躬告辞。

他的马车又在托尔曼——夏普的事务所门前停下了。

"我把一千元已开销了。"他兴冲冲地对戴金边眼镜的托尔曼说，"我答应了交代清楚用途，这就来了。你这儿有些热，像过夏天，你看是吗，托尔曼先生？"他把一个白信封扔到律师的桌上，

"一千元做了什么用写在上面,先生。"

托尔曼先生没有拆信,走到一张门边,叫来了合伙人夏普。他们一道在一个特大的保险柜里翻着,找出了一个大信封,用蜡封的口。两人开了封,把脑袋靠在一起看着信。看完,由托尔曼说话。

"吉利恩先生,"他用庄重的声音说,"你叔父的遗嘱有条附录,是单独交给我们的,嘱咐在你交代清楚如何使用根据遗嘱继承的一千元时才可启封。由于你已经按要求办事,我的合作人和我看过了附录。我不想让你为附录中的法律术语费脑筋,只将其内容的要旨告诉你。

"如果这一千元的用途表明,你做了值得嘉奖的事,你将受到厚报。我和夏普先生被指定为评判人,你可以放心,我们将恪尽职守,公正办事,不偏不倚。吉利恩先生,我们对你并无偏见,现在让我们回到附录的内容。如果你得到的这笔钱用得谨慎、明智或者是慷慨助人了,我们有权交给你价值五万元的证券,这笔证券已委托给我们处理。然而,我们的委托人,已故吉利恩先生说得明白,如果你花这笔钱像过去花钱一样,用已故吉利恩先生的话说就是在不正经的朋友中胡乱挥霍,那么五万元马上送给已故吉利恩先生的保护人米里亚姆·海登小姐。吉利恩先生,现在我和夏普先生来审查你如何用了那一千元。我相信你写得明白,希望你信得过我们的判断。"

托尔曼先生伸手去拿信封。吉利恩动作稍快,先拿到了手,把信封和里面的纸条撕成几片,塞到了口袋里。

"请别见怪。"他笑着说,"这件事没有必要麻烦两位了。我想两位不会懂得人各有爱,那一千元我赛马输掉了,再见,先生们。"

吉利恩走了以后,托尔曼与夏普无可奈何地相对摇摇头,因为他们听见他在门厅等电梯时高兴地吹着口哨。

十月与六月

上尉满腹愁肠凝视着挂在墙上的军刀。军刀边的一个柜子里放着褪了色的军衣,是在部队里穿久了褪色的,往日战争的烽烟仿佛隔得非常非常遥远。

他深知国家用兵只在一朝,现在他愁眉不展是因为敌不过一个女人温柔的眼睛和满面春风。房间里无声无息,他手里拿着封信坐着没动,就是这封信使他愁眉不展。他把断送了他的希望的那段最重要的话重看了一遍:

我觉得该坦率地说,我不能答应你的要求嫁给你,我这样做的原因是我们的年龄差距太大。我非常非常喜欢你,但我们的结合不会是幸福的结合。说出这些话我非常抱歉,但我相信你会赞赏我的诚实,将真正原因告诉了你。

上尉叹口气,把头靠到手上。的确,他们年龄相差了好些岁。但是他身体结实,为人诚恳,有地位,有钱。难道他给予她的爱情、体贴,还有他的优点不能使她忘记年龄差距吗?而且,他几乎可以肯定,她对他有好感。

上尉是位想干就干的人,在部队他的果断和精力负有盛名。他要再去见她,当面向她恳求。年龄!他与他喜爱的人之间年龄相差有什么关系?

两小时后他做好了准备,开拔去打一生中最大的仗。他登上了开往田纳西州南部的一座古城的火车,她住在古城里。

上尉走进围墙门踏上卵石路时,西奥多娜·戴明正在一栋有门厅的漂亮的老房子前的台阶上欣赏夏日的晚霞。她看到他来并没显得尴尬,反而一笑。上尉上了台阶,站在她下方,两人的年龄差别并不显得大。他个子高,腰身笔挺,眼睛明亮,皮肤晒成了褐色。她青春年少,像朵花。

西奥多娜说:"没想到你会来,不过既然来了你就在台阶上坐坐,我的信收到了吗?"

"收到了,所以我才会来。"上尉说,"听我说,西奥,你再考虑考虑你的答复,行吗?"

西奥多娜对他嫣然一笑。上尉看起来很年轻,她的确喜爱他身体好,长相好,有男子汉气概,也许,如果……

"不行,不行,完全不可能。"她断然摇着头说,"我非常喜欢你,但结婚不行。我的年龄与你的年龄——还是别再说吧,我在信里对你说过了。"

上尉有点脸红,尽管皮肤晒黑了还是能看出来。好一会儿他没开口,望着夕阳发呆。在远处的一片树林后有一片平坦的原野,那些穿蓝制服的小弟兄曾在向海边的行军途中,在原野上宿过营。现在想来是多遥远的事啊!说实话,命运与时间老人跟他有些过不去。就因为几年的时间差异,他就得不到幸福!

西奥多娜的手慢慢放下来,让他的一只褐色皮肤的手紧紧握着,她至少是感觉到了痛苦与爱情是同一回事。

"你不要太难过,"她轻声说,"这样做最好,我前思后想过了。将来你会庆幸我没有与你结婚,结婚只会有一时的痛快。你想想吧,过不了几年,我们的所好会大不相同,一个要坐在火炉边看书报,也许夜晚还发头疼,关节疼,另一个只想去舞会,上剧院,出席夜宴。朋友，这不行。我们俩不是一个像元月，一个像五月，而是一个像十月，一个像六月初。"

"你希望我做什么我一定做什么，西奥。如果你要我……"

"不行，你办不到。现在你自以为能，而实际上并不能，请别再来求我。"

这一仗上尉输了，但他是一位刚强的斗士，起身告辞后，紧闭着嘴，昂首挺胸。

当晚他乘车北上，第二天夜里回到了自己房间，房间的墙上挂着他的军刀。他穿好衣服才进晚餐，白领带的结打得漂漂亮亮，然而也就在这时他自言自语反省着：

"说老实话，我看西奥想得有道理。没人否认她艳如桃李，但估计至少已经二十八岁。"

各位须知，上尉年方十九岁，他的军刀除了在查塔努加[①]的检阅场还从没出过鞘，那地方离他远，就像美西战争[②]离他远一样。

---

① 查塔努加是美国田纳西州东南部一城市。
② 1898年4月至7月美国为重新瓜分世界与西班牙进行了一场战争。西班牙战败求和，承认古巴独立，使古巴实际上变为美国的保护国；还把波多黎各、关岛、菲律宾群岛割让给美国。

托尼娅的红玫瑰

国际铁路公司的一座小木桥烧毁了,从圣安东尼奥来的往南的车得停开四十八小时,托尼娅·威弗过复活节戴的帽子正巧在那列车上。

墨西哥人埃斯皮里申原来特地赶着马车从埃斯皮诺萨牧场远行四十英里到诺珀尔的小车站拿帽子,可是回来肩一耸,手里只有根香烟。他听说车停开,事先又没人说过叫他等,便赶着马车回了牧场。

谁要是以为只有五马路上从教堂出来的人才把复活节当一回事,而在得克萨斯州卡克特斯礼拜堂里对春之神忠心耿耿的一群群信民相形见绌,那就错了。弗里奥河一带牧场上的太太小姐与其他地方一样,到复活节一个个穿戴得花团锦簇,西南部在这一天成了霸王树林①,巴黎,乐园。耶稣受难节已经到了,但由于烧了桥,托尼娅·威弗过复活节戴的帽子还在开不动的火车厢里见不了天日。星期六②中午好些人会到埃斯皮诺萨邀托尼娅,有休斯特林牧场罗杰斯家的姑娘、安乔欧牧场的埃拉·里夫斯、格林瓦利牧场的贝内特太太和艾达。这一群小姐太太们全把衣服帽子精心包好,不让沾半点灰,快快活活坐着马车又到十英里路外的卡克特斯。第二天上午她们在那里打扮得漂漂亮亮,纪念复活节,也让男人们倾倒,野地里的百合花瞧着都眼红。

---

① 霸王树是仙人掌类种之一,多刺。太太小姐们为梳妆打扮,插上各种针、夹,作者便诙谐地称她们为霸王树。

② 复活节为3月21日或其后的月圆后第一个星期日,所以星期六肯定在该节前一天。

托尼娅坐在家门口的台阶上发愁,用马鞭抽打着一丛牧豆树的卷须。她不管三七二十一,把嘴巴噘得老高,让人一看就知道她有不顺心的倒霉事。

"铁路真可恨。"她咒骂着,"男人也一样。铁路是男人管着的,好好的一座桥为什么会烧掉呢?艾达·贝内特的帽子边上还要镶紫罗兰,没有新帽子我不会向卡克特斯走一步。就怪我不是男人,是男人不怕买不到帽子。"

有两个男人听到男性受到这种诋毁沉不住气。一个叫威尔斯·皮尔逊,是穆立卡勒养牛场的领班。另一个叫汤普森·伯罗斯,是昆塔纳谷本领高强的牧羊人。他们都仰慕托尼娅·威弗,特别是在她埋怨铁路可恨、男人无用时。谁都心甘情愿剥下自己的皮让她做顶帽子过复活节戴,就像鸵鸟献出它的尖嘴、白鹭献出它的生命一样,但谁都在复活节转眼即到时束手无策解这燃眉之急。皮尔逊的脸深褐色,头发浅褐色,一副十足的幼稚相,现在根本就解不开年轻人常遇到的一道难题,托尼娅的倒霉事使他也难过透顶。汤普森·伯罗斯老练灵活些,他原是东部某地人,系着领带,穿着鞋,在女人面前不至于弄得无话可说。

"最近这一场雨把桑迪湾灌满了水。"皮尔逊说,其实根本就没想到要刺痛谁。

"哟,当真?"托尼娅没好气地说,"多谢你的关照。皮尔逊先生,恐怕你一点也没把新帽子当一回事。你只当女人也跟你一样,一顶斯特森老货戴上五年不用换。你们水湾里的水要是救得了桥上的火,那说说还值得。"

伯罗斯把皮尔逊的命运当成前车之鉴,说道:"威弗小姐,你的帽子没拿到我觉得很可惜,非常可惜,真的。就不知我能不能……"

"不用费心了!"托尼娅带着几分挖苦的语气打断他的话,"要是有什么办法好想你不早就去办了?已经不行了。"

托尼娅说到这里停住了,眼里突然闪出希望的光芒,皱起的眉头舒展开来，她有了主意。

"努埃西斯河的隆埃尔姆渡口有家商店卖帽子，伊娃·罗杰斯的帽子就是在那地方买的，她说是刚出的式样。有可能还没卖完，不过去隆埃尔姆有二十八英里。"

两个男人连忙站起来，踢马刺叮当一响，托尼娅几乎笑开了。这两位男子汉还没有完全变成废物，踢马刺上的齿轮也没生锈。

托尼娅望着蔚蓝色天空中飘的一朵白云，想了想说："几个朋友明天路过这里会来叫我，去隆埃尔姆路远，谁都赶不回，所以我看这个星期天过复活节我还是留在家里得了。"

说完她笑了。

皮尔逊单纯得像睡熟的娃娃，伸手拿帽子，说："哦，托尼娅小姐，我现在就得回穆立卡勒去。明天早上第一件事是德赖布朗奇的牛要分群，我非得骑着千里快到场不可。你的帽子没按时到真可惜。说不定他们会及时抢修，赶上过复活节。"

"托尼娅小姐，我也得走了。"伯罗斯看了看表说，"哟，快到5点了！我得去羊棚赶快帮着把疯疯癫癫的母羊关起来。"

两位追求托尼娅的人似乎都感到事不宜迟，他们向她行了告别礼，然后按照西南部人的庄重而复杂的方式互相握手。

"皮尔逊先生，希望很快又见到你。"伯罗斯说。

"我也希望。"养牛场的人说，脸上的神态认真，好像是送朋友去远洋捕鲸，"欢迎你光临穆立卡勒，如果什么时候你顺路的话。"

皮尔逊骑上弗里奥河最好的牧马千里快，让马跳了几跳。这马每当主人骑上以后都要跳几跳，即使赶一天后劳累了也不例外。

"托尼娅小姐，你从圣安通买的是一顶什么帽子？想起那顶帽子我不能不感到惋惜。"

"草帽。"托尼娅说，"当然是最新式样，还有红玫瑰边，我最喜爱的是红玫瑰。"

"红色与你的皮肤和头发最相配。"伯罗斯奉承说。

"这是我的喜爱,"托尼娅说,"在所有的花里我最爱红玫瑰,粉红的、蓝色的我不要。可是想有什么用呢?桥烧了,你什么都完了,这个复活节我会过得一点味道也没有!"

皮尔逊取下帽子,骑着千里快飞奔进了埃斯皮诺萨牧场东面的荆棘林。

当皮尔逊的马镫沙沙擦着树枝时,伯罗斯的长腿栗色马也往西南面草地上的一条小路快步而去了。

托尼娅挂上马鞭,进了客厅。

"孩子,你的帽子没拿到,真是太不凑巧了。"

托尼娅的妈妈说。

"唉,妈妈,您别着急。没关系,明天到时候我会有新帽子。"托尼娅有把握地说。

伯罗斯走到草地尽头后,掉转马头,往右穿过一片沼泽地,沼泽地中有一条河,已经干涸,河床坎坷不平。然后上了一座山,山上多碎石,又有矮树。马吃力地走着,爬上山顶后见到一片平地,有草,还有嫩绿的牧豆树,春天里正长得茂盛,马这才轻松下来,喷了声鼻息。伯罗斯逢岔路便往右走,没过多久,上了沿努埃西斯河一条印第安人走的往南的路。这条路直通东南方向的隆埃尔姆,要走二十八英里。

伯罗斯开始催马一路大步慢跑,就在他坐稳马鞍准备长途劳顿时,没想到听见有马蹄的嘚嘚声和树枝擦着木马镫的沙沙声,印第安人的叫唤声,紧接着威尔斯·皮尔逊从路右边的矮树丛中钻了出来,他见了就像见到复活节吃的深绿色蛋里钻出只毛茸茸的小鸡一样意外。

除了在女人面前胆怯外,皮尔逊心里从不知什么叫害怕。见了托尼娅,他的声音轻柔得像夏天芦苇窝里的牛蛙。现在不同,他兴致上来只要高喊一声,一英里外的野兔得竖起耳朵,敏感的植物得战战兢兢卷起叶片。

"羊棚搬走了,离房子很远吧,朋友?"等栗色马赶到了千里快身边,皮尔逊问道。

"二十八英里。"伯罗斯耷拉着脸说。皮尔逊大笑起来,使半英里外河岸边榆树上的猫头鹰早醒了一小时。

"你不会在乎,羊倌。我这人做事爱正大光明。我们俩也是发了疯,跑到这片没人烟的地方就为买顶帽子。伯罗斯,你得守住你的阵势。我们是同时出发的,谁买到了帽子谁在埃斯皮诺萨占上风。"

"你的马好。"伯罗斯说着瞟了一眼千里快圆鼓鼓的马肚和上粗下细、像发动机的活塞杆一样动得有规律的马腿,"当然要比本领,但骑起马来你占便宜,不该现在就这样大喊大叫。我们先一道走,等快到家再比,怎么样?"

"我就陪着你吧,我看你也是有头脑的人。"皮尔逊表示了赞同,"如果隆埃尔姆有帽子卖,明天托尼娅小姐不怕戴不上,但她戴上帽子时你还赶不到。伯罗斯,不是我吹牛,只怪你的马前腿没力气。"

"输了我的马就送给你。"伯罗斯说,"明天托尼娅小姐会戴上我的帽子去卡克特斯。"

"我就跟你赌吧。"皮尔逊大声道,"不过,哼,人家要说我抢你的马!我就拿你的栗色马给女人骑,等到……等到有谁到穆立卡勒来时,就……"

突然伯罗斯的黑脸一沉,养牛人的话说到半截便停了。但是,没一件不痛快的事在皮尔逊心里搁得长久。

"伯罗斯,复活节这么忙是为了什么?"皮尔逊又乐呵呵问,"她们女人怎么要看历书买帽子,怎么跑断马腿也要把帽子弄到手呢?"

"这是根据《圣经》定下的规矩,"伯罗斯解释说,"是罗马教皇或者什么人的命令,还跟黄道带①有关。我说不很清楚,但我觉得是埃及人的发明。"

"即使是异教徒兴出来的名堂,高兴一番没有关系,要不然托尼

---

① 黄道带是天室中的假想带,在黄道左右各展开八度,为日、月及主要行星运行之道。黄道带共分为十二宫。

娅不会理睬这个节,大家在教堂里也要热闹一番。"皮尔逊说,"伯罗斯,要是隆埃尔姆只剩下一顶帽子怎么办呢?"

"那我们谁强谁拿到埃斯皮诺萨去。"伯罗斯毫不示弱地说。

"行,朋友!"皮尔逊说,把帽子高高抛起又接住,"以前牧羊场还没见过你这样的好汉,你说得干脆利落。如果帽子不止一顶呢?"

伯罗斯说:"我们各人挑各人的,看谁先赶回去。"

"我们两人简直是心连着心。"皮尔逊望着天上的星星说,"你和我想的一模一样。"

午夜刚过一会儿,两匹马跑到了隆埃尔姆。这个五十来户人家的大村庄家家灭了灯,全村只有一条正路,那座木头房的大商店关了门,闭了百叶窗。

两人很快系好马。皮尔逊兴冲冲捶着门,叫店主萨顿快开。

一根长猎枪从结实的百叶窗窗缝里伸了出来,紧接着听到一声喝问。

"我们是穆立卡勒的威尔斯·皮尔逊和格林谷的[①]伯罗斯,到你店里买东西。半夜叫醒你,对不起,我们也是有急事。汤米大叔你快开门吧,快点!"来人答道。

汤米大叔动作缓慢,但总算点着煤油灯,站到了柜台前。两人告诉了他想买什么。

"复活节的帽子?"汤米大叔说,仍睡意蒙眬,"嗯,对,我记得还剩下两顶。今年春天我只进了十二顶。我拿给你们看吧。"

半睡半醒的汤米·萨顿大叔做起买卖来,柜台下两个落满灰的纸盒里放着两顶春天没卖完的帽子。现在是星期六的清晨,他的商业良心还正糊涂哩!这两顶帽子是两年前春天进的货,女人一眼能看出好歹,但两位牛倌和羊倌不懂行,还以为是当年4月里出的新货。

两顶都是所谓的"车轮式",用硬麦秆编成,红色,帽边是平

---

① 前文提到伯罗斯是昆塔纳谷的,此处原文却又说是格林谷的。

的，形状一模一样，帽顶有一圈扎的白玫瑰花。

"汤米大叔，你就这两顶吗？"皮尔逊问。

"两顶就两顶，伯罗斯，没有可挑的了，你先拿一顶吧。"

"是最新式的。"汤米大叔当面说谎，"你现在要是到纽约，在五马路上能看到。"

汤米大叔把两顶帽子分开包扎好，各用了两码深色花布。皮尔逊把一顶小心地系在牛皮鞍带上，另一顶让千里快驮着。两人向汤米大叔大声道了谢，告了别，又摸黑往回赶。

两位骑手各显其能骑着马。在往回走的路上他们放慢了速度，没说几句话，但都不失为朋友间的话。伯罗斯右肩斜背着根长猎枪，皮尔逊把支六发手枪挂在腰上——弗里奥河一带男人骑马都带枪。

早上7点30分他们登上一座山的山顶，看到了埃斯皮诺萨牧场，只是五英里外橡树丛中的一个白点。

见到埃斯皮诺萨牧场，皮尔逊在马鞍上挺直了身子，他知道千里快的能耐。栗色马冒着汗，脚步常不稳，千里快却一直像机器一样不知疲倦。

皮尔逊转身对羊倌笑了起来，手一挥，大声说："再见，伯罗斯。现在要比胜负了，已看到家了。"

他把马肚一夹，马头对着埃斯皮诺萨牧场方向。千里快奔跑起来，昂着头，喷着鼻息，好像是已经在牧场上闲了一个月。

才跑出二十码，皮尔逊清清楚楚地听到猎枪拉枪栓上子弹的声音，没等枪响，他伏到了马背上。

很可能伯罗斯的本意是只打伤马。他枪法好，能伤马不伤人。但皮尔逊把身子一伏，子弹穿过他的肩，又穿过了千里快的脖子。马倒在地，牛仔的头也撞到了坚硬的地上，人和马都没再动弹。

伯罗斯一路马不停蹄。

过了两小时，皮尔逊睁开眼睛，清醒过来。他吃力地站起身，摇摇晃晃走到千里快躺着的地方。

千里快仍躺着，但似乎没感到疼。皮尔逊仔细看了看，发现子弹只"擦破了皮"。马当时倒了下去，其实伤得不重。它是累了，躺着，正好压着托尼娅小姐的帽子，在吃路边垂下的牧豆树枝条上的叶。

皮尔逊叫马站了起来。复活节戴的帽子从马鞍带上掉了下来，虽然还用花布包着，可是让千里快已压得不成样子。这时皮尔逊又昏了过去，一头又栽到了帽子上，受伤的肩压着帽子，全压扁了。

夺去牛仔的生命并不容易，半小时后，他苏醒过来。如果是女人，这段时间会昏迷两次，救醒得用冰块。他吃力地站起来，找到千里快，这时马正在附近吃草。他把倒霉的帽子又系到马鞍上，试了一次又一次才骑上马。

中午，埃斯皮诺萨牧场的房子前等着一帮高高兴兴、喜气洋洋的人。罗杰斯家的姑娘坐在新四轮马车里，另外还有安乔欧牧场的、格林谷牧场的，大多是女人。虽然还在冷清清的草原，她们个个把复活节的新帽子戴上了，因为她们急切地想为即将举行的庆典增添光彩。

托尼娅站在门口，忍不住两行热泪直流。她手里拿着伯罗斯从隆埃尔姆买来的帽子，流泪就是因为帽子上有她厌恶的白玫瑰。朋友们正兴冲冲，对她说，车轮帽是三年前的旧货，再无人问津，戴不得。

"你的旧帽子戴上去吧，托尼娅。"她们给她出主意说。

"过复活节戴？我死也不干。"她答道，又哭起来。

那些幸运儿的帽子蜷曲成最新式样，不枉对春天。

忽然一个人骑着马从树丛中间进这些人中，勒住马，一副倦态，路边的石头和草叶把他一身挂得满身是伤。

"哟，皮尔逊，看这模样你是不是制服了一匹野马？"达迪·威弗问，"你马鞍上挂着什么？是闭着眼买来的东西呀？"

"得啦，托尼娅，你想去就走吧。"贝蒂·罗杰斯说，"我们不能再等。马车里给你留了座位，没新帽子戴也行，你的薄棉布衣很漂亮，配什么旧帽子都没关系。"

皮尔逊慢慢把挂在马鞍上的古怪东西解下来。托尼娅看着他，顿时产生了希望,皮尔逊是位给人带来希望的人。解下以后,他把东西交给了她。托尼娅手指灵巧,马上解开了包扎的绳。

"办法想尽了。"皮尔逊慢慢说,"我和千里快费尽了力,也许能中意。"

"哎哟哟,正是这种式样!"托尼娅尖声叫了起来,"还有红玫瑰!等等,我这就试试!"

她飞跑进屋照了镜子,接着又飞跑出来,喜形于色,笑开了花。

"看,她还真是要红的合适!"姑娘们异口同声说,"快走吧,托尼娅!"

托尼娅走到千里快旁边站着没动。

"太感谢你了,威尔斯。"她兴奋地说,"正合我的心意。明天你到卡克特斯来,跟我一起上教堂,好吗?"

"能来一定来。"皮尔逊说。他看看她的帽子,神色异样。接着,现出丝苦笑。

托尼娅像小鸟一样飞进了马车,马车向卡克特斯飞奔而去。

"皮尔逊,你怎么啦?"达迪·威弗问,"你今天脸色不正常。"

"我吗?"皮尔逊说,"我给花上了颜色。在隆埃尔姆买的玫瑰本来是白色的。达迪·威弗,你扶我下马,我再也没颜料给花上色了。"

生活的波折

司法员贝纳哲·威达普坐在办公室门口,嘴里叼着他那根接骨木烟斗。下午高耸云天的坎伯兰山有薄雾,青山成了灰蒙蒙的山。一只花斑母鸡招摇过市,咯咯咯不知叫些什么名堂。

一辆车嘎吱嘎吱慢慢由远而近,扬起一股灰,原来是兰西·比尔布罗和他老婆坐的牛车。车停在司法员门口,夫妻俩都下了车。兰西身高六英尺,瘦,黄头发,浅褐色皮肤。群山万古不变,而兰西事事沉着。他老婆穿件花布衣,长得瘦,头发扎得紧,不知有什么不称心事,显得无精打采。从这些看来,她似乎不知不觉中虚度了青春。

治安员怕失体面,连忙穿上鞋,起身请他们进来。

"我们俩要离婚。"那女的说,声音像吹过松树林的风。她看了看兰西,就怕他认为自己没把与两人相关的事说好,有什么差错,含糊,是在推脱责任,袒护自己,做得不公道。

"要离婚。"兰西重复了一句,庄重地点点头,"我们在一起没法过日子。就算是两人感情好,守在山里也闷得慌,更别说她在家里要不就像野猫瞎叫唤,要不就像闷葫芦不吭声,哪个男人凭什么就要死守着她?"

"他就不说自己是没出息的害人精。"那女的开口了,却并没提高嗓门嚷,"跟着帮流氓无赖,偷贩私酒的家伙鬼混,喝了烧酒就挺尸,还招来一群饿牢里放出的下流坯,叫你招待饭菜!"

兰西并不相让，"她动不动摔锅盖，把滚开的水往狗身上泼，那么好的猎狗坎伯兰山里都没见过第二条！还不肯给人做饭菜，吵得人夜里不能睡，骂骂咧咧没有个完！"

"他老跟缉私酒的人作对，又在山里捞了个二流子的臭名声，害得人夜里哪还睡得着？"

司法员不急不忙地履行起公务来。他端过独有的一把椅子和一张木凳让两个上公堂的人坐下，再翻开桌上的法令全书，先看索引。过了一会儿，他擦擦眼镜，挪挪墨水瓶，说道：

"法律与法令没有提及本官处理离婚问题的权限，但根据对等精神、宪法、《圣经》的金科玉律，有来无往不是正道。既然司法员能批准结婚，显然也就一定能批准离婚。本官将发给离婚书，并根据最高法院决定坚持其效力。"

兰西·比尔布罗从裤口袋里拿出个小烟叶袋，从袋里抖出张五元的钞票放到桌上，说："这是一张熊皮两张狐皮卖的钱，我们就这么点。"

"本官办理离婚案的定价是五元。"司法员说，把钞票塞进家织布做的背心的口袋里，还装出若无其事的样子。他又劳力又操心，先在半张大的纸上写了份离婚书，又在另半张上抄一份。兰西·比尔布罗和老婆听他把让他们得到解脱的公文念了一遍：

> 为周知事，兰西·比尔布罗与妻埃里娜·比尔布罗当本官面议决，今后恩断情绝，互不相干。两人均头脑清醒，身体健全。为恪守本州治安，维系本州尊严，各领离婚书一份。今后各安本分，皇天可鉴。
>
> 　　　　　　　　　　　　田纳西州皮德蒙县
> 　　　　　　　　　　　　司法员贝纳哲·威达普

司法员正要把一份离婚书给兰西时，埃里娜却节外生枝。两个男人看着她,男人生性迟钝,没料这女人会突然闹出点名堂来。

"法官大人,这张纸你先别给,事情还没有了结清楚。我先有个要求,得给我生活费。男人一个钱不给就把老婆休了,没这么便宜的事。我想去霍格巴克山我兄弟埃德那儿,总得穿双鞋,带点鼻烟,还有别的什么的。兰西拿得出离婚的钱,还拿不出我的生活费?"

兰西·比尔布罗听了目瞪口呆,生活费的事原来提也没提过。女人就这样,总要无是生非,闹出你想都想不到的事。

司法员觉得这个问题需要依法裁决。法律对生活费问题也没有触及,但这女人赤着双脚,而去霍格巴克山的路又陡又多扎脚的石头。

"埃里娜·比尔布罗,本官且问你,本案的生活费你认为以多少为宜?"司法员打着官腔问。

女人答道:"要买鞋,还要买别的,加起来我看得五元。这笔钱不算多,但我拿了还能到我兄弟埃德那儿。"

"这个数目不能说不合理。"司法员道,"兰西·比尔布罗,本官令你先如数付给原告五元,付后再领取离婚证书。"

"我没钱了。"兰西着急地说,"我的钱全都给了大人。"

"你不付就是藐视本官。"司法员说,两只眼从眼镜上方严肃地瞧着兰西。

"如果大人宽限到明天,我也许有办法凑得起。"当丈夫的请求说,"我想都没想到过还要付生活费。"

"本案暂停。"贝纳哲·威达普说,"明天你们再来见本官,听候吩咐,事完发给离婚书。"他坐到门口,解开鞋带。

"我们只好去齐阿大叔家过夜了。"兰西打定了主意说。他和埃里娜一人从牛车的一边爬上车,红毛小公牛见绳一动,慢吞吞转了个向。车缓缓往前走了,车轮扬起一股灰。

司法员贝纳哲·威达普抽着接骨木烟斗。将近黄昏,订的周报来了,他直看到天色太晚辨不清字迹。接着点燃桌上的牛油烛,又看到月亮升起该吃晚饭的时候。他住在山坡上靠近一线白杨树的木屋里,前后两间房。回家吃饭时,他横过一条小路。小路黑乎乎的,路旁长着密密丛丛的月桂。冷不防月桂树丛中蹿出一个黑影,把一支长枪对准了司法员的胸膛。来人的帽子拉得很低,脸蒙住了一大半。

"把钱拿来,别乱叫。"那人说,"我神经紧张,手指扣着枪栓还发抖哩!"

"我只有五……五……五块钱!"司法员说着从背心里掏出了钱。

"卷起来放进枪管里!"又是一道命令。

这张钞票是崭新的,纸硬,哪怕你手笨,还发抖,卷成小圆筒不难,塞进枪口里也不难。

"现在滚你的吧!"抢劫犯说。

司法员一溜烟跑了。

第二天,红毛小公牛把车又拉到了办公室门口。司法员贝纳哲·威达普知道有人来,穿上了鞋。兰西·比尔布罗当着他的面把一张五元的钞票交给了老婆。司法员睁大眼瞧着,发觉钞票是卷的,似乎有谁卷成小筒塞进枪口里过,但是他没有声张。卷成小筒的钞票当然还可能有。离婚书他让两人各执一份,但两人都站着发呆,只慢吞吞地把自由保障书叠起来。女方偷偷瞟了兰西一眼,说:

"你是一定要赶着牛车回屋里去的,面包放在架上的铁盒里。我怕狗偷了腊肉,把肉摆在烧水的锅里。今天晚上别忘了给钟上发条。"

"你就去你兄弟埃德的家?"兰西问,带有八九分关心。

"不等天黑我得赶到那儿去,他们高不高兴我去还难说,可是我又没别的地方好去。路远着呢,我这就得走。兰西,你要是还肯说声再见,我也就说声再见。"

"再见都不肯说那不是变成猪狗了?"兰西说,听声气是受了大委屈,"就怕你急着走,不让我说一声。"

埃里娜没再答话,她把五元钱和离婚书慢慢叠好,揣进了怀里。贝纳哲·威达普透过眼镜看到钱落进了别人怀里,一阵心酸。

但接着他说了句话(确实是他心里想的),说明他或者具有世界上大多数人有的同情心,或者具有为数不多的大富翁的那种大气量。

"兰西,今天晚上你那老屋里会冷冷清清。"他说。

兰西睁大眼望着坎伯兰山,这时阳光下的坎伯兰山显得郁郁葱葱。他没瞧埃里娜。

"我也知道会冷冷清清,"他说,"可是人家气冲冲要离婚,你怎么能留住人家?"

"还不知是哪个要离哩!"埃里娜说,是向着木头凳子说的,"再说,也没谁要留谁。"

"没哪个说不留。"

"没哪个说留,我还是这就去我兄弟埃德家里吧。"

"那架老钟没人上发条。"

"要我坐你的牛车回去帮你上发条吗,兰西?"

从山里人的脸上是看不出他内心的想法的,然而,他伸出一只大手,抓住了埃里娜又瘦又黑的手。埃里娜一下掩饰不住自己内心的情感,本来面无表情的脸有了神采。

"你别再怕那些狗。"兰西说,"我当真太不像样,不是人。你给钟上发条吧,埃里娜。"

"兰西,我的心老挂念那屋子,"她小声说,"还想着你,以后我再不发火了。兰西,我们走吧,现在走不到太阳落山还能赶到家。"

两人把司法员贝纳哲·威达普忘到了脑后,往门外走,司法员这时说话了。

"我代表田纳西州,严禁你们干出无视本州法律和法令的事来。"他说,"看到两个本来相亲相爱的人消除不和与误会,本官感到十分欣慰与高兴,但本官也有责任维护本州的道德与风尚。本官提醒你们注意,你们不再是夫妻,已办理正式离婚手续,所以不能享有存在婚姻关系时的权益。"

埃里娜挽起兰西的手,难道这些话意味着他们刚刚接受了生活的教训,她就得离开他吗?

司法员又开口了："不过，使你们失去那些权益的离婚书本官愿意撤回。本官抬手即可办理庄严的结婚手续，扭转乾坤，满足双方愿望，重结鸾凤，办理两位这项手续的费用是五元。"

　　埃里娜从这席话里看到了希望的光芒，手赶紧往怀里伸，五元的钞票像鸽子一样飞到了司法员的桌上。她与兰西手牵手听司法员说他们已破镜重圆时，蜡黄的脸上出现了血色。

　　兰西扶她上车后爬进车里坐到她身边，红毛小公牛再一次将车掉转头，拉着手牵手的两人往山里去了。

　　司法员贝纳哲·威达普坐到门口，脱下鞋。他再一次伸手摸摸背心口袋里的钞票，再一次点着接骨木烟斗。那花斑母鸡再一次招摇过市，咕咕咕不知叫些什么名堂。

多情女的面包

　　马萨·米查姆小姐的小面包店开在路口,就是你得上三级台阶,打开门后铃会响的那一家。

　　马萨小姐四十岁,有两千元存款,镶着两颗假牙,生来一副好心肠,偏偏有许多条件大不如马萨小姐的人倒先结了婚。

　　有位顾客一星期来两三次,马萨小姐对这人产生了兴趣。这人是中年人,戴副眼镜,下巴上棕色的长胡须修得溜尖。

　　这人说话带浓重的德国口音,衣服好几处穿破了,打了补丁,没破的地方不是皱就是鼓,但一身收拾得倒干净,而且彬彬有礼。

　　他每次只买两块陈面包,新鲜的要五分钱一块,而陈面包五分钱可以买两块。除了陈面包,别的东西他从不问津。

　　有一次,马萨小姐发现他手指上沾了一点棕红色颜料,便断定他是位画家,而且穷得很。不用说,他住的是小阁楼,在阁楼里作画,啃陈面包,马萨小姐店里好吃的东西只能空想想。

　　马萨小姐在吃排骨、面包卷、果酱和喝茶时,常唉声叹气,惦念着那位在小阁楼里啃硬面包的文质彬彬的画家,就可惜他不能来分享她的佳肴。前面已经说过,马萨小姐生来一副好心肠。

　　为了证实自己对他的身份猜得是否正确,马萨小姐把她在一次拍卖时买来的一幅画从房里取了出来,挂到柜台后的架子上。

　　这是一幅威尼斯风景画,画了座富丽堂皇的大理石宫殿(画上是这样标明的），建在水边。水上荡着几叶轻舟，一位女郎用手轻轻拨着水。另外还画了云、天空，大量使用了明暗对比法。如果是画家，绝不会注意不到。

两天后这位顾客又来了。

"请拿两块陈面包。"

马萨小姐包面包时，他又说话了："小姐，你借（这）画很裱（漂）亮嘛！"

"当真？"马萨小姐说，暗自得意巧计成功，"我喜欢美术，喜欢画。"（现在说"喜欢画家"为时过早。）接着她换了话题问，"你觉得这画画得好吗？"

"宫殿没画好，透戏（视）法运用得不合戏（适）。介（再）见，小姐！"顾客道。

他拿起面包，一鞠躬，匆匆走了。

没错，他准是画家。马萨小姐把画又拿回她房里。

他眼镜后的两只眼多温和、善良啊！前额长得真宽！一眼能看出透视法运用不当，却只能啃陈面包过日子！然而，往往天才在得到承认之前不得不艰苦奋斗。

如果天才有两千元银行存款、一个面包店、一个满心同情他的人来……那么艺术与透视法将会有多辉煌的成就！然而，马萨小姐，别想入非非了。

自那次以后，他常会隔着货柜跟她闲聊几句，他似乎爱听马萨小姐的热心话。

他只要陈面包，从没买过一块蛋糕，一块肉馅饼，一块可口的莎伦饼。

她觉得他越来越瘦、越来越没精神了。马萨小姐过意不去，想在他买的便宜货里加点好吃的，却又鼓不起勇气动手。她不敢贸然，她理解艺术家的自尊。

马萨小姐换了件有蓝圆点的丝绸衣服站柜台，她还在后房里将榅梓和硼砂放在一起熬，其汁有神奇效用，现在仍有许多人用此来美容。

有一天，那位顾客又来了，把一个五分的硬币往柜台上一放，照旧买陈面包。就在马萨小姐伸手拿面包时，街上响起了哨声和叮叮当当的铃声，一辆消防车轰鸣而过。

遇到这种事谁都会站到门口看看，那位顾客也不例外。马萨小姐灵机一动，抓住良机。

柜台后的底层货架上放着一磅新鲜奶油，刚送来十分钟。马萨小姐拿起面包刀把两块陈面包都深深划了一刀，塞进好些奶油后紧紧捏拢。

等那位顾客再走回柜台时，她已经在包面包了。

他闲谈了几句，话显得格外动听，然后走了。马萨小姐心中暗笑，但也不是没有一点忐忑不安。

她是不是太胆大妄为了？他会生气吗？当然不会。她什么也没说，况且送一点奶油也不算姑娘家有失体统的事。

这天她心上老牵挂着这件事。她想象着他发现上了个小小的当后的情形。

他会放下笔和调色板。画架上搁着他在画的一张画，当然透视法用得是无可挑剔。

他打算吃午饭了，还是干面包和开水，等他切开面包——哟！

马萨小姐脸红了，吃面包时他会惦念起在面包里打了埋伏的人吗？他会……

前门的铃乱响起来，有人进来了，哇哇乱叫着。

马萨小姐连忙赶到店堂里。进来了两个人。一个是年轻人，叼着根烟斗，她以前从没见过，另一个是她关心的画家。

他的脸涨得通红，帽子罩在后脑勺上，头发像一堆乱草。他攥紧两只拳头，向着马萨小姐恶狠狠挥，竟然向马萨小姐挥！

"Dummkop[①]！"他的叫声震得人耳发麻，然后又是

---

① 德语，意为"蠢货"。

"Tausendonfer①"之类的话,像是德语。

年轻人使劲拽住他。

"我不走,"他气冲冲地说,"要找她算将(账)!"

他把马萨小姐的柜台当大鼓敲。

"你把我委(毁)啦!"他大叫着,眼镜后的两只蓝眼睛直冒火,"你定脚(听着),谁叫你多官(管)闲戏(事)来脚(着)!"

马萨小姐有气无力地斜靠在货架上,一只手按在蓝圆点丝绸衣上。年轻人拽着另一个人的衣领。

"得了吧,你也说够了。"他说,把大发雷霆的人拖到门外,然后自己又走回来。

"小姐,我想还是应该告诉你为什么他大吵大闹。"他说,"这人姓布卢姆伯格,是建筑设计师,我与他在同一个办公室。

"他辛辛苦苦干了三个月,为新市政大楼画图纸,是要参加比赛夺奖的,用墨水描线条昨天才描完。你不知道,设计师画图总是先用铅笔打草稿,定稿以后用陈面包屑擦去铅笔印,比用橡皮擦的效果好。

"布卢姆伯格老来这儿买面包。嗯——今天,嗯,今天,你知道,小姐,那奶油不——嗯,布卢姆伯格的图纸完全成了废纸。"

马萨小姐回到后房,脱下有蓝圆点的丝绸衣,把榅桲和硼砂熬的汁倒进了窗外的垃圾箱里。

---

① 德语,此处可译为"剐千刀的"。

忙碌经纪人的婚姻大事

  证券经纪人哈维·马克斯韦尔事务所的机要秘书皮彻的脸上素来木无表情，然而，一天上午9点30分，见老板带着年轻的女速记员快步走进办公室时，也略现了好奇与意外。马克斯韦尔随口说了句"早上好，皮彻"，便直往办公桌冲，快得像要一纵身跳过办公桌。随后，一头扎进一大堆待阅的信件与电报里。

  这年轻姑娘给马克斯韦尔当速记员已当了一年，她的美丽绝非谁几笔速记得下。但发型不讲究，没有打一个高高的结显示风韵，项链、手镯都不戴。你一望可知，要邀她吃顿饭她不大会答应奉陪。衣服朴素，灰颜色，却非常合身、得体。一顶黑色帽子式样大方，上插一根金刚鹦鹉的羽毛，绿里泛金黄色。这天上午，她略显兴奋又稍带羞涩。一双眼亮晶晶，脸艳如桃李，心里美滋滋的，似有好事余兴未尽。

  皮彻发现她的举动也反常，几分好奇更难消。她没有立刻进放着她桌子的里面房间，却在外面办公室裹足不前。有一次，她走到马克斯韦尔办公桌边，就因为挨得太近，马克斯韦尔察觉到了身旁有人。

  一坐到办公桌边，马克斯韦尔就成了台机器，而不是人。纽约的证券经纪人忙得很，机器有上紧了的发条和咔咔响的齿轮推动着运转不停，经纪人也一样。

  "嗯，怎么啦？有事吗？"马克斯韦尔的问话声并不客气。拆开的邮件堆在他杂乱的桌上，像舞台上的雪景。一双锐利的灰眼睛不大耐烦地扫了她一眼，显然不近人情，甚至粗鲁。

"没事。"速记员微微一笑答道，走开了。

她问机要秘书："皮彻先生，昨天马克斯韦尔先生说没说过再请一个速记员？"

皮彻先生答道："说过，他叫我再找一位。昨天下午我通知了介绍所，请他们今天上午推荐几个人来。现在已到9点45分，还没见戴花帽子的、嚼菠萝口香糖的露面。"

年轻姑娘说："那我只好照常上班，等接替的人来。"说完她马上走到自己桌边，把插着绿里泛金黄色的金刚鹦鹉毛的黑帽子挂到老地方。

谁要是见不到曼哈顿忙碌的证券经纪人的大忙时刻，那就很难研究人类学，一位伟大诗人曾歌颂"辉煌生命的忙碌时刻"。经纪人不但时时忙，而且分分忙、秒秒忙，没有空闲，就像挤在一辆公交车上，前前后后所有吊环全有人抓着，空隙全有人占着。

这一天正是哈维·马克斯韦尔的大忙日。股票行情接收机一跳一跳打出一卷卷行情记录，电话机丁零零放下又响。大群人涌进他的事务所，站在栏杆外叫他，高兴的、担忧的、粗声大气的、恶言相向的，无所不有。投递员进进出出，送来大量信件与电报，事务所里的几个办事员跳上跳下，活像与风暴搏斗的水手，即令皮彻那张素无表情的脸也现出了几分紧张的神色。

证券交易所里有飓风、山崩、冰川移动、火山爆发等等，这天地的巨变在证券经纪人的事务所里俱全，不过是缩微而已。马克斯韦尔把椅子推到墙边，干脆站着办事，来来去去快得像跳脚尖舞。他一下从行情接收机旁跳到电话机旁，一下又从办公桌边跳到门边，动作之敏捷比得过滑稽剧中训练有素的丑角。

就在他为要事忙得这样不可开交的时候，突然见到一头高梳的金发，金发上盖着天鹅绒帽，帽上插着鸵鸟毛，帽子会微微颤动；一件仿海豹皮短大衣,一串大如山胡桃核的圆珠,长得几乎拖到地上,还挂着个银鸡心。所有这一切都属于一位娴静的年轻女子,皮彻正等着介绍她。"速记员介绍所介绍来应聘的。"皮彻说。

马克斯韦尔两手捧着信和行情记录带,只转过半个身子。

"应聘什么?"他眉头一皱,问。

"速记员。"皮彻说,"昨天你叫我打电话,让他们今天上午介绍一个来。"

"皮彻,你怎么变糊涂了?我怎么会叫你办这种事?"马克斯韦尔说道,"莱斯利小姐在这里干了一年,表现再好不过。只要她愿待下去,这份工作就是她的。小姐,我们这里不缺人。你再打个电话给介绍所,皮彻,叫他们别再来人。"

戴银鸡心的人走出事务所时故意让鸡心荡来荡去,磕碰着事务所的家具,表示愤然而去。皮彻百忙中抢时间对会计员说了句:老板越来越心不在焉,没记性。

事情更多得要命,节奏更快得要命。交易所里,马克斯韦尔的客户投下重金的几种股票受到重创,买进卖出的单据递来递去快如飞燕,马克斯韦尔自己的几只股票也处境不妙。他活脱是台巧妙、结实、马力大的机器,紧张、快速、准确运转着,忙得不可开交,却没有半点迟疑,发话得当果断,动作干脆利落,可与时钟的运行媲美。证券经纪人的事务所是个金融世界,与人类世界、与自然界迥然不同,只容得股票、债券、借据、抵押品、保证金、担保品,其他一切免谈。

到吃午饭时,喧闹暂息。

马克斯韦尔站在自己的办公桌边,两手捏着一大把电报、字条,右耳夹着支钢笔,头发乱蓬蓬,有的还耷拉在前额上。窗开着,因为可爱的春姑娘在大地的冷暖气管里送了些暖气,我们各家各户的房子统统是由她一个人照料的。

窗口飘进一股紫丁香醉人的芬芳,经纪人闻到竟发呆了。这股芬芳究竟是闲逛时飘进来的,还是走错路飘进来的,我们不得而知,只知道经纪人呆住了是因为这种芬芳为莱斯利小姐所有,别人没有,是她的特点。

他闻香如见其人,如触其人。突然间,金融世界变成了一个小黑点。她就在隔壁房间,仅离二十步。

"哎呀呀,我这就得去。"马克斯韦尔几乎把想的事说出了声,"我这就找她,其实早就该办了。"

他急匆匆闯进里屋,像抢抛股票赚一笔的人那样等不得半刻,一冲进去就抢到了速记员的办公桌边。

速记员抬头对他微微一笑,脸稍见泛红,眼神热情坦诚。马克斯韦尔把一只手肘支在桌上,手里的电报、字条仍紧紧捏着,笔也夹在右耳。

"莱斯利小姐,"他的话一开口就急匆匆,"我只有这半刻空闲,想对你说句话。你愿做我太太吗?我抽不出时间像一般人那样求爱,可是千真万确爱你。请马上回答,那些家伙正要从太平洋联合公司捞一把。"

"哟,你说什么?"姑娘大声说道,站起来,圆瞪着眼看他。

"你难道不明白?"马克斯韦尔发急了,"我希望你嫁给我。莱斯利小姐,我爱你。早就想对你说了,等到事情松口气我才抢到这半刻时间。你听,又在叫我接电话!皮彻,叫他们稍等。莱斯利小姐,你愿意吗?"

速记员不知如何才好。起初,她似乎惊呆了,接着,眼里泪水夺眶而出,然后,她破涕为笑,伸出只手柔情地勾住证券经纪人的脖子。

"我明白啦,"她无限温和地说,"是生意经忙得你把什么事都忘了,起初我简直莫名其妙。哈维,你怎么就不记得呢?昨天晚上8点,我们已经在街口的小教堂结婚了。"

在皮明特吃的烙饼

我们在弗里奥河的河谷赶一群牛时,我的木马镫绊着牧豆树的粗树枝,扭伤脚踝,结果整整一星期守在营房。

到第三天,我闷得憋不住,瘸瘸拐拐摸到食品车旁,歪着身子听营里的厨师贾德森·墨多姆滔滔不绝地闲聊。贾德森天生好口才,由于命运的阴差阳错,落到个不对路的行业,大部分时间有话说却找不到人听。

所以,贾德[1]英雄无用武之地,见我去了求之不得。

听着听着,我起了非分之想,巴望捞点菜谱上没有的外快。我心痒难熬,问道:"贾德,你会做薄煎饼吗?"

他放下正要敲羚羊排骨的左轮枪,转身弯下腰对着我,似乎是没怀好意。他那双淡蓝色的眼怀疑地盯着我眨也不眨,冷冰冰,更使我感到他的来势不妙。

"你说说,你是真问我会不会做呢,还是与我存心过不去?是不是哪个家伙对你说起过我的那场煎饼风波?"他问,有六七分火气。

我诚恳地答道:"没有,贾德,我是当真问你会不会做,要是能吃到上等面粉和奶油再加新奥尔良[2]糖浆烙得黄松松的饼,我宁可用我的马再搭上马鞍换。你烙饼烙出了是非,是吗?"

---

[1] 贾德为贾德森的昵称。
[2] 新奥尔良(New Orleans)指美国路易斯那州的新奥尔良。

贾德见我所说弦外无音，态度缓和下来，从食品车里取出几个我不知装了什么的袋子和铁盒，放到我斜靠着的朴树树荫下。我看着他把这些东西一件件从容不迫摆好，慢慢解开绳。

贾德边干活儿边说："是非倒没有，但是提起烙饼少不了要拉扯到我和从米尔缪尔来的红眼睛羊倌跟威丽勒·利尔赖特小姐间的事，我对你说说没有关系。

"那时候我在圣米格尔牧场给比尔·图米干活儿，我吃腻了那些咩咩咩、哼哼哼、咯咯咯的家伙的肉。有一天，我嘴痒得难熬，想吃罐头，于是，骑着马往纽斯河皮明特渡口埃姆斯利·特尔费尔大叔的商店飞跑。

"跑到下午3点，我把马系到了牧豆树的树枝上，又走了二十码，才进埃姆斯利大叔的店。我往柜台边一站，叫埃姆斯利大叔把水果罐头统统拿来。不一会儿，一袋饼干、一把长柄调羹，还有杏子罐头、菠萝罐头、樱桃罐头、青梅罐头，摆到了我面前，全打开了。埃姆斯利大叔又拿起斧头开箱。我心里简直乐开了花，把踢马刺塞到柜台边，拿着二十四英寸的调羹吃起来。正在这时，眼偶尔朝窗外一望。窗外是埃姆斯利大叔住房的院子，他的住房连着商店。

"院子里站着个姑娘，不是埃姆斯利大叔家的人，手拿一个球棍一边玩一边看我狼吞虎咽吃水果罐头，照顾罐头厂家的生意。

"我从柜台走到埃姆斯利大叔身边问这位姑娘是谁。

"他答道：'是我的外甥女威丽勒·利尔赖特小姐，从巴勒斯坦来做客，你要我介绍你认识吗？'

"我一听心扑通扑通直跳，像在敲小鼓，想：'圣地来的！为什么不认识认识呢？巴勒斯坦天使多。'①便大声地说：'行呀，埃姆斯利

---

① 作者在这里玩了个文字游戏。美国得克萨斯等三州均有一地名为Palestine，与《圣经》中的圣地Palestine同名，故厨师会想到圣地、天使等。在西方，逗人喜爱的人常被比作天使。为避免与常说的"巴勒斯坦"重名而引起误解，美国的Palestine在我国地名词典中译为"帕勒斯坦"，但本篇小说因是双关语，仍译为"巴勒斯坦"。

大叔,能认识利尔赖特小姐真三生有幸。'

"于是埃姆斯利大叔把我领到院子里,介绍了双方认识。

"我见到女人从不羞羞答答。有的男人能不吃早饭驯住野马,摸黑刮胡须,可是见了穿裙子的,就笨手笨脚,满身流汗,有嘴不会说话,这种男人我真猜不透。还没出八分钟,我和威丽勒小姐便混得烂熟。她笑话我吃水果罐头吃得太多,我毫不客气,立刻回敬,说吃水果第一个吃出祸来的是位小姐,大名夏娃,在一片无主草场上。① '这事就发生在巴勒斯坦,对吧?'我说。话脱口而出,就像一甩绳套住一条一岁的牛犊,不用费力。

"就这样,接触威丽勒·利尔赖特小姐后我来了劲,时间越长劲头越大。威丽勒小姐住在皮明特渡口一是因为要养身(她的身体顶呱呱),二是因为这里的气温比巴勒斯坦高出四成。有一段时间,我每星期跑马去看她一次。后来改了主意,心想再多跑一次见她的机会就要翻番。

"有一个星期,我去了第三次。正是因为跑了第三次,才有了那烙饼和红眼睛羊倌的事。

"那天下午,我靠在柜台上,嘴边吃一个桃两个李,边向埃姆斯利大叔问起威丽勒小姐。

"埃姆斯大叔答道:'她呀,她骑着马跟杰克逊·伯德出去了,是米尔缪尔来的一个放羊人。'

"我把一个桃两个李连桃核李核一道吞了下去,跳下柜台,几乎把柜台撞翻,幸好有人扶住。出了门直奔系马的牧豆树,一头撞到了树上。

"我凑着马儿的耳朵低声说:'姑娘骑着马跟伯德斯通·杰克②去了,就是米尔缪尔来的那放羊的家伙。老弟,你明白了吗?'

---

① 指《圣经》中夏娃偷吃苹果的故事。
② 厨师让炉火烧糊涂了,错记了放羊人的姓名。

"马儿通人性,耷拉下脑袋。这畜生从小让牛仔骑,不喜欢放羊的家伙。

"我返回头问埃姆斯利大叔:'你说是跟着个放羊的,对吗?'

"'是个放羊的。'大叔没有改口,'杰克逊·伯德的大名你该听说了吧?他的放牧圈是八平方英里,有顶呱呱的麦利诺羊①四千头。'

"我走出店门,坐在背阳的地上,靠在棵满身刺的霸王树上,手不知不觉往靴里灌着沙,嘴自言自语叨咕着半路杀出的伯德叔德。

"我从来没有起过心与放羊的过不去。有一天,我就见到一个,骑在马上看拉丁文文法书,我连毫毛都没有动他一根。十个牛仔九个见了羊倌没好气,唯独我不。羊倌吃饭要上桌,穿的鞋小,会对你谈这谈那,你干吗要无缘无故跟人家过不去,损人家、害人家呢?我总是放过他们,正像你会放过腿长耳长的兔子,有时问问好,有时猜猜天气变化,但是从不跟他们亲亲热热,什么时候都没有想过要与放羊的人作对。现在可好,就因为我厚道,让他们也好好活命,就钻出来个人,让威丽勒·利尔赖特小姐骑马跟他去了!

"看太阳估计是一小时后,他们慢悠悠回来了,在埃姆斯利大叔家大门边停住马。放羊人扶着姑娘下鞍,两人又兴冲冲、喜洋洋地谈了一阵。杰克逊这才跨上马背,把顶炖锅似的小帽从头上抓下挥了挥,往自己的牧场跑。这时我也把马靴里的沙倒了出来,挣脱满身刺的霸王树。等我赶到他身边,他才跑到皮明特半英里。

"我原以为这放羊人的眼是红的,但他不,他用来看东西的家伙很灰,只睫毛是粉红色,头发的颜色像沙,给人红眼睛的错觉。这羊倌——怎么说他都只管着几头羊羔,个子小,脖子上围着条黄色丝围巾,鞋带打的是蝴蝶结。

"我对他说道:'你好啊,你现在遇上的骑手就是大名鼎鼎的催命鬼贾德森,打枪百发百中。要是我想让素不相识的人知道我的厉

---

① 麦利诺羊原产于西班牙,因所产毛质量好而闻名。

害，每次拔枪前都先报上自己的大名，让人不知道死在谁手里的事我贾德森从来不干。'

"'哦，'他说，声气正是我现在学的这样，'哦，贾德森先生，很高兴认识你，我叫杰克逊·伯德，住在米尔缪尔牧场。'

"这时候我的一只眼看到只长尾鸟嘴里叼着个毒蜘蛛从山上蹦蹦跳跳下来，另一只眼发现只鹰歇在株榆树的枯枝上，便用随身带的四五口径手枪一枪一只，就为让他看看我的本领。我说：'不管走到哪里，只要遇上鸟，三只就有两只要挨我的枪。①'

"那放羊人脸没改色心没跳，说：'好枪法！不过，有时候那第三只是不是你没有打着呢？'他又说：'贾德森先生，上星期的一场雨下得好，嫩草正要雨浇。'

"我与他马靠马走着，说：'小子，你那糊涂爹娘看来是小瞧了你，取个名叫杰克逊，没想你会长出张油嘴。现在我们别谈什么风呀、雨呀，正经事正经说吧。你跑到皮明特，带着姑娘家骑马往外跑，这可不是个好习气，我见过有人为了比这小的事，把命也搭上了。人家威丽勒小姐没打算惹一身羊骚味，不会与叫杰克逊的一类人沾边。现在你说说看，打算滚你的蛋呢，还是要尝尝我大名鼎鼎的催命鬼贾德森的厉害？我的名声不是白捡来的，一提起少说也会让人胆破。'

"杰克逊·伯德脸有些红，接着大笑起来。

"他笑道：'哟，贾德森先生，你误会了。我去找过利尔赖特小姐几次，但不是抱着你想的那种目的，我单纯只为了享享口福。'

"我伸手摸枪，说：'要是哪个兔崽子信口雌黄说……'

"他忙说：'别急，你先听我解释。我娶老婆干吗？就可惜你没有见过我的牧场。我自己烧饭，自己缝缝补补。我养羊没别的好处想

---

① "杰克逊·伯德"中的"伯德"英文为Bird，意即"鸟"。此处贾德森一语双关，但译为汉语后无法保留双关。

图,就图了张嘴。贾德森先生,你尝过利尔赖特小姐烙的饼吗?'

"'我吗?没尝过。'我告诉他说,'我还从没有听人说起她干下厨房的活。'

"羊倌说:'那饼简直是得了神仙点拨做出的美味佳肴,要是能得到那饼怎样配料的秘方,折两年阳寿我都不亏。'杰克逊·伯德还说:'我去找利尔赖特小姐就为了这事,可是到现在还没有从她嘴里套出句话来。那配料只有她家的人知道,一代传一代,有二十五年历史了,从不向外人走漏风声。要是知道了饼的配料,我回牧场能自己烙,那就有享不尽的福了。'

"'你当真是想吃烙饼,不是打那姑娘的主意吗?'我问他道。

"'那当然,'杰克逊说,'利尔赖特小姐这姑娘顶好,可是对你实话实说,我去找她只是为了享——'他见我把手往枪套上伸,马上改了口吻,说,'只是为了弄到那烙饼的配料方。'

"'你这小子倒不算坏种。'我说,口气显得很讲理,'本来呢,我想叫你那群羊子羊孙没爹没爷,可这一次饶了你吧。'接着我又说,'但是,你只能想着吃烙饼,千万别长出歪心眼。要不然,你牧场上再唱起什么歌来,你就休想再听得见。'

"羊倌说:'我请你给我帮帮忙,让你放心,相信我说的是真话。利尔赖特小姐与你最要好,对我不肯说的事对你也许肯说。如果你能帮我弄到烙饼配料的秘方,我保证再也不去找她。'

"'这合情合理,'我答道,与杰克逊·伯德握握手,'只要办得到,乐于效劳。'放羊人转身走进一大片霸王树林,去了米尔缪尔,我打马往西北方向,回比尔·图米的牧场。

"过了五天,我又去了皮明特一趟,在埃姆斯利大叔那里与威丽勒小姐高高兴兴玩了一下午。她唱了几首歌,又弹钢琴,演奏几段歌剧的选曲。我学响尾蛇叫,告诉她斯莱基·麦克菲剥牛皮的新方法,又讲起有一次去圣路易斯的见闻,这一来我们两人变得亲亲热热。我想,要是杰克逊这时候见这情势愿罢休,我就成了赢家。我没有忘记他答应有了秘方就罢休,满以为可以让威丽勒小姐告诉我,得了手交给杰克逊。到时候如果再瞧见他从米尔缪尔跑来,我非要他的命不可。

"于是,到了晚上十来点钟,我满脸堆笑对威丽勒小姐说:'绿草原上就数一身红毛的牛最好看,要是说我还有什么喜爱,那该算香喷喷热腾腾的烙饼,沾上糖浆吃比什么都来得美。'

"威丽勒小姐从钢琴凳上一跳而起又坐下,用奇怪的眼神看着我。

"她说:'没错,是好极了,奥多姆先生,刚才你说你在圣路易斯丢了帽子的那条街叫什么街?'

"'烙饼街。'我说,眨眨眼,让她知道我在问她家的家传秘方,别想把话题岔开,'威丽特小姐,你说说吧,那烙饼你家是怎样做出来的,现在我满脑子想的除了烙饼还是烙饼。你帮帮忙吧,要用一磅面粉,八打鸡蛋,除此之外还有些什么名堂?'

"'对不起,请等等。'威丽勒小姐说,瞟了我一眼,起身走到另一间房,不一会儿埃姆斯利大叔进来了,只穿件衬衫,提着一罐水。他转身拿起桌上的一只杯子时,我发现他后面的裤袋里插着支四五口径枪,心想:'一枪就有碗大的洞!不过这家人家的烙饼配料看得太宝贝,这才得动枪动刀守着。我见过有些要报世代家仇的人还比不上他们,没到这地步。'

"埃姆斯利大叔倒了杯水递给我,说:'把这杯水喝了吧,你今天骑马跑的路太多,心一直静不下来。贾德,别再想那事了吧。'

"'那烙饼你也内行吗,埃姆斯利大叔?'我问道。

"埃姆斯利大叔回答说:'哟,这事我不大清楚,不知该下些什么料,可是我想无非是用些石膏粉、酵母、小苏打之类,往玉米粉里打鸡蛋,加脱脂奶,并不稀奇。贾德,到春天比尔老板是不是又把牛肉往堪萨斯城运?'

"这天晚上我打听烙饼的配料就只打听到这一点点奥妙,难怪杰克逊·伯德会犯愁。我只好不谈这事,与埃姆斯利大叔另外东拉西扯了一阵。等到威丽斯小姐来道晚安,我一溜烟跑回牧场。

"大约又过了一星期,我碰上了杰克逊·伯德。一个往皮明特去,一个从皮明特来,两人勒住马谈了一小会儿。

"我问他:'那烙饼的奥秘你打听到了吗?'

"杰克逊说:'才没有哩,看来我是寸步难行,你试过了吗?'

"我说:'试过了,比登天还难。她家嘴封得紧,守着这烙饼的配料像守金银财宝。'

"'我只好死了这条心。'听杰克逊说话的声气,他已心灰意懒,叫我可怜起他来,'不过呢,我的确想知道这烙饼用了些什么料。牧场里太寂寞,有好吃的可以解解闷。想起烙饼的滋味就嘴馋,躺到半夜都睡不着。'

"我对他说:'那你再想想办法吧,我也给你帮忙,我们俩用绳套,一定过不了多久就会套住牛角。再见吧,杰克逊老弟。'

"你看,到了这时候,我们完全相安无事了。我知道这浅黄头发的羊倌没有在追丽勒小姐,不再痛恨,还千方百计想叫威丽勒小姐说出烙饼的配料来,就怕羊倌享不到口福。可是只要我一提起烙饼二字,威丽勒小姐就会眼珠一转,把话岔开。如果我紧咬着不放,她就溜出门,搬来埃姆斯利大叔当救兵,还少不了手里提罐水,裤后面口袋插把枪。

"有一天,我在恶狗坪的野花中采了束漂亮的蓝马鞭,飞跑到埃姆斯利大叔的店里。大叔闭上只眼,用另一只看着马鞭草,问:

"'你也听到了消息?'

"'牛价涨了吗?'我问。

"大叔答道:'威丽勒和杰克逊·伯德昨天在巴勒斯坦结婚,我今天上午才接到信。'

"我把花扔进一只桶里,怎样也不敢相信这事是真的,以为耳朵哪根神经错了位。

"'埃姆斯利大叔,请你把话再说一遍。也许我的耳朵有了毛病,你刚才只是说小母牛最低价是每头四元八,或者这类行情吧?'

我说道。

"埃姆斯利大叔说：'昨天结婚，现在去新婚旅行了，到韦科和尼亚加拉瀑布。奇怪，你怎么就一直没有觉察到半点苗头？杰克逊那天把威丽勒带出去一趟以后，一直在对她下功夫。'

"'那你说说看，他叫我打听的那烙饼长烙饼短是怎么回事。'我说，嗓门大得几乎像在喊叫。

"我一提起烙饼，埃姆斯利大叔便避而不答，往店里走。

"我说道：'我非问个明白不可，看哪个家伙左也烙饼右也烙饼把我当猴耍了。快说呀，要不然我们这就拼个你死我活。'

"我翻过柜台冲着埃姆斯利大叔来。他想拿枪，但枪放在抽屉里，让我抢先一步拽住了他衬衫的前胸，推得靠在一个角落。

"'你说，什么烙饼？不说有你的好瞧！是威丽勒小姐烙的饼吗？'我追问着。

"埃姆斯利大叔答道：'她从娘肚里生下来就没烙过一块饼，也从没有见过。'大叔又劝我：'你冷静点，贾德，别乱来。你上了火，再加上头上的老伤也把你脑子搅糊了，别再想什么烙饼。'

"我说：'埃姆斯利大叔，我的脑子连一次伤都没有受过，天生就不易开窍。杰克逊·伯德对我说，他来找威丽勒小姐是为了向她打听怎么烙饼，还叫我帮他问烙饼配料的秘方。我相信了他，你看，就落得这个结果。我是叫红眼睛羊倌灌了迷魂汤呢？还是中了什么邪？'

"埃姆斯利大叔说：'你放开手，别抓我的衣，我就告诉你。没错，杰克逊·伯德看来是把你耍了。他跟威丽勒骑马出去的第二天，他来对我和威丽勒说，只要你一提起烙饼，我们就得担心。他说有一回在营里烙饼时，人家用烙饼的锅砸破了你的头。你一气起来，或者为什么事兴奋了，头上的伤就发作，弄得你疯疯癫癫，总要胡说什么烙饼。杰克逊告诉我们对付的办法是把话岔开，让你冷静，闹不出什么事，所以威丽勒和我就对你用了那好办法。要说呢，这样看来，在羊倌里杰克逊·伯德还没几个人比得上。'

贾德边说他的往事边慢慢地，然而有条不紊地把一袋袋、一罐罐的东西按比例混合到一起。往事快讲完时，他把成品端到我面前，是一只洋铁盘盛的两个热腾腾、黄灿灿的烙饼，他还不知从什么秘密藏宝处拿来一块上等奶油，一瓶金色糖浆。

"这件事发生在什么时候？"我问他。

"三年前。"贾德说，"他们俩现在住在米尔缪尔牧场，可是后来这两人我都没有见过。听人说杰克逊·伯德在拿烙饼的话哄我时，正在牧场里忙着收拾，又是置办摇椅，又是添挂窗帘。哼，这件事过了段时间我便丢开了，可是兄弟们却常挂在嘴上。"

"你这两块烙饼是用的名师的配方吗？"我问道。

"我不是对你说了，没有什么秘方不秘方吗？兄弟们嘴馋，叫嚷烙饼时嗓门响，这烙饼的配方是从报上剪下的，味道怎样？"贾德说。

"好吃极了，"我答，"贾德，为什么你自己不吃一块？"

我清清楚楚听到他叹口气。"我吗？我从不吃烙饼。"贾德说。

杰夫·彼得斯的感应功

杰夫·彼得斯捞钱的手段五花八门，数不胜数。

他在街上卖过止痛药、咳嗽药，耍尽嘴皮，吃了上顿没下顿，口袋里常一文不剩，我最爱听的便是这些日子他怎样混。

他说："我到阿肯色的费希尔市时，披着长发，身穿鹿皮衣，脚踏鹿皮拖鞋，①手戴三十二克拉的钻戒，是从特克萨卡纳一个演员那里换来的，我至今也不明白为什么他要用这个钻戒换我一把小小的折叠刀。

"当时我冒充的是印第安神医，姓沃胡。带的最好资本只一件，就是起死回生汁，由通筋活血、强身健体的草药熬制而成。查克托族②每年播种和收割玉米要举行舞会，舞会上要吃清炖狗肉，炖好的狗肉摆在盘子里。查克托族酋长的漂亮老婆塔夸拉在给狗肉找盘面上的配料时，偶然发现了这些草。

"我在前一站的买卖不好，手头只有五元钱。到费希尔市后，我在药剂师那里赊来六打八盎司装的药瓶和瓶塞。标签和药我手提袋里有，是前一站剩下的。在旅馆的客房打开龙头放出自来水，把起死回生汁一瓶瓶整整齐齐摆到桌上后，我感到生活又有了希望。

"你要说我卖假药那可不对。在六打瓶装的起死回生汁里，有

---

① 这身打扮是印第安人的打扮。
② 查克托族为印第安人的一支。

金鸡纳，值两元，还有苯胺，值一角。后来好些年里，我去过好些城镇，人家还向我买这种药。

"当天夜里，我租了一辆马车，开始在大马路上卖药。费希尔市地势低，疟疾多发，我瞅准了这里的人需要健肺强身的药。一开张就生意兴隆，买的人如获至宝。每瓶五角，卖出两打后，我发觉有人在身后扯我的衣服。我知道这是怎么回事，忙爬下车，把张五元钞票塞进一个制服翻领上有颗镍合金星的人手里。

"'警官，'我说，'今天晚上天气真好。'

"'你名为卖药，实为干非法勾当，有市里发的许可证吗？'他问道。

"'现在没有。'我答道，'我不知道这地方算一个市。既然要领许可证，我明天去办一张。'

"'办好了才能卖。'警察说。

"我收了买卖，回到旅馆，对旅馆老板谈起这件事。

"'你在费希尔市混不下去。'他说，'这地方只有一个医生霍斯金斯大夫，是市长的舅爷，他们不会让江湖医生在这里行骗。'

"我说：'我并不行医，还有州里的商贩许可证，他们要市里发的我可以办一张。'

"第二天上午我去市长办公室，他们说他没有来，也不知道什么时候来。于是，我又回到旅馆，坐到椅子上，点起一支烟，耐心等。

"不一会儿，进来个系蓝领带的年轻人，坐到我旁边的椅子上，问我时间。

"我答道：'10点30分。你叫安迪·塔克，我见过你玩的把戏。在南方各州卖什么情人大礼盒的不正是你吗？我记得，里面有一个智利钻戒，一个结婚戒，一个土豆粉碎器，一瓶止疼药水，总共才卖五毛钱。'

"安迪见我记得他，高兴得很。他在街头叫卖技巧高明，不仅如此，他干了这行爱这行，又知足，只求有百分之三的利润就行。有人多次邀他干造假药之类的非法勾当，他却从不动心，就守着自己的正道。

"我正要找个搭档，于是安迪和我说好一起干。我向他介绍了费希尔市的情况，告诉他生意难做，当地吃政治饭的和行医的纠缠到了一块。安迪那天上午坐火车刚到，也正在犯难。他要到尤里卡温泉募捐建一座战舰，先得在这个地方捞几个钱。所以，我们坐到旅馆的门廊里商量起来。

"第二天上午11点，我独自一人坐在旅馆时，一个黑人走了进来，说请医生给班克斯法官看病。从他的话来看，班克斯法官就是本市市长，正病得厉害。

"我说：'我不给人看病，你为什么不往医生那儿跑呢？'

"他说：'先生，霍斯金斯大夫到乡下给人看病去了，还隔着三四十英里。这地方就他一个大夫，班克斯又病得不轻，这才打发我来请你。'

"我说：'就算赶鸭子上架，我走了这一遭吧。'于是，我往口袋里兜了瓶起死回生汁，往市长家走。全市的房子数他家的最讲究，屋顶四面都有两道斜坡,草坪上摆着一对铁铸的狗。

"这位班克斯市长直挺挺地躺在床上一动不动。肚皮咕咚咚响得厉害,像打雷。床边站着个年轻人,手里端杯水。

"市长说:'我病得不轻,眼看活不成了,你有没有办法呢?'

"我答道:'市长先生,我不是科班出身的大夫,没有进过医学院的大门。恻隐之心,人皆有之,我这才来看看能不能帮得上忙。'

"我向比德尔先生点点头,坐下给市长搭脉。'我看看你的肝怎样了,把舌头伸出来。'我说。然后,我翻起他的眼皮,细细看他的瞳孔。

"'病了多长时间?'我问。

"'昨——昨天——哎哟哟——晚上发的病。'市长答道。

"'想想办法吧,大夫。'

"我说:'费德尔先生,请把窗帘拉开一点。'

"'是比德尔。'年轻人纠正说,'舅舅,想不想吃点火腿炒蛋?'

"我把耳朵贴在他右肩胛骨上听了听,说:'市长先生,你的病来得凶,是骨架上的右锁骨急性发炎。'

"'天哪!'他嚷道,又哼一声,'你能不能抹抹药,或者正正骨,或者用别的什么办法治一治。'

"我拿起帽子要出门。

"'别走,大夫!'市长带着哭腔叫起来,'你不能见死不救,撒手不管呀!我得的是恶病。'

"比德尔先生帮腔了:'人都病成这样了,谁都会可怜,管一管呀,沃胡大夫。'

"'沃胡大夫就看在你心诚的分上。'说完,我又回到床边,把头发往后一甩。

"'市长先生,只有一个办法治,'我说,'你用药见不了效。药物虽然说有药物的效力,但还有比药物效力更大的。'

"'那是什么?'他问。

"我答道:'科学原理,精神胜过神药。要相信人本来没有病、没有痛,只因为人感觉到不舒服,才有了病、有了痛。如果你相信,就试给你看看。'

"'什么叫精神胜过神药,大夫?你是哪门哪道的人?'市长问。

"我答道:'我向你谈的是心灵康复术,就是远距离、潜意识治疗臆想和脑子疾病的高超方法,一种奇特的体内功夫,叫感应功,很了不起。'

"市长问:'大夫,你会吗?'

"我答道:'我是得了这门法术鼻祖真传的弟子。经我一发功,瘸子能快跑,瞎子能复明。我能通神,能念咒,能把灵魂呼来唤去。前不久安阿伯举行降神会,酿醋公司前任总裁的灵魂重返阳间,与他妹妹简会面,靠的就是我的法力。你知道,我在街上卖药给穷苦人。对这些人我不动用法力,我的法不乱用,他们还不是我该用的人。'

"市长问:'我的病你愿意治吗?'

"我答道:'说实话,我走到哪个地方,哪个地方行医的人都与我过不去。我不行医治病,但是为了救你一命,我可以对你进行心灵康复治疗,只要你当市长的答应不再提许可证的事。'

"他说:'那当然行,你就开始吧,我又疼起来了。'

"我说:'治两次包好,收费二百五十元。'"市长说:'二百五就二百五,我认了,我一条命不止这个价。'

"我坐到他床边,直盯着他的眼睛。

"我说:'马上把你的病抛到脑后去,你没有生病。你身体里没有长心,没有长锁骨,没有长尺骨,什么都没有长,你也不疼,明明白白大错特错了。现在你感觉疼在消了吗?'市长答道:'好一些了,真他妈的好些了。你再把谎话说下去,说我左边没有肿胀,让我能坐起来吃几口香肠和荞麦饼。'

"我用手比画了一阵。

"我说：'现在炎症已经消了，近日点的右叶在退。①你的瞌睡已经上来，眼皮已经撑不开。病算是控制了。好，你睡着了。'

"市长慢慢合上眼，打起呼噜来。

"我说：'蒂德尔先生，你现在看到现代科学创造的奇迹了吧？'

"他又纠正说：'是比德尔。叶胡大夫，你下次什么时候来给我舅舅治病？'

"我纠正他说：'是沃胡。我明天11点来，你舅舅醒来后给他吃八滴松节油、三磅排骨，再见。'

"第二天我准时再去，'比德尔先生，你舅舅今天上午怎么样？'他把门一开，我问。

"'看来好多了。'年轻人说。

"市长的脸色和脉搏都正常。我又给他做了一次治疗，他说疼痛已经完全消失。

"我说：'你再卧床休息一两天就可以康复。市长先生，幸好你遇到我在费希尔市。请医学院毕业的医生来，无论是谁，无论用什么药，都治不了你的病。既然你病已经好了，痛没了，我想提一提另外一件小事，就是二百五十元的治疗费。请不要开支票，我不大喜欢在支票正面签字给钱给人家，也不大喜欢在支票背面签了字才拿人家的钱。'

"'我这就给现钱。'市长说着从枕头下摸出个钱包，数了五张五十元拿在手里。

"他对比德尔说：'你把收据拿来。'

"我在收据上签字后，他把钱给了我，我小心翼翼地放进里层口袋。

"市长突然咧开嘴笑了，仿佛没生过病，说：'警官，现在该你履行公务了。'

---

① 近日点指天体在轨道中靠太阳最近的点。此处骗子在故弄玄虚，说胡话。

"比德尔先生一伸手扭住了我。

"他说：'沃胡大夫，你因违反本州法律无证行医被逮捕了，你其实姓彼得斯。'

"我问道：'你是什么人？'

"市长在床上坐了起来，说：'我告诉你，他是什么人。他是州医药学会聘请的侦察员，跟你跑了五个县，昨天到我这里，安排了这条巧计请君入瓮。先生，我看你要在这一带行医是没办法啰！'市长大笑着，'大夫，你说我得了什么病来着？是什么——反正，该不是脑子里的毛病吧？"

"我说：'是侦探呀？'

"比德尔说：'对！我要把你送交司法部门。'

"'那你就送吧！'说着我掐住他的脖子，几乎把他翻出了窗外，但他拔出枪，顶住了我的喉管，我不敢动了。接着，他用手铐铐住了我，又把钱从口袋里掏了出来。

"他说：'班克斯法官，我可以做证，这些钞票就是你和我在上面做过记号的。到了司法处，我们把他交给司法员，让他给你一张钞票收据。等到案件审理时，这些钞票要用作证据。'

"'这就行啦，比德尔先生。'市长说，接着，他又说，'沃胡大夫，现在你怎么不拿出点本领让人瞧瞧？为什么不发发感应功，把手铐打开？'

"我满不在乎地说：'要走就走吧，警官。没什么大不了！'说完，我转身对班克斯晃了晃手铐。

"我说：'市长先生，你等着瞧吧，眼见着你会相信我的功夫很灵，这一次也灵了。'

"我的话没错。

"刚出大门，我说：'安迪，说不定一出去会遇见人，你把我的手铐打开，然后——'你猜怎么来着？比德尔就是安迪·塔克，这条妙计是他设下的。就这样，我们弄到了合伙做买卖的本钱。"

经典新读
中央编译名著精选

书　名	作　者	译　者
海底两万里	[法]儒勒·凡尔纳	陈筱卿
钢铁是怎样炼成的	[苏联]奥斯特洛夫斯基	吴兴勇
昆虫记	[法]法布尔	陈筱卿
猎人笔记	[俄]屠格涅夫	力　冈
简·爱	[英]夏洛蒂·勃朗特	宋兆霖
童年	[苏联]高尔基	郭家申
名人传	[法]罗曼·罗兰	陈筱卿
绿山墙的安妮	[加]蒙哥马利	姚锦镕
鲁滨孙漂流记	[英]丹尼尔·笛福	唐荫荪
格列佛游记	[英]斯威夫特	白　马
汤姆·索亚历险记	[美]马克·吐温	姚锦镕
老人与海	[美]海明威	张炽恒
假如给我三天光明	[美]海伦·凯勒	陈　才
傲慢与偏见	[英]简·奥斯丁	罗良功
飘（上下）	[美]玛格丽特·米切尔	黄健人
月亮和六便士	[英]毛姆	王晋华
瓦尔登湖	[美]梭罗	王光林
小王子	[法]圣埃克苏佩里	柳鸣九
爱的教育	[意]亚米契斯	夏丏尊
泰戈尔诗选	[印度]泰戈尔	冰　心　吴　岩
欧仁妮·葛朗台	[法]巴尔扎克	郑克鲁
培根随笔集	[英]弗兰西斯·培根	蒲　隆
了不起的盖茨比	[美]菲茨杰拉德	王晋华
居里夫人自传	[法]玛丽·居里	陈筱卿
伊索寓言	[古希腊]伊索	杨海英
人类的故事	[美]房龙	白　马
少年维特的烦恼	[德]歌德	杨武能
高老头	[法]巴尔扎克	许渊冲
《套中人》契诃夫短篇小说选	[俄]契诃夫	李辉凡
《羊脂球》莫泊桑短篇小说选	[法]莫泊桑	柳鸣九
《最后一片叶子》欧·亨利短篇小说选	[美]欧·亨利	张经浩
神秘岛	[法]儒勒·凡尔纳	陈筱卿
红与黑	[法]斯当达	罗新璋
雾都孤儿	[英]查尔斯·狄更斯	黄水乞
大卫·科波菲尔（上下）	[英]查尔斯·狄更斯	董秋斯
莎士比亚喜剧集	[英]莎士比亚	朱生豪
莎士比亚悲剧集	[英]莎士比亚	朱生豪
巴黎圣母院	[法]维克多·雨果	李玉民

书 名	作 者	译 者	
悲惨世界（上中下）	[法]维克多·雨果	李玉民	
福尔摩斯探案全集（上中下）	[英]柯南·道尔	姚锦镕	涂小榕
约翰·克里斯托夫（上中下）	[法]罗曼·罗兰	许渊冲	
基督山伯爵（上中下）	[法]大仲马	李玉民	陈筱卿
列那狐的故事	法国动物故事	罗新璋	
青 鸟	[比]莫里斯·梅特林克	郑克鲁	
小鹿斑比	[奥地利]费利克斯·萨尔登	杨曦红	
快乐王子	[英]王尔德	蔡荣寿	
绿野仙踪	[美]莱曼·弗兰克·鲍姆	张炽恒	
吹牛大王历险记	[德]拉斯伯	邵灵侠	
柳林风声	[英]格雷厄姆	杨静远	
尼尔斯骑鹅旅行记	[瑞典]塞尔玛·拉格洛芙	石琴娥	
木偶奇遇记	[意]科洛迪	刘月樵	
小飞侠彼得·潘	[英]詹姆斯·巴里	杨静远	
水孩子	[英]查尔斯·金斯利	张炽恒	
一千零一夜	阿拉伯民间故事集	郅溥浩	
安徒生童话	[丹麦]安徒生	叶君健	
爱丽丝漫游奇境	[英]刘易斯·卡罗尔	黄健人	
格林童话	[德]格林兄弟	杨武能	
森林报	[苏联]维·比安基	沈念驹	姚锦镕
苦儿流浪记	[法]埃克多·马洛	唐 珍	
秘密花园	[美]F.H.伯内特	李文俊	
海 蒂	[瑞士]约翰娜·斯比丽	邵灵侠	
安妮日记	[德]安妮·弗兰克	朱碧恒	高小斐
王子与贫儿	[美]马克·吐温	张友松	
希腊神话	[德]施瓦布	高中甫	
格兰特船长的儿女	[法]儒勒·凡尔纳	陈筱卿	
八十天环游地球	[法]儒勒·凡尔纳	陈筱卿	
母 亲	[苏联]高尔基	吴兴勇	
《野性的呼唤》杰克·伦敦小说精选	[美]杰克·伦敦	石雅芳	雨 宁
《百万英镑》马克·吐温中短篇小说选	[美]马克·吐温	张友松等	
包法利夫人	[法]福楼拜	许渊冲	
茶花女	[法]小仲马	李玉民	
呼啸山庄	[英]艾米莉·勃朗特	宋兆霖	
双城记	[英]查尔斯·狄更斯	宋兆霖	
复 活	[俄]列夫·托尔斯泰	李辉凡	
汤姆叔叔的小屋	[美]斯托夫人	李自修	
罪与罚	[俄]陀思妥耶夫斯基	朱宪生	曾思艺
三个火枪手	[法]大仲马	李玉民	
安娜·卡列尼娜（上下）	[俄]列夫·托尔斯泰	力 冈	
堂吉诃德（上下）	[西班牙]塞万提斯	刘京胜	
战争与和平（上中下）	[俄]列夫·托尔斯泰	董秋斯